ERBIN DRINGEND GEBRAUCHT

LORDS UND DIE LIEBE

BUCH DREI

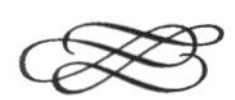

DARCY BURKE

Übersetzt von

PETRA GORSCHBOTH

Erbin dringend gebraucht

ISBN: 9781637261309

Buchgestaltung: © Darcy Burke.
Buchumschlag: © Dar Albert, Wicked Smart Designs.
Deutsche Übersetzung: Petra Gorschboth.

Erstellt mit Vellum

ERBIN DRINGEND GEBRAUCHT

Für alle, die nach einem Ehemann oder einer Ehefrau Ausschau halten, gibt es keine bessere Zeit und keinen besseren Ort, als das jährliche Maifest im englischen Marrywell, um die wahre Liebe zu finden. Prinzen und arme Leute verlieben sich gleichermaßen, und manchmal auch in die Person, bei der sie dies am wenigsten erwarten …

Dank seines verschwenderischen Vaters sieht sich Phineas Radford in einer misslichen Lage. Sein Besitz steht kurz vor dem Bankrott und ihm mangelt es an Mitteln, um den botanischen Garten seiner Familie zu pflegen – der ein fester Bestandteil des alljährlich stattfindenden Maifestes zur Partnerfindung in Marrywell ist. Er betet, dass niemand von seiner heimlichen Verzweiflung Wind bekommt, denn sonst würde dies eine Panik um die Zukunft des Festes auslösen, auf das alle angewiesen sind, um sich selbst die Kassen zu füllen. Die einzige Möglichkeit zur Rettung seines Anwesen und der Stadt, besteht darin, eine heiratswillige Erbin zu finden, ehe es zu spät ist.

Nach siebenjähriger Abwesenheit kehrt Leah Webster als Gesellschafterin einer wohlhabenden jungen Lady aus feinen Kreisen, die auf der Suche nach einem Ehemann ist, nach Hause zurück. Rasch erregt ihre Brotherrin die Aufmerksamkeit von Leahs ältestem Freund ... und langjährigem heimlichen Schwarm. Leah ist entschlossen, dieses schreckliche Missverhältnis zwischen dem provinziellen Phin und der Perle der feinen Gesellschaft zu vereiteln, bis sie hinter Phins edle Beweggründe für seine Werbung kommt. Obwohl es ihr das Herz brechen wird, heckt Leah einen gewagten Plan zur Rettung ihrer Stadt aus – und des Mannes, den sie immer noch liebt.

PROLOG

Marrywell, England, 1800

»Ich habe den Drachen vernichtet!«, rief Phineas Radford triumphierend aus dem kleinen Hof unterhalb des Schlosses.

Leah Webster lehnte sich aus der bogenförmigen Öffnung in der Turmspitze, die nur ein Stockwerk über dem Boden lag, da ihr Schloss lediglich ein Zierbau war. »Kommst du, um mich zu erretten?«

»Ja, holde Maid. Halt aus!« Phin schwang sein hölzernes Schwert. Mit seinen acht Jahren war er schon sehr groß für sein Alter, doch seine Waffe war dennoch fast so lang wie sein Arm. Er senkte die Klinge und betrat das Schloss.

Leah wandte sich vom Fenster ab und vernahm den Klang seiner Schritte auf der Treppe. Einen Augenblick später betrat er das kleine Turmzimmer. »Prinzessin Leah!«

»Mein Ritter! Wo ist der Kadaver des grässlichen Drachen?«

Phin trat an das Fenster, von dem sie sich gerade abgewandt hatte. »Dort drüben.«

Leah folgte ihm zu seinem Aussichtspunkt und blickte in den Botanischen Garten, in dem der Zierbau stand, oder besser gesagt, in den weitläufigen Schlosspark. Sie taten schließlich nur so als ob.

»Wenn du die Augen zusammenkneifst, kannst du seine Schuppen und die versengte Erde erkennen.«

Sie kniff die Augen zusammen und lenkte den Blick zu Phin hinüber. Der Luftzug aus der Öffnung fuhr ihm in sein kastanienbraunes Haar. Als sie ihn so anschaute, wurde sie von einem seltsamen Gefühl beschlichen. Irgendwie war es warm und kitzlig. Schwindlig. Sie liebte dieses Gefühl. Wahrscheinlich war dies der Grund, warum ihr seine Gesellschaft so gut gefiel. Darüber hinaus war er ein großartiger Phantast, der sie unweigerlich immer wieder zum Lachen brachte.

»Ja, das sehe ich!«, meinte sie. »Aber ... ist das ein Ei?« Sie zeigte aus dem Fenster.

Phin stieß die Luft aus und schwang zu ihr herum. »Ich kann kein Drachenbaby töten. Selbst dann nicht, wenn es nicht echt ist.«

Leah schlug sich die Hand vor den Mund und kicherte. »Es tut mir leid. In Wirklichkeit ist es gar kein Ei. Es ist nur ein Stein.«

Nachdem er einen weiteren Blick durch die Öffnung geworfen hatte, nickte er. »Ja, es ist ein Stein!« Dann grinste er sie an und sie brachen beide in Gelächter aus.

Sie liebte die Zeit, die sie mit Phin verbrachte, ob nun irgendwo hier in den Gärten oder in seinem Haus, Radford Grange, das an die Gärten grenzte, denn seine Familie war mit ihrer Pflege betraut. Sein Großvater und auch sein Vater waren so freundlich und einladend zu ihr. Es war viel besser als zu Hause.

Nein, sie wollte nicht an zu Hause denken, insbesondere nicht an ihre Mutter. Sicher wäre sie erzürnt, dass Leah so lange fortgeblieben war. Sie würde Leah Vorhaltungen machen, ihre Aufgaben zu vernachlässigen und dann mit dem Entzug des Dinners drohen. Oder Schlimmeres. Leah betete darum, dass ihre Mutter zu beschäftigt war, um ihre lange Abwesenheit überhaupt bemerkt zu haben. Da sie mit ihrem älteren Bruder, ihren beiden älteren Schwestern, ihrem Vater und dem Haushalt fertig werden musste, blieb ihr nicht immer Zeit, um Leah zu terrorisieren.

Leah schob diese grausigen Gedanken beiseite und richtete ihre Aufmerksamkeit auf Phin – auf sein Lachen, sein strahlendes Lächeln und die Art, wie sich seine kastanienbraunen Wimpern über seinen haselnussbraunen Augen fächerten, die eher grün als braun waren. »Was machen wir als Nächstes?«, wollte sie wissen, denn der nagenden Angst zum Trotz, vermisst zu werden, war sie begierig darauf, in diesem Moment zu verweilen.

»Leah!«

Leah erstarrte, aber nur für einen Moment. Dann trat sie schnell vom Fenster zurück.

»Leah!« Wieder ertönte die Stimme ihres Bruders, als er sich dem Zierbau näherte.

Phin ergriff Leahs Hand und drückte sie. Ihre Blicke sich trafen sich, als er lautlos die Worte *Vertrau mir* formte.

Immer.

Phin lehnte sein Schwert an den Sims unter der Öffnung und streckte den Kopf hinaus. »Barn, wir sind hier oben und räumen für meinen Großvater auf.«

Leah wagte es nicht, an das Fenster zu treten. Stattdessen wich sie so weit wie möglich zurück und drückte sich an die kühle Steinmauer im rückwärtigen Teil des Raumes. Mit angehaltenem Atem wartete sie Barnabas´ Antwort ab. Er war sechs Jahre älter als Leah. Häufig erfüllte er die Anordnungen seiner Mutter, was ihre jüngste Tochter anbelangte, was meistens bedeutete, sie zu suchen, wenn sie nach getaner Arbeit in den Botanischen Gärten verschwand.

»Nun, sie muss jetzt nach Hause kommen«, entgegnete Barn bestimmt und seine Stimme klang nun viel näher, als hätte er den Burghof betreten, in dem Phin noch vor wenigen Minuten gestanden hatte.

»Gewiss. Erlaube mir nur, ihr die Münze zu geben, die Großvater ihr versprochen hat. Einen Augenblick.«

Dem alten Mr. Radford zu helfen, der in Marrywell allerhöchstes Ansehen genoss, war etwas, das selbst Leahs Mutter zulassen musste. Und dass Leah für etwas bezahlt wurde ... nun, nichts freute ihre Mutter mehr als das. Denn natürlich nahm sie das Geld an.

Als Phin auf Leah zukam, zog er eine Münze aus der Tasche. »Nimm das.«

»Das brauchst du nicht«, flüsterte Leah.

»Keine Widerrede.« Er schloss seine Hand um ihre.

Leah blickte ihn voller Dankbarkeit für seine Freundlichkeit und Fürsorge an. Ihr Magen machte diese alberne Drehung, wie so manches Mal, wenn sie ihm so nahe war. Er roch nach Gras und Rosen aus dem Gewächshaus seines Großvaters. Es war ein berauschender Duft.

»Danke.« Impulsiv stellte sie sich auf die Zehenspitzen – denn obwohl er ein Jahr jünger war, maß er fünf Zentimeter mehr als sie –, um ihm einen Kuss auf die Wange zu drücken.

Doch er drehte ihr das Gesicht zu, und ihre Lippen trafen prompt auf die seinen. Eigentlich hätte sie erschrocken zurückweichen müssen, doch in ihrem Rücken befand sich eine Steinmauer. Auch ohne sie hätte sie nicht zurückweichen wollen. Sie wollte die Weichheit seiner Lippen genießen und die Sicherheit, die sie in seiner Gegenwart verspürte.

Endlich hob er den Kopf. »Es tut mir leid.«

Bevor sie antworten konnte, rief ihr Bruder abermals ihren Namen. Leah griff nach der Münze und sauste die Treppe hinunter in den Hof, wo Barn die Hände in die Hüften gestemmt, auf sie wartend stand.

Sie hörte nicht, was er auf dem Heimweg zu ihr sagte. Er hätte sich darüber auslassen können, dass sie ohne Dinner auf ihr Zimmer geschickt würde. Eine ganze Woche lang. Oder ihr einen Monat lang zusätzliche Aufgaben auferlegt würden. Er hätte ihr sogar sagen können, sie würde nach Australien geschickt werden, und es wäre ihr egal gewesen.

Phineas Radford war das Einzige, was für sie zählte, und die Tatsache, dass sie ihn liebte. Bis zu ihrem Tod würde sie ihn lieben.

KAPITEL 1

Marrywell, England
Ende April 1817

Als die Kutsche in die High Street einbog, drückte Leah Webster sich die Nase am Fenster platt. Aus einem einzigen Grund hatte sie sich auf ihre Rückkehr gefreut – oder vielmehr freute sie sich auf eine einzige Person –, doch nun, da sie hier war, musste sie feststellen, dass sie sich aufgeregter fühlte, als ihr bewusst gewesen war. Der Anblick der vertrauten Gebäude löste ein überraschend nostalgisches Gefühl aus, und das nicht nur wegen des Jungen, den sie hier zurückgelassen hatte.

»Meine Güte, Miss Webster, Sie sehen aus, als wollten Sie aus der Kutsche springen.« Diese bissige Bemerkung kam von Mrs. Dunhill, Mrs. Selkirks Freundin und Mutter von Genevieve, deren bezahlte Anstandsdame Leah war.

Leah brachte ihre Gesichtszüge unter Kontrolle und ließ

sich gegen die Rückenlehne sinken. Auf Mrs. Dunhills sarkastische Bemerkung gab sie keine Antwort.

»Sie ist sicher froh, wieder daheim zu sein«, kommentierte Genevieve neben Leah. »Kannst du ihr das verübeln? Ich glaube, sie war schon lange nicht mehr hier.« Sie drehte den Kopf zu Leah. »Ein Jahrzehnt, nicht wahr?«

»Sieben Jahre.« Das hatte Leah mehr als einmal erwähnt, aber Genevieve erinnerte sich selten an Einzelheiten, und schon gar nicht an solche, die Leah erzählte.

»Dann ist es ja gar nicht so schlimm«, meinte Mrs. Dunhill mit einem Schnaufen, als gäbe es einen großen Unterschied zwischen sieben und zehn.

In Wirklichkeit war es gar nicht *schlimm*. Leah hatte Marrywell mit großer Vorfreude auf die vor ihr liegenden Abenteuer verlassen. Die Zeit bei ihrer früheren Arbeitgeberin, Lady Norcott, war wundervoll gewesen. Ihr Tod, der sie nach kurzer Krankheit vor fast einem Jahr dahingerafft hatte, war ein Schock gewesen, und Leah war sich sicher gewesen, dass sie nach Marrywell zurückkehren müsste. Doch Lady Norcott, Gott hab sie selig, hatte sich um Leah gesorgt und sie ausdrücklich zur Anstandsdame ihrer Großnichte, Miss Genevieve Selkirk, ernannt.

»Sieben Jahre sind eine lange Zeit«, sinnierte Mrs. Selkirk. »Sie müssen es vermisst haben, denn Sie haben Genevieve ja vorgeschlagen, an diesem Fest zur Partnerfindung teilzunehmen.«

Leah hatte die Stadt und einige Leute, insbesondere zwei ihrer Jugendfreunde ganz bestimmt vermisst. Doch sie war auch erleichtert gewesen, von ihrer Familie fortzukommen.

Mit einem kleinen Lächeln entgegnete sie: »Ich freue mich auf das Fest. Sie werden feststellen, dass es etwas ganz Besonderes ist.«

Mrs. Selkirk blickte Leah streng an. »Solange Ihnen nicht entfällt, dass Ihr Hauptaugenmerk noch immer meiner

Tochter gilt. Unser Ziel bei diesem Fest besteht darin, sie mit dem geeignetsten der hier anwesenden Junggesellen zu verheiraten.«

In diesem Fall bedeutete »geeignet« den höchsten gesellschaftlichen Stand. Sie hoffte auf einen Titel für Geneviève, die in der letzten Saison keine ernsthafte Aufmerksamkeit erhalten hatte. Diese Saison war etwas besser gewesen, aber es gab immer noch keine Heiratsangebote. Leah konnte nicht beurteilen, wie Genevieve in der Gesellschaft ankam, da sie bei Veranstaltungen nur selten ihre Anstandsdame war. Ihre Aufgabe bestand in der Hauptsache darin, Genevieve zu Hause Gesellschaft zu leisten und gelegentlich Besorgungen mit ihr zu machen. Diese Situation erlaubte Leah, ihre Lieblingsparks, Gärten und Leihbibliotheken häufiger zu besuchen, als wenn sie eine anspruchsvollere Position innegehabt hätte.

Inzwischen hatte es den Anschein, als würde Mrs. Selkirk mit einem Mann zufrieden sein, der einen ausgezeichneten Stammbaum und eine geachtete gesellschaftliche Stellung innehatte. Nie äußerte Genevieve sich darüber, womit sie zufrieden, geschweige denn glücklich wäre.

»Es gibt keinen besseren Ort für Genevieve als das Marrywell Maifest zur Partnerfindung, um einen Partner zu finden«, versicherte Leah mit einem beruhigenden Nicken.

Mrs. Selkirks blaue Augen wurden schmal. »Das hoffe ich, denn das Ganze war Ihre Idee. Wenn es Ihnen nur darum ging, nach Hause zurückzukehren, wäre ich sehr enttäuscht und müsste Ihre Anstellung vielleicht noch einmal überdenken.«

»Mama, du bist zu streng«, mischte Genevieve sich in das Gespräch. Sie drehte den Kopf zu Leah. »Sie brauchen sich keine Sorgen zu machen.«

Leah glaubte das auch nicht, denn Mrs. Selkirk hatte ihr schon mehrfach gedroht, und bisher war Leah ihr Posten immer sicher gewesen. Außerdem sagte Genevieve immer wieder, wie sehr sie Leah brauchte – wofür genau wusste Leah allerdings nicht zu sagen.

»Hellen wir die Stimmung ein wenig auf«, schlug Mrs. Dunhill vor. »Wir haben es mit zwei Verbindungen zu tun, die wir bei diesem Fest knüpfen müssen.« Damit meinte sie sich selbst und Genevieve. Als Witwe mit schwindenden finanziellen Mitteln war Mrs. Dunhill darauf bedacht, einen neuen, hoffentlich wohlhabenden Ehemann zu finden.

Leah war bekannt, dass während des Festes einige Ehen zwischen Witwen und Witwern geschlossen wurden, doch die große Mehrheit bildeten junge Paare auf der Suche nach Liebe. Das Marrywell Maifest zur Partnerfindung hatte etwas Magisches. Als ältestes Fest seiner Art in ganz England war es eine Zeit der Freude, des Feierns und natürlich der Eheschließungen.

Vielleicht war das der Grund für das nostalgische Gefühl, das Leah empfand. Das Fest war eine besondere Zeit, selbst wenn man nicht auf der Suche nach Liebe war. Als Kind war sie an vielen Festtagen mit ihrer Freundin Sadie durch den Botanischen Garten gesaust. Und jetzt war Sadie mit einem Herzog verheiratet, der sie auf dem letztjährigen Fest geheiratet hatte. Und sie war die diesjährige Maikönigin. Leah konnte es kaum erwarten, sie zu sehen. Seit Leah Marrywell verlassen hatte, korrespondierten sie ständig miteinander und hatten sich im letzten Juni endlich einmal getroffen, nachdem Sadie mit ihrem neuen Mann in London angekommen war.

Doch es war nicht Sadie, auf die Leah sich am allermeisten freute. Das wäre Phin. Würde er sich genauso freuen, sie wiederzusehen, wie sie sich auf ihn freute?

Die Kutsche fuhr in den Hof des ältesten Gasthauses von Marrywell, dem New Inn. Es wurde im Jahre 1515 erbaut und war, wenn man der Inschrift im Grundstein Glauben schenken durfte, auch das größte Gasthaus in Marrywell. Während des Festes würde es bis unter die Dachsparren mit Gästen gefüllt sein. Die Maikönigin residierte normalerweise dort, aber Sadie würde mit ihrem Mann und ihrem neugeborenen Sohn bei ihrer Familie in Fieldstone, dem Anwesen ihres Vaters logieren.

Sie entstiegen der Kutsche, wobei Leah das Schlusslicht bildete. Sie streckte den Rücken durch, als ihre Füße die Erde berührten. Die hölzerne Fassade des Gasthofs hieß sie willkommen. Er war vier Stockwerke hoch und ganz oben waren ein halbes Dutzend Mansardenfenster zu sehen.

Mr. Parker, der Wirt, den Leah schon ihr ganzes Leben lang kannte, trat mit einem breiten Grinsen aus der Tür. »Wenn das nicht Miss Leah Webster ist!« Er hielt kurz inne. »Es sei denn, Sie sind mittlerweile verheiratet.« Er sah sie fragend an.

Mittlerweile.

Er meinte das nicht böse, aber mit ihren sechsundzwanzig Jahren wusste Leah, dass sie inzwischen ein Mauerblümchen war. Nicht, dass sie je die Absicht gehabt hätte, zu heiraten. Ihre Jugendträume spielten längst keine Rolle mehr. Auch ihre Mutter hatte nie einen Gedanken daran verschwendet und immer wieder gesagt, Leah sei zu häuslich und nicht gewitzt genug, als dass sie jemand heiraten wollte. Ihre Schwestern dagegen waren hübsch und charmant, und beide waren verheiratet. Auch sie lebten weit von Marrywell entfernt.

Vielleicht hätte Leah jemanden aus Marrywell heiraten können, doch ihre Eltern ließen nicht zu, dass ihr jemand den Hof machte. Zumindest ihre Mutter nicht. Ihr Vater tat einfach alles, was seine Frau sagte. Leah hatte also vor der Wahl gestanden, entweder als alte Jungfer daheim zu bleiben, was nun wirklich keine Option war – oder eine Stellung anzunehmen. Sie entschied sich für Letzteres.

Als im Sommer vor sieben Jahren Lady Norcott, die kinderlose Frau eines verstorbenen Baronets, auf der Durchreise durch Marrywell gekommen und auf Leah aufmerksam geworden war, hatte diese ihr Glück als Anstandsdame dieser Witwe gefunden. Leah hatte sich nie ein Leben in London vorstellen können, wo sie Dinge lernen und erleben konnte, die ihr in Marrywell immer versagt geblieben wären.

Erst spät bemerkte Leah, dass sie ganz in ihren Gedanken verloren war. »Entschuldigen Sie, Mr. Parker, ich habe gerade darüber nachgedacht, wie lange ich schon nicht mehr hier war. Nein, ich bin weder verheiratet noch leide ich darunter, wie Sie sehen. Sie sehen gut aus. Ich kann mir vorstellen, dass Sie mit den Vorbereitungen für das Fest sehr beschäftigt sind.«

»Ja, ja, das wissen Sie ja! Stellen Sie mich Ihren ... Freundinnen vor, und ich führe Sie hinein. Mrs. Parker wird sich freuen, Sie zu sehen.« Er senkte die Stimme und fügte hinzu: »Sie hat jede Menge Gewürzkuchen.«

Leah hatte Mrs. Parkers Gewürzkuchen vollkommen vergessen. Wie war das möglich, wenn man bedachte, welche Mengen Leah davon in ihrer Jugend verschlungen hatte?

»Wir sind keine Freundinnen von Miss Webster«, erklärte Mrs. Selkirk mit einer Überheblichkeit, die den unbekümmerten Wirt wahrscheinlich in Unruhe versetzen würde. »Ich bin ihre Brotherrin. Sie ist die Anstandsdame meiner Tochter.« Mrs. Selkirk deutete auf Genevieve, die mit ihrem dunklen Haar und den elfenbeinfarbenen Apfelbäckchen hübscher war, als Leah es je hätte sein können. Ihre Lippen glichen einer verführerischen rosa Schleife, ihre Augen schimmerten azurblau und ihre Nase war perfekt geformt. »Ich möchte Ihnen Miss Genevieve Selkirk vorstellen«, fuhr Mrs. Selkirk fort. »Sie ist wahrscheinlich eine der begehrtesten potenziellen Bräute auf dem Fest.«

»Hm.« Mr. Parker klang vollkommen unbeeindruckt,

und Leah musste ein Lächeln unterdrücken. »Das ist schön für sie. Willkommen in Marrywell.«

»Und das ist meine Freundin, Mrs. Dunhill«, fügte Mrs. Selkirk hinzu. »Ich hoffe, Sie haben uns das beste Quartier zugewiesen.«

Mr. Parker wirkte verblüfft. »Ich, ach, nun ja. Unsere Unterkünfte sind alle ausgezeichnet. Ich hoffe, Sie urteilen genauso. Kommen Sie, gehen wir hinein.«

Leah wartete, bis die anderen Ladys ihm gefolgt waren, und nutzte die Gelegenheit, sich langsam im Kreis zu drehen, wobei sie den Blick über das Gasthaus, die Stallungen und die High Street jenseits des Hofes schweifen ließ. Sie atmete den vertrauten Duft des Frühlingsgrases ein, der sie unweigerlich an den Botanischen Garten erinnerte, der ihr wahrscheinlich der liebste Ort auf der ganzen Welt war. Denn dort hatte sie Phin kennengelernt, und diese Gärten gehörten zu seiner Familie – oder jetzt ihm.

Die vierhundert Hektar großen Gärten lagen am Ende der High Street. Dort fanden viele Veranstaltungen des Fests zur Partnerfindung statt – und das war bei dem launischen Frühlingswetter in England immer ein Risiko. Leah hatte viele Erinnerungen an Regen, Kälte und Wind.

Es war so schön, wieder hier zu sein. Sogar schöner, als sie sich ausgemalt hatte. Und sie hatte Phin noch nicht einmal gesehen.

Leah eilte in das Gasthaus und unverzüglich wurde sie von der niedrigen Decke der Gaststube und dem großen, einladenden Feuer begrüßt, das in dem riesigen Kamin an der gegenüberliegenden Wand munter loderte. Sie beobachtete, wie Mrs. Parker die anderen Frauen begrüßte, und dann richtete sich die Aufmerksamkeit der Wirtin auf Leah.

»Leah, mein Mädchen!« Mrs. Parker stürzte auf Leah zu und umarmte sie.

Leah konnte nichts anderes tun, als diese Umarmung zu

erwidern und sie wollte auch nichts anderes. Für einen Moment schloss sie die Augen und meinte, dass Mrs. Parker genau wie ihr Gewürzkuchen, nach Muskat und Zimt roch, den Leah auf unerklärliche Weise vergessen hatte.

Mrs. Parker trat einen Schritt zurück und legte Leah die Hände auf die Schultern. »Lass mich dich ansehen. Lieber Gott, bist du schön geworden.«

Das stimmte zwar nicht, aber Leah hatte Mrs. Parkers Freundlichkeit immer geschätzt. Mit Mitte fünfzig war sie um einige Jahre älter als Leahs eigene Mutter. Sie besaß ein warmes Lächeln und ein fröhliches Gemüt, an dem es Leahs Mutter mangelte.

»Wie geht es Ihnen, Mrs. Parker? Es ist schön, Sie wiederzusehen.«

»Wie immer, Liebes.« Sie löste die Hände von Leah. »Bleibst du hier, oder fährst du zur Black Sheep Farm?«

»Ich bleibe hier.« Leah dachte nicht daran, die Farm ihrer Familie zu besuchen. Die Black Sheep Farm, benannt nach dem fruchtbaren Boden, der in den letzten zweihundert Jahren deutlich weniger fruchtbar geworden war, und der allgegenwärtigen Schafherde, war der Ort, an dem ihre Eltern und ihr älterer Bruder mit seiner Frau und seinen Kindern lebten.

Mrs. Selkirk mischte sich in das Gespräch ein. »Als Anstandsdame meiner Tochter wird Miss Webster auf dem zusätzlichen Bett in Miss Selkirks Zimmer schlafen, das an unseres angrenzt, zumindest erwarte ich das.«

»Genau das haben wir für Sie vorbereitet«, versicherte Mr. Parker ihr freundlich. »Es gibt auch ein gemütliches Wohnzimmer zwischen Ihren Zimmern. Das Arrangement dürfte Ihnen gefallen.«

Mrs. Selkirk nickte zustimmend und blickte sich in der Gaststube um. »Wunderbar.«

»Wünschen Sie, dass ich Sie jetzt hinaufführe, oder

möchten Sie lieber hier in der Gaststube Tee trinken, während Ihre Sachen in Ihre Räumlichkeiten gebracht werden?« Mrs. Parker neigte sich zu Leah. »Ich werde dafür sorgen, dass dein Bett schön und bequem ist«, flüsterte sie.

»Danke«, murmelte Leah, von der Fürsorge der Wirtin gerührt.

»Wir werden Tee trinken«, antwortete Mrs. Selkirk, ohne die anderen zu Wort kommen zu lassen. »Dann kann unsere Zofe unsere Sachen auspacken.« Sie hatten Hardy mitgebracht, die Kammerzofe, die sowohl Mrs. Selkirk als auch ihrer Tochter half. Leah fand es etwas seltsam, dass eine Erbin wie Genevieve keine eigene Kammerzofe hatte, aber die Selkirks zogen offenkundig einen sparsamen Lebensstil vor.

Nach der langen Kutschfahrt wollte Leah sich unbedingt die Beine vertreten. Vielleicht wollte sie aber auch nur den Botanischen Garten in Augenschein nehmen. Auf jeden Fall hoffte sie, dort jemand Bestimmten zu treffen, wenn dies auch eher unwahrscheinlich war. »Stört es Sie, wenn ich einen Spaziergang unternehme?«, fragte Leah. »Der Botanische Garten ist spektakulär.« Ihr wurde klar, dass sie die anderen Ladys einladen musste. »Sie sollten alle mitkommen.« Das würden sie hoffentlich nicht tun, und da Genevieve sich in der Regel nicht gern im Freien aufhielt, war dies mehr als eine gute Möglichkeit.

Die drei Frauen sahen sie an, als hätte sie vorgeschlagen, zu Fuß nach London zurückzukehren. Wie erwartet, antwortete Mrs. Selkirk im Namen aller. »Wir ziehen es vor, uns zu erfrischen, aber Sie können gern einen kleinen Spaziergang machen.« Sie schenkte Leah ein aufrichtiges Lächeln, was wirklich ungewöhnlich war, aber der Wahrheit gerecht wurde. Mrs. Selkirk war froh, Leah los zu sein, wenn auch nur für kurze Zeit.

»Danke. Ich bin bald zurück.«

Ehe Leah sich wieder der Tür zuwandte, versprach Mrs. Parker, ein paar Gewürzkuchen in ihr Zimmer zu stellen.

»Sie sind zu freundlich«, bedankte Leah sich leise und verabschiedete sich.

Der Spaziergang durch die High Street zu den Gärten dauerte nicht lange, und Leah genoss jeden Augenblick, was nicht nur daran lag, dass sie die Selkirks los war. Sie genoss die vertrauten Ansichten und winkte einigen von früher bekannten Menschen zu, die sie ebenfalls wiedererkannten. Am wichtigsten waren allerdings die Gärten, die direkt vor ihr lagen.

Als sie die Garden Street vorsichtig überquerte, um zum Haupttor zu gelangen, fiel ihr Blick auf den schmiedeeisernen Torbogen, der errichtet worden war, als sie noch sehr klein gewesen war – es war ein Ereignis, an das sie keine Erinnerung mehr hatte, von dem sie aber gehört hatte. Das Schild in der Mitte mit der Aufschrift »Marrywell Botanical Gardens« war neu gestrichen worden, seit sie das letzte Mal hier gewesen war.

Der Tag war bewölkt, doch hin und wieder versuchte die Sonne durchzubrechen. Die laue Luft wurde von einer leichten Brise bewegt. Es war ein fast perfekter Frühlingstag, und so sehr Leah den Hyde Park auch liebte, wäre sie dennoch nirgends lieber gewesen als hier, in diesem Botanischen Garten. Nur eines fehlte – eine bestimmte *Person*.

Als Leah auf das Podium zuschritt, das den Mittelpunkt der Festlichkeiten bildete und auf dem ihre Freundin, die Maikönigin Sadie, am ersten Abend ihre Wahl der sieben Jungfrauen verkünden würde, schweiften ihre Gedanken zu den hinter ihr liegenden Jahren zurück. Leah blieb auf dem Weg stehen und schloss für einen langen Moment die Augen, während sie den Erinnerungen an Musik und Gelächter nachhing.

»Leah Webster?«

Leah schlug die Augen auf, und unvermittelt fiel ihr Blick auf die große Gestalt, die auf sie zukam. Groß und stattlich war Phin, das dunkelrote Haar ein wenig zu lang, und er sah fast genauso aus, wie sie ihn in Erinnerung hatte. Nein, das war nicht ganz richtig. Als sie von hier fortgezogen war, war er noch ein Junge von achtzehn Jahren gewesen, sein Gesicht runder, und sein Körper schlaksiger. Jetzt waren seine Schultern breiter, sein Körper hochgewachsen und seine Gesichtszüge kantiger, während das Kinn irgendwie eckiger wirkte.

Jetzt, da er vor ihr stand, war der Tag wirklich perfekt.

KAPITEL 2

Phineas Radford musste blinzeln, als sein Blick auf die Frau fiel, die mit geschlossenen Augen und dem leicht in den Nacken gelegten Kopf dastand, so dass ihr Gesicht aussah, als würde es von der Sonne geküsst, die gerade hinter einer Wolke hervorkam. Sie wirkte glücklich und so friedvoll, während ein Anflug von Eifersucht ihn durchzuckte.

Dann verspürte er ein allmähliches Wiedererkennen.

Als er auf sie zuschritt, glaubte er, sie zu kennen. Das unter der Haube hervorblitzende blonde Haar, die überdurchschnittliche Körpergröße, die Haltung ihrer Schultern …

»Leah Webster?« Das konnte einfach nicht sein. Leah hatte Marrywell vor Jahren verlassen. Der mangelnde Nachtschlaf und die generelle Erschöpfung durch all die harte Arbeit in den Gärten trübten Phin den Verstand.

Doch dann neigte sie den Kopf, und er erkannte den markanten Höcker ihrer Nase. Das war unverkennbar Leah. Sie verabscheute dieses Merkmal, doch Phin fand immer, dass es ihr eine Aura von Stärke und – so albern dies angesichts ihrer Herkunft auch klingen mochte – Aristokratie verlieh. Das hatte sie stets zum Lachen gebracht. Wie schmerzlich er dieses Lachen vermisst hatte, war ihm bis zu diesem Moment nicht einmal klar gewesen.

»Phineas Radford«, meinte sie, als er näher kam. Sie formte ihre vollen Lippen zu einem verschmitzten Lächeln, das kokett hätte wirken können, wäre er nicht ihr ältester Freund auf Erden.

»Du bist es *wirklich*!« Phin stürmte auf sie zu, schloss sie in die Arme und hob sie vom Boden hoch, ehe er sie im Kreis herumwirbelte.

Sie lachte – es war nicht das Kichern, das ihm in Erinnerung geblieben war, und er fragte sich, ob sie inzwischen zu alt für solche Dinge geworden war. Er rechnete im Kopf nach, wie alt sie sein musste, doch natürlich wusste er es, denn sie war immer ein Jahr älter als er mit seinen fünfundzwanzig Jahren.

»Ich bin es«, meinte sie. »Ich bin überrascht, dass du mich wiedererkannt hast.«

Er setzte sie ab, ohne sie allerdings gleich wieder loszulassen. »Wie könnte ich nicht?«

»Meine Nase wird mich immer verraten«, entgegnete sie seufzend. »Und leugne es nicht. Ich habe gesehen, wohin deine Augen gewandert sind.«

»Also schön. Deine Nase *ist* markant, aber ich habe dir immer versichert, wie wunderbar patrizisch sie dich aussehen lässt.« Er führte seine Hände zu ihren und drückte sie, während er sie betrachtete. »Du siehst tatsächlich wunderbar elegant aus. Ich bin kein Experte in Sachen Mode, aber dieses Reisekostüm ähnelt dem, das Sadie bei ihrem Besuch im letzten Herbst getragen hat. Und wie du weißt, ist sie jetzt mit einem Herzog verheiratet. Ich nehme zumindest an, dass du darüber im Bilde bist. Sie erwähnte, dass ihr immer noch korrespondiert.«

»So ist es. Im Gegensatz zu dir und mir. Es war kein guter Zug von dir, meine Briefe nicht zu beantworten.«

Verlegen ließ er von ihren Händen ab. »Nein, das war es nicht. Aber ich bin kein sehr guter Korrespondent. Ich hatte gehofft, du würdest mich früher besuchen, das gebe ich zu. Wie lange liegt das nun zurück, sieben Jahre?«

»Sechs Jahre, acht Monate und dreiundzwanzig Tage.«

Phin starrte sie an, und dann stieß er ein herzhaftes Lachen aus. »Du hast *gezählt?*«

Sie zuckte mit den Schultern. »Es ist eine ungefähre Vermutung.«

»Warum habe ich das Gefühl, dass es eher eine exakte Rechnung ist? Ich frage mich, ob du es bis auf die letzte Sekunde weißt, wenn ich noch einmal nachbohre. Du hattest schon immer eine Begabung für Zahlen.«

Spielerisch schlug sie ihm auf den Arm und kniff ein Auge zu. »Hör auf, dich noch über mich lustig zu machen. Dafür sind wir zu alt.«

»Sind wir das?«, seufzte er. »Ja, vermutlich. Du scheinst es jedenfalls zu sein.« Als Reaktion schoss eine ihrer feinen blonden Augenbrauen in die Höhe, und er beeilte sich hinzuzufügen: »Nicht älter – kultivierter. Du siehst aus, als gehörtest du nach London, nicht nach Marrywell.« Warum war sie nach all dieser Zeit hier? Dass sie zu einem Familienbesuch gekommen war, glaubte er nicht, denn zu ihren Leuten hatte sie kein gutes Verhältnis. »Bist du zum Fest hergekommen?«

»Das bin ich tatsächlich.«

Er schüttelte den Kopf. »Ich kann nicht glauben, dass du nicht verheiratet bist.« Sie war nicht nur klug und geistreich, sondern auch eine treue und loyale Freundin.

Wieder lachte sie. »Ich glaube, ihr alle habt vergessen, dass ich Marrywell verlassen habe, um die bezahlte Gesellschafterin von Lady Norcott zu werden. In einem solchen

Beruf gibt es keine Zukunft für die Ehe. Ich bin nicht in der Absicht hergekommen, eine Ehe zu schließen.«

»Du bist also mit Lady Norcott hier? Ist sie auf der Suche nach einem Ehegatten?« Er erinnerte sich nicht genau an das Alter der Frau, doch er war der Annahme gewesen, sie sei ... älter. Schätzungsweise war sie so alt wie seine geliebte Großmutter.

»Nein, bedauerlicherweise ist sie letztes Jahr gestorben. Ich bin jetzt bei ihrer Nichte, Mrs. Selkirk, als Anstandsdame ihrer Tochter, Miss Genevieve Selkirk, angestellt. Sie ist es, die nach einem Ehemann Ausschau hält.«

»Mein Beileid«, gab Phin zurück. »Dein neuer Schützling ist natürlich an der richtigen Adresse. Ich nehme an, du hast sie hierhergelockt. Einmal eine Marrywellerin, immer ein Marrywellerin, sage ich.« Für ihn selbst galt dies in doppelter Hinsicht, denn seine Familie war eine der Gründerfamilien der Stadt gewesen. Und weil sein Großvater dafür gesorgt hatte, dass das Erbe seiner Familie eng mit Marrywell verbunden blieb, als er ein großes Stück seines Anwesens für das Fest zur Verfügung gestellt hatte. Die Marrywell Botanical Gardens hätten wahrscheinlich Radford Marrywell Botanical Gardens heißen müssen.

»Das hoffe ich«, brachte sie mit wehmütiger Miene hervor, während sie sich in den Gärten umblickte. »Es sieht genauso aus, aber nicht ganz so. Die Bäume sind natürlich höher gewachsen.«

Dass sie von der Dezimierung der Pflanzen aufgrund der furchtbaren Wetterverhältnisse im vergangenen Jahr nichts sehen konnte, ließ ihn vor Erleichterung seufzen. Und noch hatte sie die Hecken nicht gesehen, die beschnitten werden mussten, oder die überwucherten Rasenflächen. Er musste einfach beten, dass es den Leuten nicht so ins Auge fiel, denn er konnte es sich einfach nicht leisten, alles instand zu halten. Die Pflege eines Botanischen Gartens dieser Größenordnung war schlichtweg konkursentscheidend. Insbesondere, wenn der eigene Vater die Kasse mit Fehlinvestitionen hatte ausbluten lassen, und dann den Rest in der Hoffnung verspielt hatte, die Verluste auszugleichen.

»Hast du neue Zierbauten hinzugefügt?«, fragte sie. »Mindestens einen, nehme ich an, oder vielleicht auch zwei.«

Sein Großvater hatte alle paar Jahre neue Zierbauten aufgestellt. Es gefiel ihm, etwas Neues und Interessantes zu bieten, um die Stadtbewohner zu beeindrucken und Besucher für das Fest anzulocken. Neue Zierbauten verlockten die Leute zum Wiederkommen. In den zehn Jahren seit dem Tod seines Großvaters war nur ein einziger neuer Zierbau hinzugekommen, und das auch nur, weil er bereits bezahlt und mit dem Bau begonnen worden war.

»Es gibt keine neuen Zierbauten, fürchte ich. Ich habe mich noch nicht für die richtige Stelle oder die Ausführung entscheiden können«, flunkerte er. »Vielleicht kannst du mir mit deiner Meinung auf die Sprünge helfen.«

Ihre Lippen hoben sich zu einem plötzlichen Lächeln und ihr gesamtes Gesicht heiterte sich auf. »Es wäre mir ein Vergnügen.« Dann verfinsterten sich ihre Züge. »Ich habe sehr bedauert, vom Tod deines Vaters zu hören. Das muss ein großer Schock gewesen sein.«

Damals hatte sie ihm ebenfalls geschrieben, wenn er sich richtig erinnerte, doch er hatte niemandem eine Antwort geschickt. Dafür könnte er seine mangelnden Korrespondenzfähigkeit verantwortlich machen, doch in Wahrheit hatte er sich von dem plötzlichen Verlust über die Maßen überwältigt gefühlt. Zu behaupten, es hätte an seinem Schock gelegen, wäre eine Untertreibung. Trotz der schweren Fehler seines Vaters und seiner Unfähigkeit, den Besitz erfolgreich zu führen, hatte Phin ihn geliebt. Phin war am Boden zerstört gewesen, als er in Winchester niedergestochen aufgefunden worden war. Alle glaubten, der alte

Radford sei Opfer von Straßenräubern geworden, aber Phin wusste, was wirklich dahintergesteckt hatte.

Sein Vater war nach Winchester gefahren, um seine Schulden zu begleichen, aber er hatte nicht genug Geld mit sich geführt. Phin hätte seinen Vater nicht gehen lassen, wenn er vorher davon gewusst hätte. Doch die Wahrheit war erst Tage später ans Licht gekommen, als er eine Nachricht fand, die sein Vater für ihn hinterlassen hatte. Sie war vom Schreibtisch im Arbeitszimmer auf den Boden gesegelt.

Fünf Jahre hatte sein Vater nur gebraucht, um Radford Grange und die Botanischen Gärten in ernste Gefahr zu bringen. Beides wollte Phin unbedingt erhalten, nicht für sich selbst, sondern für ganz Marrywell. Die Gärten waren für die Stadt allein wegen des Festes von allergrößter Bedeutung. Sie bildeten den Hauptgrund, dass die Leute nicht nur kamen, sondern auch wiederkehrten, nachdem sie eine Partnerschaft eingegangen waren. Hier wurden Erinnerungen wieder wach und wenn die Gärten verwahrlosten, würde die Stadt und ihre Bewohner darunter leiden.

Phin riss sich von den beunruhigenden Gedanken los, die ihn fast ständig quälten. »Es war schrecklich, das gestehe ich. Doch es liegt nun fünf Jahre zurück und ich habe mich davon erholt.« Von dem Schock, jedoch waren die Auswirkungen der Untaten seines Vaters weiterhin gegenwärtig. Als dann noch das verheerende Unwetter im letzten Jahr dazukam, schien eine vollständige Regenerierung der Situation in unerreichbare Ferne gerückt.

»Wie geht es dem Rest deiner Familie?«, erkundigte Leah sich. »Deinen Schwestern? Deiner Großmutter?«

Seine älteren Schwestern hatten vor Jahren geheiratet, und keine von ihnen lebte in Marrywell oder in der Nähe. »Caro und Lou geht es gut, ebenso wie ihren Familien. Großmutter ist vor zwei Jahren nach Radford Grange gezogen.« Er bezog sich auf die Mutter seiner Mutter, die einzige Großmutter, die Leah je kennengelernt hatte.

»Tatsächlich? Wie schön. War sie nicht in Oxfordshire bei ihrer Schwester?«

»Ja, und als meine Großtante starb, habe ich Großmutter eingeladen, hier zu wohnen.« Das stellte eine weitere Ausgabe dar, wenn auch eine kleine. Und für die er mit Freuden aufkam, koste es, was es wolle.

Leah lächelte ihn an, und kleine Lachfalten bildeten sich in den Winkeln ihrer blaugrauen Augen. »Natürlich hast du das. Du bist noch immer der zuvorkommendste Gentleman, den ich kenne.«

»Ich kann nicht glauben, dass das bei all den Gentlemen, die du bestimmt in London kennengelernt hast, der Fall ist.«

»Verwechsle meine Rolle nicht mit der einer Debütantin oder eines hochgeachteten Mitglieds der Gesellschaft«, meinte sie mit einem leisen Lachen. »Alle Gentlemen, mit denen ich Bekanntschaft geschlossen habe, waren Freunde von Lady Norcott.«

»Keiner von ihnen war zuvorkommend?«

»Natürlich waren sie das. Ich habe ja gesagt, du seist der *zuvorkommendste.*«

Sie wurden von einer lauten, weiblichen Stimme unterbrochen. »Da sind Sie ja, Miss Webster!«

Ein Trio von Frauen kam ihnen auf dem Weg entgegen. Zwei der Ladys waren älter, vielleicht Ende vierzig oder Anfang fünfzig, und die andere war jung und bemerkenswert hübsch. Ihre elegante Haube umrahmte ihr herzförmiges Gesicht auf perfekte Weise, und sie schritt mit einer fließenden Anmut in ihren blassrosa Röcken dahin, die ihre Knöchel umspielten.

Aus dem Augenwinkel nahm Phin wahr, wie Leah sich auf dem Weg drehte, sodass sie den sich nähernden Frauen gegenüberstand. Er bemerkte auch, dass sie sich versteifte. Das mussten ihre Arbeitgeberinnen sein.

»Sie haben sich entschlossen, sich mir anzuschließen«, brachte Leah hervor, und ihr Tonfall hatte eine Ausdruckslosigkeit angenommen, die nicht vorhanden gewesen war, als sie mit ihm gesprochen hatte. Hätte er ihre Stimme gehört, ohne sie zu sehen, würde er nicht gedacht haben, dass sie ihr gehörte. »Wie angenehm. Sind die Gärten nicht wunderschön? Zufällig obliegt diesem Gentleman die Pflege der Botanischen Gärten. Sie gehörten zum Besitz seiner Familie, bis sein Großvater sie Marrywell zur Verfügung gestellt hat. Erlauben Sie mir, Ihnen Mr. Phineas Radford vorzustellen, der Sohn einer der Gründerfamilien von Marrywell.« Ihre Stimme war wieder weicher geworden, als sie ihn vorstellte.

Die drei Damen knicksten, und Phin verbeugte sich höflichst. Zumindest hoffte er, dass es so war. Er war in solchen Dingen nicht sehr geübt. Marrywell war weit von London und dem Hof entfernt.

»Guten Tag«, sagte er höflich. »Ich freue mich sehr, Ihre Bekanntschaft zu machen.«

Leah fuhr fort: »Phin, das ist Mrs. Selkirk.« Sie wies auf die Frau auf der rechten Seite. »Miss Genevieve Selkirk in der Mitte und schließlich Mrs. Dunhill. Sie ist Mrs. Selkirks Freundin.«

Das bedeutete, dass Leah die Anstandsdame der jungen Frau in der Mitte war. Miss Selkirk blinzelte und ihre langen, tintenschwarzen Wimpern flatterten an ihre blassen Wangen, bevor sie sich hoben und ihre tiefblauen Augen enthüllte. Die Farbe entsprach der des Sees in den Gärten an einem wolkenlosen Sommertag.

»Es ist uns auch ein Vergnügen«, entgegnete Mrs. Selkirk. »Ich hoffe, Miss Webster hat uns erwähnt.«

»Aber gewiss doch«, versicherte Phin mit Blick zu Leah. »Man hat sie hier sehr vermisst.«

»Erzählen Sie uns von dem Fest, Mr. Radford«, fuhr Mrs. Selkirk fort, als hätte sie nicht gehört, was Phin gesagt hatte. »Meine reizende Tochter hofft auf eine Heirat – falls sich eine solche ergibt. Sie muss auf der Hut sein, denn sie hat eine beträchtliche Mitgift, und wir müssen uns vor Glücksjägern in Acht nehmen. Deshalb dachten wir, wir könnten außerhalb Londons jemanden finden, der es ehrlich meint und aufrichtig ist.«

Die Welt schien sich um Phin herum zusammenzuziehen, bis er das Gefühl hatte, am Ende eines Tunnels zu stehen, während sich an dessen anderem Ende alles befand, was er brauchte: eine Erbin, die die Gärten vor dem sicheren Untergang bewahren konnte.

Phin lächelte breit. Miss Selkirk könnte die Lösung seiner Probleme sein. »Sie sind zur richtigen Zeit am richtigen Ort. Beim Marrywell Maifest zur Partnerfindung werden seit Hunderten von Jahren erfolgreich Ehen geschlossen.« Mit Ausnahme einer Phase während und nach Cromwells Zeit, der offenbar keine einzige romantische Faser im Leibe gehabt hatte.

»Genau das haben wir uns erhofft«, bestätigte Mrs. Selkirk. »Vielleicht hätten Sie nichts dagegen, uns eine Vorschau auf das Fest zu geben und uns durch die Gärten zu führen?«

»Nicht die ganzen Gärten«, schränkte Leah, wieder in ihrem ausdruckslosen Ton, ein. »Sie sind außergewöhnlich groß, und es würde den Rest des Nachmittags, den Abend und vielleicht sogar die ganze Nacht beanspruchen.«

Mrs. Selkirk schürzte Leah gegenüber die Lippen. »Wir müssen nicht jeden Quadratmeter sehen. Sie brauchen uns nicht zu begleiten, wenn Sie lieber zum Gasthaus zurückkehren möchten.« Klang sie hoffnungsvoll?

»Unsinn, Mama«, meldete sich Miss Selkirk, die zum ersten Mal das Wort ergriff. Ihre Stimme war sanft und melodisch, mit einem kultivierten Londoner Tonfall. »Natürlich wird Leah mitkommen. Sie wird viel zu der Unterhaltung beitragen können, da sie schon viele Feste besucht hat. Ich kann mir auch vorstellen, dass sie mit den Gärten gut vertraut ist.« Sie richtete ihre strahlend blauen Augen auf Phin. »Und vielleicht auch mit Ihnen, Mr. Radford?«

»Ganz bestimmt. Tatsächlich kennen wir uns schon, seit ich mich erinnern kann. Ich glaube, ich war drei, als wir uns kennenlernten. Das hat mein Vater mir erzählt.«

»Ich erinnere mich genau«, murmelte Leah.

»Ja, nun, du bist ein Jahr und zwei Monate älter als ich«, sagte er grinsend, bevor er sich an die anderen wandte. »Ich würde mich freuen, Ihnen einen Vorgeschmack auf das Fest vermitteln zu dürfen. Wir können mit der Besichtigung des Podiums den Anfang machen, auf dem die zwei wichtigsten Dinge stattfinden werden.«

»Und welche wären das?«, fragte Miss Selkirk.

»Die Bekanntgabe der sieben Ehrenjungfrauen durch die Maikönigin am ersten Festabend und die Bekanntgabe der Maikönigin und des Königs für das nächste Jahr, die am letzten Abend stattfindet.« Er setzte sich in Bewegung und bot Miss Selkirk seinen Arm. »Kommen Sie, ich zeige es Ihnen.«

»Leah hat mir von dem Fest und den Ehrenjungfrauen berichtet«, meinte Genevieve. »Anscheinend sind sie die begehrtesten jungen Damen auf dem Fest.«

Phin führte Miss Selkirk den Weg entlang zum Podium. »Das ist häufig der Fall.«

»Sind es immer *junge* Damen?«, wollte Mrs. Dunhill hinter ihnen wissen.

»In der Regel«, antwortete Phin in der Annahme, Mrs. Dunhill zu antworten, denn es war nicht Mrs. Selkirks Stimme gewesen, und Leah klang auch nicht so. Aber Leah klang auch nicht wirklich wie sie selbst, jedenfalls nicht in Anwesenheit ihrer Arbeitgeberin. Wurde von ihr etwa erwartet, auf eine bestimmte Art und Weise zu sprechen und sich zu benehmen? Er erinnerte sich, wie sie sich versteift hatte, als die anderen auf sie zugekommen waren. Vielleicht wünschte Mrs. Selkirk, ein besonders formelles Verhalten von Leah, so wie von einem Butler in einem großen Haus.

Das gefiel Phin gar nicht. Leah war zu unbekümmert und liebenswürdig, um solche Einschränkungen auf Dauer zu erdulden. Jedenfalls war sie das gewesen, als er sie gekannt hatte. Die in der Ferne verbrachten Jahre hatten sie wahrscheinlich verändert.

Wie dem auch war, wer war er schon, um sich ein Urteil über sie zu erlauben oder Vermutungen anzustellen? Dies war Leahs Beruf, und sie würde alles Erforderliche tun, um ihre Arbeitgeber zufriedenzustellen. Ebenso wie Phin alles Notwendige tun würde, um die Gärten vor dem Verfall zu bewahren.

Zu diesem Zweck richtete er seine Aufmerksamkeit nun ganz auf Miss Selkirk. »Erlauben Sie mir Ihnen zu beschreiben, wie sich das gesamte Gelände nachts mit der Beleuchtung und der Musik verwandelt. Es ist wirklich magisch.«

Lächelnd schaute sie zu ihm auf. »Ja bitte. Erzählen Sie.«

Er unternahm einen Versuch, sich vorzustellen, wie es wäre mit dieser jungen Frau verheiratet zu sein und ... er scheiterte. Was hatte er zu erwarten? Es ging ihm nicht darum, sich zu verlieben. Das wäre zwar schön, war aber nicht notwendig. Er brauchte eine Erbin.

Liebe zählte zu den Dingen, die er sich nicht leisten konnte.

KAPITEL 3

Am gleichen Abend noch wandte Leah sich an Mrs. Selkirk, um sie zu fragen, ob sie am nächsten Tag ihre Freundin besuchen dürfte. Leah hatte nicht erwähnt, dass es sich bei ihrer Freundin um die Herzogin von Lawford handelte. Hätte sie das getan, hätte Mrs. Selkirk sich selbst, Genevieve und auch Mrs. Dunhill eingeladen.

Mit gerümpfter Nase hatte Mrs. Selkirk entgegnet, dass sie es vorziehen würde, wenn besagte Freundin Leah im Gasthaus besuchen könnte. Also hatte Leah eine Nachricht an Sadie geschickt, die sie praktisch schon ihr ganzes Leben lang kannte, und sie für den folgenden Nachmittag in das Gasthaus eingeladen.

Leah betrat das kleine Wohnzimmer, das sich zwischen dem beengten Zimmer, das sie mit Genevieve teilte, und dem größeren Schlafzimmer lag, das von Mrs. Selkirk und Mrs. Dunhill bewohnt wurde. Alle drei saßen dort bereits versammelt und blickten Leah entgegen, als sie eintrat.

Mrs. Selkirks Augen wurden schmal, als Leah auf die Tür zuschritt. »Wo wollen Sie denn hin?«

Leah zwang sich zu einem freundlichen Lächeln und

antwortete: »Meine Freundin erwartet mich unten, wie Sie es gewünscht haben.« Mrs. Parker war hocherfreut gewesen, für die beiden Freundinnen, Sadie und Leah, den Tee in der Sitzecke zu arrangieren.

»Ach, das.« Mrs. Selkirk winkte mit der Hand und verengte ihre blauen Augen. »Sie beide werden das Gasthaus doch nicht verlassen, nicht wahr?«

»Nein. Wäre es ein Problem, wenn wir das täten?«

»Ich denke nicht. Ich habe mich gefragt, ob Sie es sich vielleicht anders überlegt haben und Sie doch Ihren Eltern einen Besuch abstatten wollen.«

»Das würde sie nicht tun«, antwortete Genevieve. »Leah steht ihnen nicht nahe.« Mehr hatte Leah ihr nicht anvertraut.

Trotz Genevieves Zusicherung blickte Mrs. Selkirk erwartungsvoll zu Leah.

»Ich habe meine Meinung nicht geändert und werde sie auch nicht ändern«, sagte Leah. »Was Genevieve sagt, entspricht der Wahrheit.« Hoffentlich würde sie von ihrer Familie während des Festes überhaupt nichts sehen. Da ihre Mutter nicht viel auf gesellschaftliche Verpflichtungen gab, bestand diese Möglichkeit durchaus.

»Nun, das ist ein Jammer«, meinte Mrs. Selkirk ohne einen Anflug von Mitleid oder Sorge. »Es klingt, als hätte meine Tante Ihnen einen großen Dienst erwiesen, als sie Sie aus dieser Gemeinde herausgeholt hat.«

»Das hat sie in der Tat.« Freude und Trauer mischten sich zu gleichen Teilen in Leahs Brust. »Lady Norcott war ein wunderbarer Mensch.«

»Ja, wir hatten das Privileg, sie als Familienangehörige zu haben.« Häufig erinnerte Mrs. Selkirk Leah auf so subtile Weise daran, dass sie Lady Norcotts Familie waren, wobei es keine Rolle zu spielen schien, wie nahe sich Leah und die

Verstorbene in den sechs Jahren ihrer Zusammenarbeit gestanden hatten.

»Wenn Sie mich entschuldigen, ich möchte meine Freundin nicht warten lassen«, bat Leah bescheiden. Sie zögerte, und als Mrs. Selkirk nichts erwiderte, verließ Leah die Suite so behutsam wie möglich.

Erleichtert stieß Leah die Luft aus und machte sich auf den Weg nach unten. Sie hoffte wirklich, dass Genevieve sich diese Woche verloben würde. Dann könnte Leah eine neue Anstellung finden, die sie hoffentlich weit weg von Mrs. Selkirk führen würde.

Als Leah die Gaststube betrat, war Sadie schon da. Sie stand in der Nähe des Fensters mit Blick auf den Hof und sie sah genauso aus, wie Leah sie in Erinnerung hatte – ein liebenswertes Lächeln, warme grüne Augen, die oft vor Heiterkeit funkelten, und eine mittelgroße Statur, die vor Energie strotzte. Nur ihr hellbraunes Haar wirkte ein wenig verändert. Ihre ehemalige Frisur war einer eleganteren Variante mit einem Perlenkamm gewichen. Darüber hinaus strahlte Sadie ein unbeschreibliches Licht aus, das früher nicht vorhanden gewesen war. Leahs Vermutung nach musste es sich um eine Folge der Mutterschaft handeln.

Sadie eilte auf sie zu, und die beiden Freundinnen fielen sich in die Arme. »Ich freue mich so, dich zu sehen«, raunte sie dicht an Leahs Ohr.

Als sie sich aus ihrer Umarmung lösten, grinste Leah sie an. »Du strahlst ja geradezu.«

»Tatsächlich? Ich hatte schon die Befürchtung, ich würde erschöpft aussehen.«

Leah sah sie mit hochgezogener Augenbraue an. »Bist du überhaupt zu erschöpfen? Ich hätte nicht gedacht, dass das möglich ist.«

Lachend trat Sadie zum Tisch. »Das dachte ich auch

nicht, aber ich habe noch nie zuvor ein Baby zur Welt gebracht.«

»Aber bist du glücklich?«, fragte Leah und setzte sich auf ihren Platz.

»Erstaunlicherweise. Und das bei diesem fürchterlichen Schlafmangel.« Sadie schenkte ein und bereitete ihren Tee mit Milch und Zucker zu. »Was ist mit dir? Als wir uns das letzte Mal gesehen haben, warst du noch immer um Lady Norcott in Trauer und du hattest ein paar Vorbehalte gegenüber deinem derzeitigen Arrangement.« Sadie warf einen Blick zur Tür. »Ich werde jetzt die Tür schließen.«

»Brillant.« Leah wollte auf keinen Fall das Risiko eingehen, dass Mrs. Selkirk ihr Gespräch belauschte. Ein kleiner Teil von Leahs Leben konnte wohl gewiss privat bleiben. Sie nippte an ihrem Tee und legte sich gleich zwei von Mrs. Parkers köstlichen Gewürzkuchen auf den Teller.

Sadie ließ sich auf ihrem Stuhl zurücksinken und strich den Rock ihres narzissengelben Kleides glatt. »Vermute ich richtig, dass deine Vorbehalte noch nicht verschwunden sind?«

»Nicht ganz. Dieses Arrangement ist nicht so ... erfüllend wie dasjenige mit Lady Norcott.«

»Es gibt keinen Grund, vor mir mit deiner Meinung hinter dem Berg zu halten«, bemerkte Sadie mit einem Augenzwinkern und legte sich ein paar Törtchen auf den Teller. »Ich weiß, wie glücklich du mit Lady Norcott gewesen bist. Sie hatte sich deiner wirklich angenommen, als wärst du ein Mitglied ihrer Familie gewesen.«

Das hatte sie in der Tat. Lady Norcott hatte nicht nur Sorge dafür getragen, dass Leah beinahe jeden ansehnlichen Park, jeden Garten, jedes Museum und jede Bibliothek in London aufsuchte, sondern sie hatte Leah auch nach Bath, Brighton und York mitgenommen. Leah hatte Dinge gelernt, gesehen und erlebt, die sie sich nie erträumt hätte. Das war es allerdings nicht, was Leah am meisten vermisste. Sie vermisste die Frau selbst – ihr Lachen, ihre geistreichen Kommentare und vor allem ihre Güte. In vielerlei Hinsicht war Lady Norcott die Mutter, oder vielleicht Großmutter, die Leah nie besessen hatte.

»Ich hatte nicht erwartet, dass die Stellung bei Mrs. Selkirk als Anstandsdame ihrer Tochter ebenso erfüllend sein würde«, entgegnete Leah. »Aber ich habe auch nicht erwartet, dass ich mich als Hindernis empfinde. Mrs. Selkirk erinnert mich gerne daran, wie dankbar ich sein sollte, nicht in der Küche arbeiten zu müssen.«

»Sie merkt wohl nicht, wie wohl du dich dort fühlst«, sagte Sadie lachend.

Leah nickte, während sie einen Bissen Kuchen herunterschluckte. »Oder wie gern ich in Gesellschaft ihrer Köchin und ihrer Küchenmädchen bin.«

»Hast du in Erwägung gezogen, dir eine andere Stellung zu suchen?«, fragte Sadie.

»Das habe ich, aber Mrs. Selkirk hat keinen Hehl daraus gemacht, dass sie Genevieve schnellstmöglich verheiraten möchte. Ich habe beschlossen, mich in Geduld zu fassen, da diese Anstellung wahrscheinlich nicht länger als ein Jahr dauern wird.«

»Aber bald hast du doch dein einjähriges Jubiläum dort, nicht wahr?«

»Ja, es ist etwa in zwei Wochen.«

»Besteht die Möglichkeit, dass du einfach hierbleibst?« Sadie nahm einen Gewürzkuchen in die Hand und winkte Leah damit zu. »Natürlich würdest du das nicht tun, und ich verstehe auch den Grund.« Sie wusste zwar, dass Leahs Mutter ihre Tochter schlecht behandelt hatte, aber über die weiteren Einzelheiten war sie nicht im Bilde – nur Phin kannte sie. »Ich habe dich natürlich schrecklich vermisst, aber ich verstehe, warum du damals fortgegangen bist. Das hätte ich ebenfalls getan. Und jetzt, wo ich einen Teil des Jahres in London lebe, werden wir uns öfter sehen können. Das heißt, wenn ich nicht gerade entbinde. Und wenn dein Zeitplan es erlaubt.«

»Im Grunde genommen habe ich mehr Freizeit, als man annehmen sollte, aber Mrs. Selkirk kontrolliert peinlich genau, wohin ich gehe. Es gefällt ihr mich zu gängeln.« Es war eine gänzlich andere Situation als die, die sie mit Lady Norcott genossen hatte. »Deshalb hat sie auch darauf bestanden, dass du herkommst, anstatt mir zu erlauben, dass ich dich besuche.«

Sadie schnaubte leise. »Wenn du ihr eröffnet hättest, die Herzogin von Lawford hätte dich eingeladen, hätte sie dich bestimmt gehen lassen. Aber ich verstehe, warum du das unterlassen hast.«

»Sobald sie erfährt, dass du eine Herzogin bist, wird sie unsere Freundschaft ausnutzen. Ich wollte ein letztes Treffen, ehe sie diese Woche in alles ihre Nase steckt. Aber ich möchte unbedingt den kleinen Jerome kennenlernen.«

»Das wirst du. Ich bin sicher, dass ich ihn diese Woche zu ein oder zwei Veranstaltungen mitbringe, und wir müssen einfach eine Möglichkeit finden, wie du ihn besuchen kannst – hoffentlich ohne deine Arbeitgeberin.« Sadie schenkte ihr ein entschlossenes Lächeln. »Es tut mir leid, dass diese Stelle nicht im Entferntesten an die letzte heranreicht. Sie war ein solcher Segen für dich, den du voll und ganz verdient hast.« Denn Leah hatte damals verzweifelt nach einer Möglichkeit gesucht, ihrem Zuhause zu entkommen.

»Ich danke dir für das Verständnis, das du immer für mich gehabt hast, was meine Familie angeht und warum es keine Option gewesen war, in Marrywell zu bleiben.« Es gab eine Sache – oder besser gesagt, einen Menschen – der sie hätte überzeugen können, ihren Entschluss zu ändern. Aber warum hätte er das tun sollen? Sie waren nur

Freunde. Und *wäre* sie geblieben? Die Trennung von ihrer Familie, insbesondere ihrer Mutter, hatte sie glücklicher gemacht, als sie zuvor in ihrem Leben gewesen war. »Was meine derzeitige Situation angeht, so wird Genevieve sich noch diese Woche verloben, wenn es nach Mrs. Selkirk geht, und dann kann ich mir bald eine neue Stellung suchen.«

Sadie nahm ihre Teetasse auf. »Hervorragend. Ich kann mich umhören – diskret natürlich –, ob jemand eine Anstandsdame sucht. Ich würde mich freuen, wenn du dich auf ein Arrangement einlassen könntest, das dir mehr zusagt.«

»Das weiß ich sehr zu schätzen.« Leah lächelte herzlich, während Sadie an ihrem Tee nippte. »Lady Norcott hat mir ein ausgezeichnetes Empfehlungsschreiben hinterlassen, das ich ebenfalls verwenden kann.« Leahs ehemalige Arbeitgeberin hatte diesen Brief, zwei Monatsgehälter und fünf ihrer Lieblingsbücher aus ihrer Bibliothek hinterlassen. Leah war zwar dankbar, aber sie hatte eigentlich ein wenig mehr erwartet – allein schon deshalb, weil Lady Norcott ihr versichert hatte, sie würde nicht vergessen werden, und dass für sie gesorgt sei. Aber vielleicht war Leah auch nur albern. Lady Norcott *hatte* sich an sie erinnert.

Es war der Teil mit dem »für sie gesorgt sei«, der Leah verwirrte. Aber vielleicht hatte Lady Norcott damit ihre derzeitige Stellung als Genevieves Anstandsdame gemeint. Allerdings musste ihr auch bewusst gewesen sein, dass diese Position nicht ewig Bestand haben würde.

Auch wenn dieses Arrangement ihr nicht gefiel, war Leah dankbar. Sie hatte schon viel Schlimmeres aushalten müssen.

Sadie setzte ihre Tasse ab. »Du bist im Lawford House immer willkommen – falls du zwischen deinen Anstellungen ein Dach über dem Kopf brauchst. Oder aus welchem Grund auch immer.«

»Danke, obwohl ich dein neues Glück nur ungern stören würde.«

»Ich bin jetzt seit fast einem Jahr verheiratet«, entgegnete Sadie mit einem kleinen Lachen.

Leah warf ihr einen frechen Blick zu. »Hast du schon genug von Law?«

»Als ob das je passieren könnte.« Sadies Glück war mit den Händen greifbar. Wenn Leah sich nicht so überschwänglich für ihre Freundin freuen würde, wäre sie vielleicht eifersüchtig geworden. »Ich meine es allerdings ernst, du solltest kommen und bleiben. Oder mich wenigstens öfter besuchen. Wenn ich mich Mrs. Selkirk als deine älteste und liebste Freundin zu erkennen gebe, werde ich ihr eröffnen, dass ich von dir erwarte, mich mindestens alle vierzehn Tage einmal zu besuchen, während wir in London sind. Nein, jede Woche.«

Kichernd griff Leah nach ihrer Teetasse. »Das können wir auf jeden Fall versuchen.«

»Ich muss zugeben, mich letztes Jahr bei meiner Ankunft in London zuversichtlicher gefühlt zu haben, weil ich wusste, dass du in der Nähe bist«, meinte Sadie. »Es war alles so einschüchternd.«

»Das finde ich schockierend, muss *ich* zugeben. Du bist einer der willensstärksten Menschen, die ich kenne.«

»Stark ist nicht kühn oder mutig. Du bist all diese Dinge«, konterte Sadie im Brustton der Überzeugung.

Leah schob sich den Rest ihres Gewürzkuchens in den Mund, um nicht antworten zu müssen. Sie war nicht mutig. Oder kühn. Wäre sie das, hätte sie Phin schon vor Jahren ihre Liebe gestanden. Und ihm gebeichtet, dass sie ihn immer geliebt hatte. Niemals würde es für sie einen anderen als ihn geben. Wie könnte das sein?

Er hatte ihr Herz von dem Moment an erobert, als er sie im Alter von neun Jahren im Zierbau des Botanischen

Gartens geküsst hatte. Seitdem war diese Liebe nur noch gewachsen und gediehen, wenn er auch nichts davon wusste. Nie hatten sie über diesen Kuss gesprochen. Warum sollte sie ihm auch von ihrer Zuneigung berichten? Unerwiderte Liebe war vollkommen sinnlos. Und erbärmlich. Darüber hinaus war es scheinbar unmöglich, sie wieder auszurotten. Leah hatte es versucht, was sogar eine schlecht verlaufene »romantische« Begegnung mit einem anderen jungen Mann einschloss, die sich während einem der Feste zur Partnerfindung ereignete, bevor sie Marrywell den Rücken gekehrt hatte. Daraus hatte sie gelernt, dass niemand Phins Platz in ihrem Kopf oder ihrem Herzen einnehmen würde.

»Leah?«

Leah blinzelte und bemerkte, dass Sadie sie von der gegenüberliegenden Tischseite aus beobachtete. »Entschuldigung, ich war mit den Gedanken woanders. Ich habe Phin gestern bei einem Spaziergang durch die Gärten gesehen.«

Sadies Augen leuchteten interessiert auf, und sie beugte sich ein wenig vor. »Hast du das? Ist es wirklich schon sieben Jahre her, dass ihr euch das letzte Mal gesehen habt?«

Leah nickte. Es hatte sich wie eine Ewigkeit angefühlt, und doch waren ihre Gefühle für ihn nicht weniger geworden. Ihn zu sehen, hatte ihr einen körperlichen Ruck versetzt, als ob sie vom Blitz getroffen worden wäre. Das spielte allerdings keine Rolle, denn er teilte weder ihre Gefühle noch war er für irgendeine andere elektrische Spannung empfänglich. Es war sogar schlimmer als das. Sie runzelte die Stirn. »Ich glaube, er könnte an Genevieve interessiert sein.«

»Was hältst du davon?«, fragte Sadie leise.

Als Phin Genevieve galant den Arm angeboten hatte, war Leah danach zumute gewesen, sich zwischen die beiden zu werfen. Als sie dann zusehen musste, wie Genevieve nach seinem Ärmel griff, war Leah kurz davor gewesen, ihr die Hand wegzuschlagen.

Leah richtete den Blick auf ihre Freundin, und Sadie fuhr fort: »Schätzt du ihn immer noch so ... wie früher?«

»Nein, das ist in ferner Vergangenheit. Es könnte auch so alt wie Rom sein, um genau zu sein.« Leah trank einen großen Schluck Tee und betete, dass ihre Freundin ihre Lügen nicht durchschaute. Oder sie wenigstens nichts sagen würde.

Nie hatte Leah aufgehört, ihn zu lieben, wenn ihr auch immer bewusst gewesen war, dass sie nie zusammen sein würden. Wie sollten sie auch zusammenkommen, wenn sie in London und er hier in Marrywell lebte? Je länger er jedoch seine Verheiratung hinausgeschoben hatte, umso stärker war Leahs schwache Hoffnung gewachsen. Vielleicht würde er sie jetzt, da er sie nach so langer Zeit zum ersten Mal wiedertraf, mit anderen Augen sehen. Diese Hoffnung hatte sie dazu veranlasst, Mrs. Selkirk den Vorschlag zu machen, dieses Fest zur Partnerfindung zu besuchen. Niemals hätte sie in ihrer egoistischen, lächerlichen Phantasie daran gedacht, dass Phin sich stattdessen zu Genevieve hingezogen fühlen könnte.

Könnte. Die beiden hatten sich gerade erst kennengelernt. Aber Leah kannte Genevieve und sie kannte Phin, oder sie hatte ihn zumindest gekannt. Sie warf Sadie einen besorgten Blick zu. »Ich fürchte, sie passen nicht gut zusammen.«

»Warum nicht?«

»Ich kann mir nicht vorstellen, dass Genevieve in Marrywell glücklich wird. Sie würde erwarten, dass Phin sich bereiterklärt, London zumindest zu besuchen, wenn nicht sogar einen Teil des Jahres dort zu verbringen. Und sie hält sich viel lieber drinnen im Haus auf. Ihre Lieblingsbeschäftigungen sind Handarbeiten, Klavierspielen und das Lesen der neuesten Klatsch und Tratsch-Blätter. Wir wissen beide, dass Phin praktisch draußen im Freien lebt.«

Sadie hob ihre Teetasse. »Ich verstehe. Das hört sich nach einer Fehlpaarung an. Wahrscheinlich werden die beiden schnell selbst zu diesem Schluss kommen, meinst du nicht auch?«

»Vielleicht. Ich möchte nur eine gute Freundin sein. Und wenn ich eine gute Freundin sein will, sollte ich Genevieve nicht verheimlichen, dass Phin absolut an Marrywell und den Botanischen Garten gebunden ist. Oder ich sollte die beiden ermutigen und meine Bemerkungen für mich behalten.« Leah rieb sich mit der Hand über die Stirn. Der Teil in ihr, der Phin liebte, wollte sich in die Sache einmischen, doch ihnen beiden war keine gemeinsame Zukunft beschieden. Phin *war* an Marrywell gebunden, und Leah war weitaus glücklicher, wenn sie von hier fort war.

Nachdem sie an ihrem Tee genippt hatte, stellte Sadie die Tasse wieder ab. »Ich denke, du solltest Phin von Genevieves Erwartungen und Vorlieben berichten. Er würde deine Aufrichtigkeit zu schätzen wissen.«

Ja, das würde er wahrscheinlich. »So hätte ich einen Vorwand, ihm morgen einen Besuch abzustatten.« Das Fest würde übermorgen beginnen, und sie wollte ihn sprechen, bevor alles überhandnahm.

»Dann solltest du das auf keinen Fall versäumen«, riet Sadie lachend, bevor sie hinzufügte: »Wenn Mrs. Selkirk es erlaubt.«

»Sie schien von Phin begeistert zu sein, als er Genevieve gestern eine halbe Stunde lang durch die Gärten eskortierte. Wenn ich ihr eröffne, dass ich mit ihm über Genevieve sprechen werde – was ich ja tatsächlich vorhabe –, wird sie zweifellos dafür sein.«

»Wie interessant, dass Mrs. Selkirk es befürworten würde, wenn ihre Tochter jemanden wie Phin heiratet. Nach dem, was du mir gerade erzählt hast, scheint Miss Selkirk besser zu einem Londoner Gentleman zu passen.«

»Das dachte ich auch, doch bislang war ihre Saison nicht gerade erfolgreich. Als ich den Vorschlag für das Fest zur Partnerfindung machte, war Mrs. Selkirk sofort Feuer und Flamme für die Idee.«

»Was ist mit ihrem Vater?«, fragte Sadie. »Oder überlässt er die ganze Heiratsplanung – einschließlich der Verhandlungen – Mrs. Selkirk?«

»Hauptmann Selkirk ist mit seinem Regiment zur Ausbildung unterwegs. Ich glaube, er wird im Laufe des Frühjahrs in London zurückerwartet.«

Leah macht sich an ihrem restlichen Gewürzkuchen zu schaffen. »Weißt du, ob Phin vorhat, sich dieses Jahr eine Braut zu suchen?« Das würde sein mögliches Interesse an Genevieve erklären.

Sadie schüttelte den Kopf. »Ich weiß nichts. Er scheint mit seinem Junggesellendasein zufrieden zu sein. Und was ist mit dir? Es gibt noch eine andere Möglichkeit für deine Zukunft – du könntest heiraten. Und da ich die Maikönigin bin, weiß ich aus zuverlässiger Quelle, dass du eine Ehrenjungfrau sein kannst. Wenn du willst.« Sie zwinkerte Leah zu.

Leah konnte sich nichts Entsetzlicheres vorstellen. Jeder würde jeden ihrer Schritte beobachten? Wetten abschließen, wem sie am Ende ihr Jawort geben würde? Mit Sicherheit riefe dies die Aufmerksamkeit ihrer Eltern auf sich. Warum sollte sie sich außerdem mit einer solchen Farce abgeben, wenn es nur einen Mann gab, den sie je hatte heiraten wollen?

»Nein, danke«, lehnte Leah mit einem schwachen Lächeln ab. »Ich glaube nicht, dass die Ehe etwas für mich ist. Aber vielleicht könntest du Genevieve wählen? Dann könnte sie sich mit jemandem zusammentun, der besser zu ihr passt als Phin.«

»Das hört sich vernünftig an, denke ich. Und sie verheiratet zu sehen, würde dir helfen, da du dann eine neue Stelle antreten könntest. Einverstanden, ich werde sie benennen. Aber du bist immer noch meine erste Wahl.» Sadie traf ihren Blick. »Du sagst mir Bescheid, wenn du deine Meinung bis Donnerstag änderst?«

»Das werde ich tun.« Doch das würde sie nicht.

KAPITEL 4

Stirnrunzelnd betrachtete Phin die kärglichen Gärten, die sein Großvater einst liebevoll hinter Radford Grange angelegt und gepflegt hatte. So sollten sie nicht aussehen.

»Hör auf, die Schuld auf dich zu laden«, meinte Thomas Fell, Phins Steward, der links neben ihm stand. »Das Wetter im letzten Jahr lag außerhalb deiner Kontrolle. Alle hatten damit zu kämpfen. Du hast die richtige Entscheidung getroffen, als du alles, was hier überlebt hat, in den Botanischen Garten verpflanzt hast.«

Mit fast siebzig Jahren besaß Tom mehr Energie in einem Arm als mancher halb so alte Mensch im ganzen Leib. Und mit seinem Wissensschatz über die Verwaltung eines Anwesens und Botanischer Gärten könnte er mehrere Bände füllen. Darüber hinaus hatte er es geschafft, sechs wunderbare Kinder zu zeugen, die ihm eine ganze Kompanie von Enkeln schenkten. Dass er immer noch hier war und unermüdlich mit Phin zusammenarbeitete, war ein Beweis für die Loyalität dieses Mannes.

Oder für seine Starrköpfigkeit. Mehr als einmal hatte er

Phin versichert, ihn in seiner derzeitigen finanziellen Notlage *nicht* allein zu lassen. Das erleichterte Phin ungemein, denn Tom war die einzige Person, die um den wahren Stand der fast leeren Kassen von Radford Grange wusste.

»Wie lange wird es dauern, sie wieder herzurichten?«, fragte Phin, obwohl er es bereits wusste. Ihm ging es nur darum, Toms Optimismus hören.

»Ein paar Jahre, würde ich schätzen. Hör auf, dir über Dinge den Kopf zu zerbrechen, die du nicht ändern kannst. Du hast dieses Desaster nicht angerichtet.«

Nein, das hatte er nicht – weder war er für die Wetterschäden noch den Zustand seiner Kassen verantwortlich. »Aber ich muss es in Ordnung bringen.«

Thomas klopfte ihm auf die Schulter. »Du machst deine Sache gut, Junge. Dein Großvater wäre stolz auf dich. Und dein Vater auch, selbst wenn du das wahrscheinlich nicht hören willst.«

Vor seinem Tod war Phins Vater von Schuldgefühlen geplagt worden. Er war mit der Behauptung nach Winchester gereist, damit all ihre Probleme zu lösen. Phin wusste nicht, was sein Vater sich dabei gedacht hatte. Wie sollte die Begleichung einer Schuld, die er nicht begleichen konnte, ihre Probleme lösen? Vielleicht hatte er gar einen Plan im Kopf gehabt. Das würde Phin allerdings nie erfahren.

»Ich bin nicht mehr wütend auf ihn«, entgegnete Phin. Nur enttäuscht. Vor ein paar Jahren hatte er beschlossen, sich lieber auf glückliche Erinnerungen konzentrieren zu wollen. Im Moment wollte er jedoch überhaupt nicht an seinen Vater denken. »Wie lange kann ich noch geheim halten, dass ich nur einen einzigen Gärtner im Botanischen Garten habe?«

»Dein Gärtner arbeitet auch dort, zusammen mit zwei Stallknechten.«

»Dann lautet meine Frage wohl, wie lange ich noch verheimlichen kann, dass meine Bediensteten neben dem einzigen Gärtner, der für dieses Anwesen zuständig ist, in den Gärten arbeiteten. Wie lange noch, bis jemand fragt, warum die östliche Wiese ungepflegt ist oder warum der Zierbau im Zentrum des Labyrinths nicht gründlich gereinigt worden ist? Erst diese Woche hat mich jemand gefragt, warum ich seit Großvater keine neue Zierbauten errichtet habe.«

Tom drehte sich zu Phin und nahm seinen Hut ab. Er blinzelte mit einem seiner hellblauen Augen. »Tatsächlich?« Dann strich er sich mit der Hand durch sein immer noch unglaublich dichtes graues Haar, ehe er seinen Hut wieder aufsetzte.

Phin gluckste. »Das scheint dich nicht zu stören.«

»Warum sollten sie sich darüber aufregen? Es gibt doch schon genug Zierbauten, wenn du mich fragst.«

»Da magst du Recht haben.« Dennoch war Phin besorgt, dass jemand die desolate finanzielle Situation entlarven und unter den Menschen in Marrywell publik machen würde. Sie waren auf den Botanischen Garten angewiesen, was sowohl für das Fest zur Partnerfindung galt, da hier die meisten Aktivitäten stattfanden, als auch für die Sommerveranstaltungen wie Konzerte und Tanzaufführungen, die hunderte von Besuchern anzogen. Diese Besucher übernachteten, aßen und kauften in Marrywell ein. Ohne sie würde die lokale Wirtschaft darben.

Das konnte Phin nicht zulassen. Und er konnte auch nicht erlauben, dass auch nur eine Andeutung von alldem nach außen drang – da dies sehr wohl eine Panik nach sich ziehen konnte. Er wandte sich an Tom. »Ich habe eine Idee und möchte gern deine Meinung dazu hören.«

Tom drehte sich zu ihm um. »Ich weiß, dass du nicht so

töricht bist, eine Masche zur Geldbeschaffung vorzuschlagen, mit der dein Vater bereits gescheitert ist.«

»Das niemals.« Phin zuckte mit den Schultern. »Wie wäre es, wenn wir die Abgaben für alle Pächter senken, die sich bereit erklären, eine gewisse Anzahl von Stunden pro Woche in den Gärten zu arbeiten?«

Thomas verzog den Mund und warf Phin einen mitfühlenden Blick zu. »Ich verstehe, was du damit bezwecken willst, und ich bewundere deinen Einfallsreichtum, aber der Verzicht auf Einnahmen kommt im Moment nicht in Frage. Hilfe einzufordern, *ist* jedoch eine Option. Wenn du den Leuten erklärst, was passiert ist und du in dieser schwierigen, aber vorübergehenden Phase Unterstützung brauchst …«

»Nein.« Phin weigerte sich, die Fehler seiner Familie öffentlich zu bekannt zu machen. »Das würde nur Unruhe stiften, und das kann ich insbesondere jetzt nicht tun, da morgen das Fest beginnt.«

»Dein Plan würde denselben Alarm auslösen. Die Pächter würden sich über die Vereinbarung nicht in Schweigen hüllen«, meinte Tom mit leiser, grollender Stimme. Er hatte verdammt Recht, und das hätte Phin bedenken müssen. »Du könntest bis nach dem Fest warten«, schlug Tom vor.

Phin schüttelte den Kopf. »Der Sommer steht vor der Tür, und den Gärten steht ein volles Veranstaltungsprogramm bevor.«

»Dann eben im Herbst.« Tom hob die Hand, als Phin den Mund öffnete, um abzulehnen. »Lass deinen Stolz nicht die Oberhand gewinnen.«

»Es ist nicht mein Stolz, andere wegen dieser Situation in Unruhe und Sorge zu versetzen.« Es war schon ein wenig sein Stolz, aber er war wirklich darüber besorgt, eine Panik in der Stadt auszulösen.

»Der eine oder andere wird vielleicht einen Moment der

Verzweiflung zu überstehen haben, aber die Mehrheit wird dich unterstützen.«

Dieses Risiko wollte Phin nicht eingehen. »Ich habe einen anderen Plan.«

»Und der wäre?«

Da Phin befürchtete, der Verwalter würde versuchen, ihm diesen Einfall auszureden, und somit wollte er nichts verraten. »Nichts, was jemand anderen als mich angeht.«

Toms dicke graue Brauen verzogen sich zu einem skeptischen V. »Ich bin mir nicht sicher, ob mir das gefällt.«

»Meine Möglichkeiten schwinden in zunehmendem Maße. Ich muss nach drinnen und mit Großmutter Tee trinken.«

»Grüß sie von mir. Und sei nachsichtig mit dir selbst. Mit Geduld und harter Arbeit – und du hast unter Beweis gestellt, dass du dazu fähig bist – wirst du diesen Kurs korrigieren.«

Mit einem Nicken wandte Phin sich ab und schritt auf das Haus zu. Er trat durch die Tür zum Frühstücksraum und schlug den Weg zum Lieblingszimmer seiner Großmutter ein. Der kleine Raum lag zwischen dem Musikzimmer und dem viel größeren Salon und es bot den besten Blick auf den sich spiegelnden Brunnen. In warmen Rot- und Goldtönen gehalten und mit reichem, dunklem Holz eingerichtet, strahlte der Raum Heiterkeit und Behaglichkeit aus. Im Kamin loderte ein Feuer, und Großmutter saß an dem runden Tisch bei den Fenstern, auf dem ein Teetablett stand.

»Entschuldige meine Verspätung.« Phin eilte an ihre Seite und küsste sie auf die Wange.

Großmutter lächelte und bedeutete ihm mit einem Wink, sich ihr gegenüberzusetzen. »Du bist pünktlich, mein Lieber. Ich habe gerade deine Tasse zubereitet.« Sie goss die Milch hinein und rührte den Tee gut um.

»Danke.« Er nahm die Tasse entgegen und trank einen

stärkenden Schluck. Er musste sich das Gespräch mit Thomas aus dem Kopf schlagen.

Großmutter legte den Kopf schief und presste die Lippen aufeinander. »Du siehst besorgt aus. Ist etwas nicht in Ordnung?«

Verdammt, er war nicht schnell genug gewesen. Mit einem breiten Lächeln griff er nach einem Stück Walnusskuchen. »Ganz und gar nicht.«

»Törichter Junge. Du tust so, als würde ich dich nicht schon kennen, seit du in den Windeln lagst. Oder als ob ich nicht erkennen könnte, wenn du dir Sorgen machst. Vielleicht kann ich dir helfen.«

Sie würde es wollen, aber sobald er ihr erzählte, was sein Vater getan hatte, würde sie aufbrausen. Großmutter war die Mutter seiner Mutter, und sie hatte die Rücksichtslosigkeit seines Vaters lange lamentiert. Wenn sie nur wüsste, wie sehr Phins Großvater ihn zu Lebzeiten im Zaum gehalten hatte ...

»Es gibt nichts, wobei du mir helfen könntest«, entgegnete er fröhlich. »Außer beim Essen dieser köstlichen Kuchen.«

Sie bedachte ihn mit einem zweifelnden Blick, ehe sie einen der Kuchen auf ihren Teller legte.

Trotz seiner Bemühungen, das Gespräch mit Tom aus seinen Gedanken zu bannen, beschäftigte es Phin weiterhin. Genauer gesagt konzentrierte er sich auf die augenscheinlich einzige Option, die ihm blieb – eine Heirat.

»Großmutter, habe ich dir erzählt, dass ich neulich eine nette junge Dame kennengelernt habe?« Großmutter hob den Kopf, und ihr Interesse spiegelte sich in ihren braunen Augen. »Das hast du nicht. Ich nehme aber an, dass du das jetzt beabsichtigst.«

»Ich frage mich, ob dies eventuell das Jahr ist, in dem ich endlich heiraten werde.«

Großmutters Augen weiteten sich vor Überraschung und sie lächelte strahlend. »Heiraten! Wie wunderbar!«

Ein leises Geräusch, nicht gerade ein Räuspern, kam von der Tür her. Phin drehte den Kopf und hörte Großmutter sagen: »Ist sie das?»

Es war Leah.

»Ähm, nein«, antwortete Phin schnell. »Großmutter, ich weiß, du hast sie lange nicht gesehen, aber das ist Miss Webster.«

Großmutter stand auf – auch Phin erhob sich –, und er ging auf Leah zu. »Natürlich erinnere ich mich an Leah Webster! Meine Güte, ist das lange her. Ich habe dich zuerst gar nicht erkannt. Das, oder ich war zu sehr auf das konzentriert, was ich gerade gehört habe.« Sie kicherte, als sie einen Blick auf Phin warf, der neben dem Tisch stand. »Heiraten!«

»Guten Tag, Lady Großmama«, grüßte Leah sie und benutzte damit den Spitznamen, den sie vor vielen Jahren für Phins Großmutter aufgebracht hatte. Als Sechsjährige war Leah der festen Ansicht gewesen, dass eine so schöne, kultivierte Frau eine *Lady* sein musste. Großmutter war sehr erfreut darüber gewesen, und sie hatte gescherzt, dass Leah sie Lady Großmama nennen könnte, und damit war es geschehen.

Leah trat vor und umarmte seine Großmutter. »Es ist so schön, Sie zu sehen.« Als sie auseinandergingen, schaute Leah zu Phin. »Ich hoffe, es ist in Ordnung, dass ich dich aufgesucht habe. Und dass ich Chap gesagt habe, er müsse mich nicht ankündigen.«

Chapman, oder »Chap, wie er von allen genannt wurde, war Phins betagter Butler. Der Mann ging auf die achtzig zu und war nicht mehr so rüstig, wie einst. Aber er wollte sich nicht in ein Cottage auf dem Anwesen zurückziehen, obwohl Phin ihm dies beinahe alle zwei Wochen vorschlug.

»Im Gegenteil, ich weiß es zu schätzen, dass du Chap die zusätzliche Anstrengung ersparst.«

»Bah, wahrscheinlich kann er mit dir bei deinen morgendlichen Leibessübungen mithalten«, spottete Großmutter. »Komm und setz dich zu uns, Leah. Wir trinken gerade Tee.«

Sie setzten sich alle um den Tisch, und Phin fragte sich, was Leah über seine möglichen Heiratspläne mitbekommen hatte. Irgendwie fühlte er sich deshalb ein wenig unwohl.

Er brauchte sich keine weiteren Gedanken darüber zu machen, denn Großmutter fragte: »Verzeihung, dass ich dich für die Frau gehalten habe, von der Phin mir erzählt hat. Ich weiß nicht, ob du gehört hast, was er gesagt hat, als du hereinkamst, aber er hat neulich eine junge Frau kennengelernt und er trägt sich nun – *endlich* – mit Heiratsgedanken.«

Leahs Blick begegnete seinem. »Ich dachte mir schon, dass es das war, worüber ihr gesprochen habt. Du meinst vermutlich Miss Selkirk?«

»Ja.« Eindeutig nicht Leah. Das wäre ... falsch. Sie war wie eine Schwester für ihn. Nein, nicht genau wie eine Schwester. Sondern jemand ... der ihm nahestand. Aber keine Ehefrau. Zugegeben, hatte er sich bislang keine Frau in dieser Rolle vorgestellt. Doch als er sich nun damit befasste, war Leah seiner Ansicht nach kein schlechtes Beispiel. Sie würde sogar eine ausgezeichnete Ehefrau abgeben. Sie war fähig und klug und besaß eine ruhige Kraft. Außerdem war sie bemerkenswert kultiviert. Das Erstaunliche war allerdings, dass er vor ihrem Weggang aus Marrywell nie auf diese Weise an sie gedacht hatte. Andererseits waren sieben Jahre eine lange Zeit, und die Menschen konnten sich außerordentlich verändern. Sie sah nicht einmal mehr genauso aus wie früher. Ihre Haltung war verändert und nun wirkte sie selbstbewusster. Vor allem aber, so dachte er, lag die Veränderung in ihren Augen. Sie hatten etwas Geheimnisvolles an sich. Wahrscheinlich, weil es sieben lange Jahre voller Dinge gab, die er nicht über sie wusste.

Plötzlich meldete sich sein schlechtes Gewissen. Er hätte wirklich ein eifrigerer Briefeschreiber sein sollen. Zum Glück hatte ihn ihre gemeinsame Freundin Sadie grob über Leah auf dem Laufenden gehalten.

»Erzähle mir von Miss Selkirk«, beharrte Großmutter und sah Phin an.

»Vielleicht sollte Leah das tun, denn sie ist die Anstandsdame der jungen Dame.«

Großmutter drehte sich zu Leah. »Bist du das? Ich dachte, du wärst Lady Norcotts Gesellschafterin.«

»Das war ich, aber sie ist vor nahezu einem Jahr gestorben. Miss Genevieve Selkirk ist ihre Großnichte. Vor ihrem Ableben hat Lady Norcott Sorge dafür getragen, dass ich die Stellung bekomme.«

Ein Dienstmädchen eilte mit einer dritten Teetasse herbei. Leah bedankte sich bei ihr und bereitete ihren Tee zu.

Mit einem abschätzenden Blick auf Leah meinte Großmutter: »Dann wirst du wissen, ob Phin eine Chance bei dieser jungen Dame hat.«

Es dauerte einen Augenblick Leah antwortete, was wohl daran lag, dass sie gerade ihren Tee umrührte. »Das könnte ich herausfinden.«

Phin bemerkte, dass Leah weitaus reservierter als in ihrer Jugend war. Sie war nicht mehr das überschwängliche Mädchen, das ihm auf Bäume gefolgt war oder ihn davon überzeugt hatte, sie müssten Schwimmen lernen. Aber nein, sie war nicht immer dieses Mädchen gewesen. In Gegenwart ihrer Familie, insbesondere ihrer Mutter, hatte sie sich schüchtern und sogar ängstlich gezeigt. Es war, als wären zwei verschiedene Menschen in ihr vereinigt gewesen. War sie noch immer so? Er besann sich auf ihre Wandlung, als ihre Arbeitgeberin neulich unvermittelt in den Gärten aufgetaucht war. Also war sie vielleicht noch so.

»Phin, ich hoffe, dass du dich nicht darüber grämst, was dich vorhin beunruhigt hat«, riss Großmutter ihn aus seinen Gedanken.

Er war in seine Erinnerungen an die Vergangenheit, und an Leah versunken gewesen, wie er bemerkte. Nun, er hatte sie vermisst.

»Was hat dich beunruhigt?«, erkundigte Leah sich.

»Gar nichts. Großmutter sucht nach Problemen, die sie knacken kann, wo keine sind.« Er schenkte seiner Großmutter ein schelmisches Lächeln.

Chap ging langsam ins Wohnzimmer, und noch immer hielt er das Rückgrat steif und gerade. »Weitere Gäste sind eingetroffen, Mr. Radford. Mrs. Selkirk und Miss Selkirk. Möchten Sie sie empfangen?«

»Tatsächlich?«, fragte Großmutter und klang überrascht und erfreut. »Wir sollten in den Salon gehen.«

Phin warf ihr einen Blick zu. »Unsinn, wir fühlen uns hier wohl. Bring sie zu uns, Chap. Und schick nach mehr Teetassen.«

»Sehr wohl.« Chap entfernte sich ebenso gemächlich, wie er gekommen war.

Großmutter blickte Phin neugierig an. »Das ist *die* Miss Selkirk?«

»Ich kenne keine andere.«

»Hast du sie eingeladen?«, fragte Großmutter. Als Phin den Kopf schüttelte, schnalzte sie mit der Zunge. »Sehr mutig. Das ist aller Wahrscheinlichkeit nach, das Werk der Mutter. Es kommt nicht alle Tage vor, dass ihre Tochter die Aufmerksamkeit eines Gentleman auf sich zieht, der zu den prominentesten in der Gegend zählt. Bestimmt ist sie darauf bedacht, dass Miss Selkirk ihren Anspruch vor dem morgigen Festauftakt geltend macht.« Großmutter drehte den Kopf zu Leah. »Und wer kann es ihr verdenken? Wenn es sich herumspricht, dass Phin eine Braut sucht, wird seine Beliebtheit die aller Ehrenjungfrauen auf dem Fest übertreffen.«

»Das ist unmöglich«, widersprach Phin lachend. In gespielter Verzweiflung blickte er Leah an. »Bitte sag mir, dass das unmöglich ist.«

Leah schmunzelte, ehe sie an ihrem Tee nippte.

»Dein Schweigen ist nicht gerade beruhigend«, murmelte er.

»Ich bin so froh, dass ich Miss Selkirks Bekanntschaft vor dem festlichen Trubel machen darf.« Rasch verspeiste Großmutter den Rest ihres Walnusskuchens.

»Pass auf, Phin, sonst verheiratet dich Lady Großmama noch bis Sonntag«, warnte Leah trocken.

»Ich glaube nicht, dass ich eine Sondergenehmigung bekommen kann«, scherzte Phin.

Leah zog eine Schulter hoch. »Das stimmt wahrscheinlich. Allerdings gibt es da noch Gretna Green.«

»Nun Leah, hast du vor durchzubrennen?«, fragte er spöttisch.

Sie lachte. »In meinem Alter? Wohl kaum.«

Seiner Vermutung nach gab es für Leah keinen Grund, nach Schottland zu eilen. Es sei denn, sie wollte unbedingt heiraten, ohne die Verlesung des Aufgebots abzuwarten. Doch sie war ja gar nicht auf eine Heirat aus. Er erinnerte sich an ihre Worte, die sie ihm auf seinen Rat hin, nicht Lady Norcotts Gesellschafterin zu werden, geantwortet hatte.

»Warum sollte ich das nicht tun?«, hatte sie gefragt. »Gibt es etwas, das mich hier in Marrywell hält?«

»Deine Familie.« Ihm war sofort klar, wie töricht das klang, denn er wusste, dass Leah und vor allem ihre Mutter sich nicht ausstehen konnten. Sie war der Hauptgrund für ihren Weggang. »Dann deine Freunde. Die Stadt. Man würde dich hier vermissen.«

»Ich könnte nur bleiben, wenn ich nicht auf der Black Sheep Farm wohnte. Und ich habe nicht gerade eine Reihe von Bewerbern, die um meine Hand buhlen. Und das will ich auch nicht.«

»Du willst nicht heiraten?«

»Ich habe mich noch nicht dazu überreden lassen.«

Dies schien wohl noch immer der Fall zu sein. Er hoffte nur, dass sie glücklich damit wäre. Diesen Anschein erweckte sie, doch er hatte noch nicht allzu viel Zeit mit ihr verbracht. Das würde er in der kommenden Woche unbedingt nachholen. Er hatte ihre Freundschaft nicht gepflegt, was er sehr bedauerte.

Schließlich schlurfte Chap ins Wohnzimmer zurück und kündigte Mrs. und Miss Selkirk an. Phin fiel sofort auf, dass Leah sich geradesetzte und ihre Gesichtszüge ausdruckslos wurden. Sogar ihre Augen wurden ... leer.

Noch immer schien sie wie zwei verschiedene Personen. Aufgrund seines Wissens über ihre Kindheit wusste er, wie sinnvoll es für sie war, sich verändern zu können, um einer Situation gerecht zu werden. Sie hatte gelernt, sich zu verbergen und klarzukommen. Aber hatte sie auch gelernt, einfach nur ... Leah zu sein?

KAPITEL 5

Leah legte die Hände in den Schoß und drückte sie zusammen, damit niemand ihr Zittern sehen konnte. Was hatten die Selkirks hier zu suchen? Als Leah um Erlaubnis gebeten hatte, in Radford Grange vorbeischauen zu dürfen, hatte sie erklärt, sie wolle mit Phin über Genevieve sprechen. Mrs. Selkirk hatte gefragt, ob sie sie begleiten dürften, aber Leah hatte gewarnt, solche Forschheit könnte als zu anmaßend gewertet werden.

Offenkundig war Leahs Meinung für Mrs. Selkirk vollkommen egal. Nachdem sie Leahs Vorschlag zugestimmt hatte, Phin allein zu besuchen, hatte Mrs. Selkirk offenbar ihren eigenen Plan geschmiedet.

Phin schritt auf die Neuankömmlinge zu und schenkte ihnen sein charmantes, schelmisches Lächeln, das Leahs Puls immer in die Höhe schnellen ließ. »Willkommen, Mrs. Selkirk, Miss Selkirk.« Er nahm Genevieves Hand und verbeugte sich. Hatte er Leah jemals auf diese Weise gegrüßt?

Nein.

Leah wünschte sich etwas Stärkeres in ihrem Tee. Lady

Norcott hatte ab und zu gern einmal einen Schuss Whisky hineingegeben.

»Wir freuen uns sehr, Sie wiederzusehen«, flötete Mrs. Selkirk. »Ich hoffe, Sie empfinden unser Erscheinen nicht als anmaßend.« Sie warf Leah einen etwas spöttischen Blick zu. Zumindest interpretierte Leah ihn so.

»Ganz und gar nicht«, entgegnete Phin fröhlich und beraubte Leah damit jeglicher Glaubwürdigkeit. »Wir halten hier in Marrywell nicht allzu viel von strengen Regeln. Bitte erlauben Sie mir, Ihnen meine Großmutter vorzustellen, Mrs. Everden.«

Genevieve vollführte einen charmanten Knicks. »Ich freue mich, Ihre Bekanntschaft zu machen, Madam.«

»Sollen wir uns setzen?«, bot Phin an und deutete auf die Sitzgruppe in der Raummitte, wo zwei Sofas und zwei Sessel platziert waren.

»Ja, vielen Dank.« Mrs. Selkirk führte ihre Tochter zu einem der Sofas. Sobald Genevieve Platz genommen hatte, wandte sie sich an Phin. »Warum setzen Sie sich nicht neben Genevieve?«

Ja, warum nicht?

Leah biss die Zähne zusammen, als die Eifersucht sie ergriff. Abrupt stand sie auf und legte ihre Hand auf den Sessel von Phins Großmutter. »Sollen wir uns zu dem anderen Sitzbereich begeben, Lady Großmama?« Die Verwendung des Namens war vielleicht ein vergeblicher Versuch von Leah, sich in Bezug auf Phin irgendwie zu behaupten.

»Ich denke, das müssen wir wohl«, stimmte Lady Großmama zu und erhob sich.

Lady Großmama war rüstig, doch Leah bot ihr dennoch ihren Arm an. Wahrscheinlich war es eine weitere Möglichkeit, Mrs. Selkirk zu provozieren. War das Leahs Bestreben?

Nein, sie ließ sich gehen und erlaubte sich eifersüchtige Gefühle, was jugendlich und unter ihrer Würde war. Lady Norcott würde ihr sagen, sie solle ihren Stolz zusammennehmen und sich nicht von solch unbedeutenden Gefühlen leiten lassen.

»Oh, danke, Leah. Ich freue mich so sehr, dich nach so langer Zeit wiederzusehen.« Lady Großmamas kastanienbraune Augen leuchteten mit einer Wärme, die Leah ein gutes Gefühl vermittelte. »Wie schön, dass dich deine Stellung nach Marrywell zurückgebracht hat.«

»In der Tat«, sagte Leah und fragte sich, ob sie anders gehandelt hätte, wenn sie gewusst hätte, dass Genevieve Phins Interesse auf sich ziehen würde. Dann hätte sie vielleicht nicht vorgeschlagen, zum Fest hierherzukommen.

Doch dann hätte sie weder Phin noch Sadie noch Lady Großmama wiedersehen können.

Leah und Lady Großmama setzten sich auf das Sofa gegenüber von Phin und Genevieve, während Mrs. Selkirk den Sessel zwischen den beiden Sofaenden nahm, die Leah und Genevieve besetzten. Phin lächelte Genevieve an, und sie lächelte zurück, und Leahs Körper fühlte sich an, als hätte sie sich gerade in einer außer Kontrolle geratenen Kutsche überschlagen.

Hatte Phin mit Lady Großmama wirklich über eine Heirat mit Genevieve gesprochen? Der schreckliche Moment, als Leah in der Tür gestanden und seine Worte gehört hatte, wiederholte sich in ihrem Kopf:

»Großmutter, habe ich dir erzählt, dass ich neulich eine nette junge Dame kennengelernt habe?«

Und dann:

»Ich frage mich, ob dies vielleicht das Jahr ist, in dem ich heiraten werde.«

Der Raum hatte sich zur Seite geneigt. Leah hatte befürchtet, er hätte längst in den Jahren geheiratet, in denen sie fort gewesen war, aber mit diesem Gedanken zu leben, war leichter, wenn er nicht direkt vor ihr stand. Wenn sie nicht sein vertrautes Lächeln sehen und seine geliebte Stimme hören konnte.

Das war ihre Antwort: Es wäre besser gewesen, wenn sie nicht nach Marrywell zurückgekehrt wäre, ganz gleich, wie sehr sie sich wünschte, ihre liebsten Freunde zu sehen. *Freunde.* Das war es, was Phin war - ihr Freund. Sie durfte keine Vermutungen darüber anstellen, ob er bereits eine Zuneigung zu Genevieve entwickelt hatte. Aber wie sollte er auch, wenn die beiden gerade einmal eine halbe Stunde spazieren gegangen waren?

Lady Gran schaute zu Mrs. Selkirk und Genevieve: »Sind Sie zum ersten Mal auf dem Fest zur Partnerfindung?«

»Das will ich meinen«, entgegnete Mrs. Selkirk und fügte ein leichtes Lachen hinzu. »Sonst, glaube ich, wäre meine liebe Genevieve schon verheiratet!« Wieder lachte sie, und der Klang zerrte an Leahs Nerven.

»Vielleicht«, schränkte Genevieve bescheiden ein. »Oder vielleicht auch nicht. Ich kann mir nicht vorstellen, dass *jeder* auf dem Fest einen Partner findet.«

»Nicht alle, aber die Chancen stehen sehr gut«, antwortete Lady Großmama. »Und was noch wichtiger ist: Es handelt sich dabei sehr wahrscheinlich um eine Liebesbeziehung.« In ihren Augen blitzte ein großmütterliches Glitzern auf. »Ich habe hier vor achtundvierzig Jahren meinen geliebten Ehemann kennengelernt. Und dann hat unsere Tochter ihren Mann kennengelernt – Phins Vater.« Ihr Enthusiasmus schien ein wenig zu schwinden, als sie Mr. Radford erwähnte. Leah konnte sich nicht erinnern, ob Lady Großmama ihn nicht gemocht hatte.

»Das ist wirklich ermutigend«, befand Mrs. Selkirk und schenkte Genevieve ein Lächeln, als ob es das Wichtigste wäre, eine Liebesverbindung für ihre Tochter zu finden.

War es das? Nur weil Leah Mrs. Selkirk als stachelig empfand, hieß das noch lange nicht, dass sie keine gute Mutter war, die das Beste für ihre Tochter im Sinn hatte. In der Tat war sie sehr auf Genevieve und ihren generellen gesellschaftlichen Erfolg bedacht, was Leahs Mutter im Gegensatz dazu nie interessiert hatte. Allein der Gedanke daran brachte Leah fast zum Lachen, so absurd war er.

Genevieve drehte sich auf dem Sofa zu Phin, die Hände im Schoß gefaltet. »Erzählen Sie mir mehr über das Fest. Leah sagt, es gibt eine Vielzahl von Unterhaltungen und Aktivitäten. Ich gestehe, dass ich mich am meisten für die musikalischen Darbietungen interessiere.«

Phin schien sich ein wenig zu ihr zu beugen. »Tatsächlich? Ich interessiere mich auch am meisten für diese Dinge. Vor ein paar Jahren habe ich mit dem Gitarrenspiel angefangen und eine Leidenschaft für Musik entwickelt.«

Genevieve holte tief Luft, als sie ihre Hand hob und ihre Fingerspitzen auf ihre Brust legte. »Haben Sie das? Ich spiele Pianoforte.«

»Sie ist vorbildlich«, sagte Mrs. Selkirk mit aufrichtigem Stolz. Und sie hatte nicht Unrecht. Obwohl Leah nicht behaupten konnte, etwas von Musik zu verstehen, schätzte sie Genevieves bemerkenswertes Talent.

»Ich wusste nicht, dass du Gitarre spielst«, sagte Leah zu Phin und fühlte sich unerklärlich enttäuscht, dass es Dinge über ihn gab, die sich ihrer Kenntnis entzogen. Vor ihrem Weggang aus Marrywell hätte sie behauptet, sie wüssten fast alles übereinander. Allerdings nur fast, denn Leah hatte ihm nie verraten, was sie wirklich fühlte.

»Ich habe ihm eine geschenkt«, sagte Lady Großmama stolz. »Er ist ziemlich gut geworden. Vielleicht solltest du für uns spielen, Phineas?«

Mrs. Selkirk klatschte in die Hände, als sie Phin und Genevieve ansah. »Sie könnten ein Duett spielen!«

»Ich denke, das müssen sie«, stimmte Lady Großmama zu und erhob sich bereits vom Sofa. »Kommen Sie, das Musikzimmer ist gleich da drüben.« Sie wies auf eine geschlossene Tür.

»Wir sollten sie nicht nötigen«, meinte Leah leise, als sie das Gefühl beschlich, die Schlacht bereits verloren zu haben.

Welche Schlacht? Um Phin? Wie konnte sie für ihn kämpfen, ohne ihre Absicht erklärt zu haben? Hatte sie überhaupt eine Absicht? Sie war in der Hoffnung nach Marrywell gekommen, ihn wiederzusehen. Und was dann? Sollte er ihr auf magische Weise zu Füßen fallen, ihr seine unsterbliche Liebe erklären und sie anflehen, ihn zu heiraten?

Du willst nicht einmal in Marrywell bleiben, aus Angst, deine Mutter *zu sehen.*

Das war nur zu wahr. Und unterstrich darüber hinaus Leahs Verrücktheit, hierher zu kommen.

Phin sah zu Leah. »Das ist schon in Ordnung. Ich bin froh, dass du mich spielen hören wirst.«

»Das bin ich auch.« Leah zwang sich zu einem Lächeln, obwohl ihre Brust sich anfühlte, als würde eine Horde Pferde über sie hinweggaloppieren.

Genevieve und er standen auf, und er reichte ihr seinen Arm. »Erlauben Sie mir, Sie in unser bescheidenes Musikzimmer zu eskortieren.«

Leah wartete, bis Lady Großmama und Mrs. Selkirk Anstalten machten den beiden, Phin und Genevieve, ins Nebenzimmer zu folgen. Sie überlegte kurz, ob sie im Wohnzimmer zurückbleiben sollte, doch Phin schien Wert darauf zu legen, dass sie ihn spielen hörte. Und das wollte sie natürlich nur zu gern tun.

»Was für ein prächtiges Pianoforte!«, rief Genevieve verzückt aus. Sie nahm die Hand von Phins Arm und eilte auf das Instrument zu. Dann zog sie ihre Handschuhe aus und deponierte sie auf einem Ende der Sitzbank. Nachdem sie Platz genommen hatte, spielte sie ein paar Töne. »Es hat einen herrlichen Klang. Können Sie darauf spielen?«, fragte sie an Phin gewandt.

»Das habe ich versucht, doch mir fällt es leichter, Gitarre zu spielen. Das Pianoforte gehörte meiner Mutter.« Mit einem milden Lächeln ließ er den Blick zu Lady Großmama schweifen.

Lady Großmamas Gesichtsausdruck zerfloss bei der nostalgischen Erinnerung. »Sie war wundervoll begabt. Wenn sie wüsste, dass Phin ein Instrument spielen kann, wäre sie hocherfreut. Und ganz gewiss würde sie es gutheißen, dass er einer musikbegeisterten jungen Lady den Hof macht.« Lady Großmama warf Genevieve einen anerkennenden Blick zu.

Leahs Magen zog sich zusammen. So felsenfest war sie davon überzeugt gewesen, dass Phin und Genevieve nicht zusammenpassten und die beiden keine Gemeinsamkeiten haben würden. Aber wenn man sie sich jetzt so ansah ...

Phin hatte seine Gitarre in die Hand genommen und sich in die Nähe des Pianofortes begeben. »Was sollen wir spielen?«

»Das ist vermutlich davon abhängig, was wir beide können«, entgegnete Geneviève.

»Ihr musikalisches Repertoire ist wahrscheinlich weitaus umfangreicher als meines.« Phin zupfte ein oder zweimal an den Gitarrensaiten. »Wie lange spielen Sie schon?«

»Seit sie fünf Jahre alt ist«, antwortete Mrs. Selkirk. Lady Großmama und sie hatten sich zusammen auf dem Sofa niedergelassen, während Leah sich bei der Tür aufhielt. Spielte sie etwa mit dem Gedanken, die Flucht zu ergreifen? Das wäre eine Möglichkeit, mit der sie liebäugeln könnte.

»Mutter, sie werden enttäuscht sein, wenn ich nicht so virtuos bin, wie es von mir erwartet wird«, wand Genevieve mit einem kleinen Lachen ein.

»Kennen Sie *Robin Adair?*«, fragte Phin.

»Gewiss.« Genevieve spielte einige Töne.

Phin lächelte. »Wunderbar.«

Sie erwiderte sein Lächeln und dieser Moment der Zweisamkeit zwischen ihnen reichte aus, um Leah fast zum Weinen zu bringen. Sie konnte *Robin Adair* nicht einmal summen. Zumindest nicht so, dass es als Musikstück wiederzuerkennen wäre.

»Bereit?«, fragte Phin. Auf ihr Nicken hin schlug er eine Note an, und sie bewegte ihre Finger über die elfenbeinerne Tastatur.

Einen Moment später legten beide die Stirn in Falten und hielten abrupt inne. Dann lachten sie.

»Verzeihung!«, brachten sie gleichzeitig hervor.

»Das war mein Fehler«, meinte Phin.

»Nein, meiner«, beharrte Genevieve.

Phin lächelte sie an. »Dann waren wir wohl beide schuld.«

Als Leah die beiden beim Spielen beobachtete und wie sie miteinander umgingen, hätte sie am liebsten die Flucht ergriffen. Nicht nur, weil sie gut zueinander passten – oder zumindest nicht schlecht miteinander harmonierten, sondern auch, weil sie das Gefühl hatte, Phin nicht mehr richtig zu kennen. Wie könnte sie das auch nach sieben Jahren Abwesenheit?

War der Moment gekommen, ihre kindlichen Träume zu begraben?

Phin und Genevieve nahmen ihr Spiel wieder auf, und diesmal unterbrachen sie es nicht. Die Musik war wunderschön. Je länger sie spielten, umso verzückter schienen sie von ihrer Musik und voneinander.

Unbestreitbar sahen die beiden bezaubernd zusammen aus.

Wie konnte Leah den Gedanken verfolgen, die beiden zu

trennen, wenn sie tatsächlich füreinander bestimmt waren? Das brachte sie nicht über sich. Nicht, wenn Phin dafür mit seinem Glück bezahlen würde.

Das Duett gipfelte mit einem breiten Lächeln sowohl von Phin als auch Genevieve. Lady Großmama und Mrs. Selkirk applaudierten, was Leah veranlasste, es ihnen – allerdings nur halbherzig – gleichzutun. Dann half Phin Genevieve von der Bank hoch. Hielt er ihre Hand etwa einen Moment länger fest als notwendig?

»Das war großartig!«, lobte Lady Großmama. »Ich wage zu behaupten, dass ihr beiden auf dem Fest zur Unterhaltung aller spielen solltet. Findet dieses Jahr nicht eine Aufführung in den Versammlungsräumen statt?«

»Ich bin mir nicht sicher«, meinte Phin.

Mrs. Selkirk zog die Stirn kraus. »Ich denke, das wäre zu viel Aufmerksamkeit für meine liebe Genevieve. Niemand soll sie für eine andere halten als die, die sie ist. Das möchte ich nicht.«

Ja, es wäre schrecklich, wenn jemand Genevieve vielleicht für eine *professionelle* Musikerin hielt. Aber war es nur das? Oder zog Mrs. Selkirk vor, Genevieve aus dem Blickfeld zu halten, weil sie glaubte, dass ihre Tochter bereits den richtigen Partner gefunden hatte? Wenn das der Fall war, sollte Leah vielleicht mit Sadie sprechen und ihr nahelegen, sich nicht für Genevieve als Ehrenjungfrau zu entscheiden. Falls Phin die Absicht haben sollte, Genevieve zu heiraten – und da er das Thema schon vor dem Schicksalsduett bei Lady Großmama angesprochen hatte, musste Leah das für sehr wahrscheinlich halten –, sollte sie Genevieve davor beschützen, zum Objekt der Begierde anderer Herren zu werden.

Bedeutete das etwa Leahs Kapitulation? Indem sie dazu beitragen würde, Phin und Genevieve zusammenzubringen?

Das sollte sie. Das *musste* sie. Sonst wäre sie ihm keine wahre Freundin.

Auf diese Weise könnte sie ihm demonstrieren, in welchem Ausmaß sie sich um ihn sorgte – sie würde für immer fortgehen, damit er mit einer anderen glücklich werden konnte. Wie selbstlos das klang.

Und wie erdrückend deprimierend.

KAPITEL 6

Am folgenden Nachmittag besuchte Leah mit Genevieve, Mrs. Selkirk und Mrs. Dunhill die Versammlungsräume. Letztere schien von der Veranstaltung erheblich angetaner zu sein als Genevieve.

Etwa zweihundert Menschen tummelten sich dort, und aller Wahrscheinlichkeit nach konnte sich diese Zahl noch verdoppeln. Oder gar verdreifachen. Das hörte sich zwar nach sehr viel an, doch die Abendveranstaltungen konnten offenbar an die tausend Besucher anziehen. Das hatte Mr. Parker ihnen zumindest berichtet, als sie das Gasthaus verlassen hatten. Leah konnte sich nicht erinnern, dass es derart viele Menschen gewesen waren, doch sie wusste um die zunehmende Größenordnung, die das Fest in den Jahren seit ihrem Weggang aus Marrywell erreicht hatte.

»Vermutlich ist es nicht realistisch, zu glauben, ich könnte als Ehrenjungfrau ausgewählt werden«, meinte Mrs. Dunhill mit einem Schniefen, als sie den großen Ballsaal betraten.

»Das halte ich für unwahrscheinlich«, pflichtete Mrs. Selkirk ihr mit einem mitfühlenden Blick auf ihre Freundin bei. »Das heißt aber nicht, man würde dich nicht zur Kenntnis nehmen. Ich frage mich, ob Genevieve vielleicht ausgewählt wird.«

»Ich bin mir nicht sicher, ob mir das gefallen würde«, wiegelte Genevieve ab, während sie mit ihrem Handschuh herumfuchtelte.

»Hör auf damit, Liebes«, mahnte Mrs. Selkirk fast geistesabwesend. »Natürlich würde es dir gefallen. Wer würde nicht gern im Mittelpunkt stehen?« Obwohl Mrs. Selkirk verhindern wollte, dass ihre Tochter für eine Berufsmusikerin gehalten wurde, schien sie ganz begeistert von der Vorstellung, Genevieve als Ehrenjungfrau vorzuführen. »Hoffentlich begegnen wir Mr. Radford.«

»Wahrscheinlich nicht«, antwortete Leah. Sie wollte sie nicht enttäuscht sehen. »Er ist bestimmt viel zu beschäftigt damit, die Gärten auf Vordermann zu bringen, denn heute Abend findet dort die Krönung statt. Danach wird das Labyrinth eröffnet.«

Mrs. Selkirks Stirn zog sich in Falten. »Sicherlich hat er Gärtner oder ... jemanden, der das für ihn erledigt.«

»Ja gewiss, aber er wird die Dinge persönlich beaufsichtigen wollen.« Leah konnte sich erinnern, wie sein Großvater bei den Vorbereitungen mitgewirkt hatte. Man hatte ihr ein paar Jahre lang erlaubt, mitzukommen, wenn die Zierbauten gereinigt, die Hecken gestutzt und das Labyrinth aufgeräumt wurden.

»Ich gebe die Hoffnung nicht auf«, verkündete Genevieve. Gestern Abend hatte sie Leah wachgehalten, indem sie ihr von Phin erzählte und wie wunderbar er Gitarre spielte. Leah wollte ihr von Phins großem Interesse an seinen Gärten erzählen – und seiner Leidenschaft, sich im Freien aufzuhalten –, doch wie sie letztendlich erkennen musste, oblag es nicht ihr, irgendetwas zu sagen, was ihren Schützling entmutigen könnte.

Leah blickte sich suchend nach Sadie um. Sie musste ihrer Freundin nahelegen, Genevieve nicht zur Ehrenjungfrau zu wählen – und zwar nicht nur, um Phins Werbung um sie zu unterstützen, sondern auch, weil Genevieve die mit dieser Rolle verbundene Aufmerksamkeit nicht zu behagen schien. Im Beisein der Selkirks – oder Mrs. Dunhills – konnte sie das jedoch schlecht tun. Als Leah einen Blick auf Sadie in der Nähe des Podiums erhaschte, war sie in Begleitung ihres Mannes, dem Herzog von Lawford. Er war groß, hatte blondes Haar und einen herrischen Blick, doch er war erstaunlich freundlich. Sie sprachen mit zwei der prominentesten Damen von Marrywell.

»Ist das die Maikönigin?«, fragte Mrs. Dunhill und richtete ihren Blick auf Sadie.

»Das muss sie sein«, befand Mrs. Selkirk. »Sie spricht mit Mrs. Sneed, einer der Ladys des Festkomitees, und Mrs. Armstrong, der Frau des Bürgermeisters.«

»Ja, das ist die Herzogin von Lawford«, bestätigte Leah. Es war an der Zeit, sich zu ihrer Beziehung zu Sadie zu bekennen, obwohl Mrs. Selkirk ihr bestimmt zürnen würde, weil sie diese Verbindung nicht erwähnt hatte.

Es schien, als stünde der unvermeidliche Moment bevor, denn Sadie nahm Blickkontakt mit Leah auf und lächelte. Zusammen mit ihrem Mann entfernte sie sich von Mrs. Sneed und Mrs. Armstrong und bahnte sich einen Weg zu Leah und den anderen.

»Sie kommen hierher!«, stellte Mrs. Selkirk fest und richtete sich auf. »Mach deinen besten Knicks, Genevieve.«

Als sie ankamen, beugte sich Sadie vor und drückte ihre Wange an Leahs. »Du siehst so hübsch aus.« Sie wandte sich an ihren Mann. »Law, du erinnerst dich an meine liebe Freundin Leah.«

»Natürlich.« Er nahm Leahs Hand und verbeugte sich

galant. »Ich freue mich sehr, Sie wiederzusehen, Miss Webster.«

»Sie hat dir gesagt, du sollst sie Leah nennen, nachdem du darauf bestanden hast, dass sie dich mit Law anspricht«, wies Sadie ihn lachend zurecht.

Leah konnte die lodernden Blicke von Mrs. Selkirk und Mrs. Dunhill spüren. Sie wich ihnen aus und ergriff das Wort: »Erlauben Sie mir, Ihnen den Herzog und die Herzogin von Lawford vorzustellen. Sadie, Law, das ist Mrs. Selkirk, ihre Tochter, Miss Genevieve Selkirk, und Mrs. Dunhill.«

Genevieve sank in einen tiefen, beeindruckenden Knicks, während Mrs. Selkirk und Mrs. Dunhill mit einer etwas flacheren Version ihr Bestes gaben.

»Wir sind sehr erfreut, Ihre Bekanntschaft zu machen, Euer Gnaden«, flötete Mrs. Selkirk. »Ich hatte keine Ahnung, dass die Anstandsdame meiner Tochter einen Herzog kennt. Oder eine Herzogin.« Sie warf Sadie einen kurzen Blick zu.

»Leah ist meine allerbeste Freundin«, entgegnete Sadie und ergriff Leahs Hand. »Wir kennen uns schon, seit wir praktisch noch Babys waren. Ich komme auch aus Marrywell.«

»Und Sie sind die Maikönigin, weil Sie letztes Jahr auf dem Fest die beste Partie gemacht haben?«, fragte Genevieve. »Ich glaube, so läuft das doch, oder?«

Sadie nickte. »Ja, genau so.«

»Die Heirat mit einem Herzog ist wohl ein Garant dafür.« Mrs. Selkirk blickte zu Law. »Wie interessant, dass Sie auf Ihrer Suche nach einer Braut hierhergekommen sind, Euer Gnaden.«

»Das bin ich eigentlich nicht«, gab Law zurück. Er blickte Sadie liebevoll an. »Aber mir ist ein Missgeschick passiert und ich musste für die Dauer des Festes hierbleiben. Es war der glücklichste Unfall meines Lebens.«

Mrs. Dunhill lächelte verklärt. »Wie romantisch.«

Ja, das war es. Leah hatte Sadies Brief, in dem sie ihr die Geschehnisse schilderte, mit der gleichen Atemlosigkeit wie einen Liebesroman verschlungen. Und als sie am Ende des Briefes angekommen war, hatte sie sich genauso zufrieden mit dem Ausgang der Dinge gefühlt. Für Sadie und Law war es allerdings erst der Anfang gewesen. Leah konnte den heftigen Stich des Neides nicht leugnen, den sie verspürte.

Law richtete den Blick zu Sadie. »Wir haben Mrs. Rowell versprochen – sie ist die Köchin von Sadies Vater –, dass wir von ihrem Kuchen kosten.«

Sadie lachte leise. »Du hast es versprochen, weil du nicht widerstehen kannst. Aber ja, wir sollten uns ihre Ausstellung ansehen und andere dazu ermutigen, das auch zu tun.« Sie warf einen Blick zu den Selkirks und Mrs. Dunhill. »Sie werden die Willkommenstorten nicht versäumen wollen. Inzwischen sind sie sogar schon berühmt.«

»Ich probiere auf jeden Fall ein wenig«, erbot sich Leah mit einem Lächeln und wünschte, sie könnte einen Moment mit Sadie allein sein. »Ich komme später zu dir.«

Sadie nickte. »Ja, tu das. Es wird ein anstrengender Empfang werden, aber wir schaffen das schon.« Sie tätschelte Leah die Hand, und dann machten sie und Law sich auf den Weg.

Als sie außer Hörweite waren, wandte sich Mrs. Selkirk mit vor Vorwürfen flammenden Augen an Leah. »Sie sind mit einer *Herzogin* befreundet und haben nie daran gedacht, das zu erwähnen?«

Leahs Puls raste. Sofort fühlte sie sich in die Defensive gedrängt, doch sie bemühte sich eine ausdruckslose Fassade zu bewahren. »Vermutlich halte ich sie noch immer nicht für eine Herzogin. Wir waren schon seit langer Zeit befreundet, bevor sie es geworden ist.«

Mrs. Selkirk schürzte die Lippen und erzeugte einen

missfälligen Laut in ihrem Rachen. »Das scheint unwahrscheinlich.«

»Dass wir Freundinnen sind?« Leah hätte nicht fragen sollen, aber sie konnte sich nicht zurückhalten.

»Dass Sie nicht haargenau wissen, dass Ihre *liebe* Freundin eine Herzogin ist.« Mrs. Selkirks Antwort war so scharf wie der Dorn einer Rose. »Niemand würde das unbeachtet lassen oder vergessen.«

Genevieve blinzelte Leah zu, doch sie richtete das Wort an ihre Mutter. »Warum sollte sie das nicht?«

»Ich kann mir keinen Grund vorstellen, und deshalb ist diese Unterlassung sowohl verwirrend als auch beunruhigend. Ich würde erwarten, dass deine bezahlte Anstandsdame alles zur Verbesserung deines Ansehens und zur Erweiterung deiner gesellschaftlichen Beziehungen unternimmt. Ihre Bekanntschaft mit dem Herzog und der Herzogin von Lawford hätte in dieser Saison hilfreich für dich sein können.«

»Verzeihen Sie mir bitte«, bat Leah. »Sadie – Ihre Gnaden – war in einem heiklen Zustand und sie ist gerade Mutter geworden. Sie hat sich in der Saison nicht sonderlich engagiert.«

»Das mag sein, aber nun ist die Herzogin die Maikönigin«, konterte Mrs. Selkirk mit beträchtlichem Feuer in der Stimme. »Das zu wissen hätte uns zum Vorteil gereichen können. Denn Sie hätten Genevieve Seiner Gnaden vor diesem Empfang vorstellen können, was ihr einen Vorsprung verschafft hätte.«

»Das wäre ungerecht gewesen«, murmelte Leah. Das war allerdings gar nicht das Problem. Mrs. Selkirks ruppiges Auftreten und ihre Anspruchshaltung waren der Grund, warum Leah sie nicht mit Sadie hatte bekannt machen wollen.

Mrs. Selkirk schnaubte. »Pah, mit Gerechtigkeit erreichen Sie gar nichts, aber dafür sind Sie ja auch nur eine Anstandsdame.« Sie wandte sich an Genevieve und Mrs. Dunhill. »Kommt, wir mischen uns unter die Gäste. Vielleicht sollten wir mit den Torten beginnen, da der Herzog und die Herzogin dort sind. Genevieve, Liebes, du musst dein Bestes tun, um einen guten Eindruck bei Ihrer Gnaden zu hinterlassen.« Unter halb geschlossenen Augenlidern warf sie Leah einen Blick zu. »Ich hoffe, Miss Webster hat ein gutes Wort für dich eingelegt.«

Das habe ich in der Tat, dachte Leah. Jetzt suchte sie jedoch nach einer Gelegenheit, ein weiteres Wort einzulegen, um Genevieve davor zu bewahren, Ehrenjungfrau zu werden.

Als sie sich auf den Weg in den Raum mit den Erfrischungen machten, trat Genevieve neben Leah, die hinter ihrer Mutter und Mrs. Dunhill ging. »Ich glaube, ich möchte keine Ehrenjungfrau sein«, flüsterte sie und bestätigte damit Leahs Verdacht.

Leah sprach leise, während sie Genevieve einen Seitenblick zuwarf und die blassen Gesichtszüge der jungen Frau bemerkte. »Das haben Sie schon erwähnt. Aber warum nicht? Ich dachte, Sie wollten sich verloben. Das ist die beste Gelegenheit dafür. Es ist höchst unwahrscheinlich, dass eine Ehrenjungfrau keine Verbindung eingeht.«

»Nachdem ich Mr. Radford kennengelernt habe, bin ich nicht sicher, ob ich diese Möglichkeit noch brauche«, gab Genevieve zurück. Der Anflug eines Lächelns umspielte ihren kleinen, perfekt femininen Mund.

Leah ballte die Hand zu einer Faust und spannte sie an, als eine Woge des Unbehagens über ihr zusammenschlug. »Sie denken, er ist der Richtige für Sie?«

»Das könnte er sein, ja.« Ihre Vorfreude ließ Genevieves Augen aufleuchteten. »Hoffentlich kommt er bald.«

»Nehmen Sie es nicht persönlich, wenn er nicht erscheint«, riet Leah, die zwischen dem Wunsch, hin- und hergerissen war, einen Kontakt zwischen ihrem Schützling und ihrem besten Freund nicht zu fördern, oder den beiden zu ihrem Glück zu verhelfen. Auch die Eifersucht plagte sie, was sie allerdings überwinden musste. Seit ihrem Weggang aus Marrywell hatte sie nie damit gerechnet, einmal zu heiraten, und schon gar nicht Phin. Somit war ihre Eifersucht vollkommen lächerlich. »Er ist furchtbar beschäftigt. Ich bin jedoch sicher, dass er Sie heute Abend treffen wird.«

Sie betraten den Raum mit den Kuchen genau in dem Moment, als Sadie und Law durch eine der anderen Türen verschwanden. Und so ging es die nächste Stunde weiter. Immer wieder suchte Mrs. Selkirk nach einer Gelegenheit, mit den beiden ins Gespräch zu kommen, doch sie verpasste eine Gelegenheit nach der anderen. Einmal beschuldigte sie Leah, es irgendwie so eingerichtet zu haben, dass sie sich nicht unterhalten konnten. Leah hätte beinahe gelacht.

Zum guten Schluss ließ Mrs. Selkirk von ihrer Beute ab, und sie schlenderten einfach zwischen den anderen Besuchern umher, tauschten Höflichkeiten aus und trafen eine Vielzahl von Gentlemen, die ihre Heiratsmöglichkeiten ausloteten. Leah kam zu dem Schluss, dass das Festival im Wesentlichen die gesamte Londoner Saison in einer Woche zusammenfasste. So betrachtet, erschien ihr das Ganze noch absurder als der Heiratsmarkt. Das Fest war ein eigener Markt, auf dem in rasantem Tempo Entscheidungen bei hohem Einsatz getroffen wurden.

Nach einer weiteren guten Stunde entschuldigte Leah sich damit, den Ruheraum aufsuchen zu wollen, doch in Wahrheit stahl sie sich nach draußen, um einen erholsamen Spaziergang durch den Gartenabschnitt mit den Skulpturen hinter den Versammlungsräumen zu unternehmen. Der Nachmittag war kühl und es wehte eine frische Brise, aber sie begrüßte die klare, belebende Luft.

Als sie an einem großen Baum vorüberging, traf sie auf

Sadie, die auf einer Steinbank saß. Sie blickte auf und ihre Blicke begegneten sich. »Ja, ich verstecke mich.«

Leah lachte, doch dann setzte sie sich neben sie. »Ich verstecke mich mit dir zusammen. Ich werde im Ruheraum vermutet.«

»Ich kann verstehen, warum du eine Verschnaufpause von Mrs. Selkirk brauchst. Sie ist ... schon etwas anstrengend.«

»Ja, aber ich komme schon mit ihr zurecht.« Sadie sollte sich keine Sorgen ihretwegen machen oder schlimmer noch, sie bemitleiden. Das wollte Leah nicht. »Warum versteckst du dich?«

»Ich musste mich einfach ausruhen. Maikönigin zu sein ist anstrengend.«

»Ja. Diesbezüglich möchte ich dich bitten, falls es noch nicht zu spät ist, Genevieves Namen nicht auf der Liste der Ehrenjungfrauen einzutragen. Die Aufmerksamkeit, die sie dadurch erhalten würde, macht ihr zu schaffen.« Leah konnte sich nicht dazu durchringen, den zweiten Grund zu nennen - dass Genevieves Amt als Ehrenjungfrau ihr aufkeimendes Liebeswerben mit Phin stören könnte.

Sadie zog eine Grimasse. »Es tut mir so leid. Es ist zu spät. Ich kam hierher, nachdem ich Mr. Armstrong die Liste gegeben hatte, und sie stand darauf.«

Verflixt. Es war noch gar nicht so lange her, als es gar keine Liste gegeben hätte. Bis vor etwa zehn Jahren gab die Maikönigin ihre Wahl nicht eher bekannt, bis sie die Namen auf dem Podium aufrief.

Leah seufzte. »Nun, zumindest wird Mrs. Selkirk zufrieden sein. Obwohl ich Zweifel habe, dass mir ihre Anerkennung zuteilwird.«

»Die hast du aber verdient«, wandte Sadie lachend ein. »Ich hätte sie sonst nicht ausgewählt. Ich habe Ladys ausgewählt, die man vielleicht übersehen hätte.» Sie beugte sich zu

Leah und flüsterte: »Drei darunter sind älter als fünfundzwanzig Jahre.«

In gespielter Empörung schlug Leah sich die Hand vor den Mund. Sie kicherten beide.

»Gut gemacht, Sadie«, lobte Leah leise. »Du bist und bleibst einer der nettesten Menschen, die ich kenne.«

»Gilt das auch für Lady Norcott? Ich weiß, wie nah ihr euch wart.«

»So ist es.« Leah vermisste sie. Lady Norcott hatte Leah besser gekannt als irgendjemand sonst. Deshalb war auch ihr beharrlicher Wunsch so rätselhaft, dass Leah Genevieves Anstandsdame werden sollte. Lady Norcott hatte bestimmt gewusst, wie schwierig ihre Nichte, Mrs. Selkirk, sein konnte. Hätte sie sich für Leah nicht etwas Besseres gewünscht?

Da Mrs. Selkirk Lady Norcotts Nichte war, war es durchaus möglich, dass die Frau, die Lady Norcott kannte, nicht die Furie war, die Leah bei jeder Gelegenheit auf die Pelle rückte. Furie? Die Beschreibung brachte Leah beinahe wieder zum Kichern.

»Es ist sehr gütig von dir, wie du dich um deinen Schützling bemühst«, lobte Sadie. »Ich hoffe, es wird für Miss Selkirk nicht zu anstrengend sein, die Rolle einer Ehrenjungfrau zu übernehmen.«

»Es ist nicht nur das.« Leah drehte sich zu Sadie. Sie zauderte, ehe sie fortfuhr, obwohl sie wusste, dass sie das tun sollte.

Sadie drehte sich zu ihr. »Stimmt etwas nicht?«

Leah nahm allen Mut zusammen. »Ich glaube, Phin möchte um sie werben. Ich dachte, es wäre das Beste, wenn er keine Konkurrenz hat, die mit ihm um ihre Hand wetteifert.«

»Oh, Leah.« Sadie umarmte sie kurz, aber fest. »Du bist

viel zu großzügig. Wie kannst du auf deine eigenen Kosten so rücksichtsvoll sein?«

»Phin ist mein Freund. Natürlich werde ich ihm helfen, sein Glück zu finden.« Das deckte sich allerdings nicht mit ihrem ersten Plan, denn sie hatte wirklich geglaubt, die beiden würden nicht zusammenpassen. Wenn die Differenzen zwischen den beiden auch bedeutet hätten, dass er unverheiratet blieb und sie weiter von einer Zukunft mit ihm träumen konnte, umso besser. Allerdings war es eben nur ein Traum gewesen, und nun wurde es Zeit, diese dummen Gedanken für immer zu begraben.

»Bist du sicher, dass du klarkommst? Du kannst mir sagen, du hättest keine Gefühle für Phin, aber ich weiß es besser.«

»Das war einmal. Ich habe Marrywell vor sieben Jahren verlassen, und wenn ich jetzt auch zurück bin, ist das nicht von Dauer. Seit ich von hier fort bin, fühle ich mich glücklicher.«

»Das kann ich mir gut vorstellen«, flüsterte Sadie mitfühlend. »Wenn ich aber daran denke, dass du Marrywell womöglich nie wieder dein Zuhause nennen wirst, stimmt mich das traurig.«

»Meine Zukunft liegt anderswo.« Leah wünschte nur, sie wüsste, wo. Dann würde sie sich in jeder Hinsicht besser fühlen. Auch darüber, Phin zu verlieren — wenn ihre nächste Stellung, und damit ihre Zukunft, geklärt wäre.

Sadie sah nicht überzeugt aus. »Glaubst du das wirklich?«

Leah hatte keine Wahl. »Glaubst du nicht, Phin hätte mir zurückgeschrieben, wenn ihm so viel an mir liegen würde wie mir an ihm? Wir sind alte Freunde, mehr nicht.«

»Das nehme ich an. Aber er könnte auch einfach ein Mann sein, der schlecht im Briefeschreiben ist. Immer wieder hat er mich nach dir gefragt und mir aufgetragen, dir Grüße auszurichten, wenn ich dir das nächste Mal schreibe.« Das stimmte, aber das änderte nichts an der Tatsache, dass er ihr zumindest einen einzigen Brief geschrieben hätte, wenn sie ihm wirklich am Herzen läge. Oder etwa nicht?

»Bist du als Anstandsdame wirklich glücklich?», setzte Sadie das Gespräch fort.

»Das war ich, als ich noch bei Lady Norcott war. Vermutlich hast du noch nichts über neue Möglichkeiten in Erfahrung bringen können?«

»Nein, aber ich werde mich diskret erkundigen.« Sadie legte den Kopf schief. »Bist du sicher, keinen Ehemann zu wollen? Was wäre, wenn du Ph...«

Schnell schnitt Leah ihr das Wort ab. »Sprich es nicht einmal aus. Das kommt *nicht* in Frage.«

»Hoffentlich wirst du es nicht bereuen, ihm deine Gefühle nicht gestanden zu haben.«

»Meine *früheren* Gefühle«, korrigierte Leah, obwohl das eine Lüge war. Sie wünschte jedoch, es wäre wahr. Es musste einfach wahr sein.

Sadie seufzte. »Man weiß nie, was sich bei einem Fest zur Partnerfindung so alles ereignen kann.«

Um das Gespräch auf ein anderes Thema zu lenken, warf Leah ihr einen schiefen Blick zu. »Zum Beispiel, dass die Kutsche eines Herzogs vor deinem Haus ein Rad verliert und du diesen Herzog heiratest?«

»Hach, ja, genau das.« Sadie seufzte. »Ich sollte mich auf die Suche nach ihm machen. Er wurde von ein paar Gentlemen aus London gekapert, und ich glaube, sie haben ihn in den Spielsalon verschleppt. Er wird sich verzweifelt nach Rettung sehnen.«

Sie standen auf und hakten sich unter, während sie sich auf den Rückweg zum Eingang der Versammlungsräume machten. Ehe sie jedoch eintreten konnten, kam ein Gentleman heraus. Seine Augen leuchteten bei Sadies Anblick auf.

Er lächelte. »Euer Gnaden, Ihr müsst mich Eurer Anstandsdame vorstellen.«

»Erlauben Sie mir, Ihnen meine liebe Freundin, Miss Leah Webster, vorzustellen«, entgegnete Sadie. »Leah, das ist Mr. Lionel Mercer. Wir sind uns vorhin begegnet. Er ist zu Besuch aus London und mit Law bekannt.«

Mr. Mercer ließ ein rasches Lächeln aufblitzen, das seine flintsteingrauen Augen aufhellte. »Ich freue mich, Ihre Bekanntschaft zu machen, Miss Webster. Woher kennen Sie und Ihre Gnaden sich?«

»Wir sind zusammen hier in Marrywell aufgewachsen«, antwortete Leah.

»Ich verstehe. Ich finde Ihre Stadt sehr ansprechend.« Er sah sich im Gartenabschnitt mit den Statuen um. »Tatsächlich bin ich ganz entzückt.«

»Sind Sie mit der Absicht hergekommen, eine Bindung einzugehen?«, fragte Leah.

Mr. Mercer lachte kurz auf. »Ganz und gar nicht. Ich war auf dieses berüchtigte Fest neugierig. Ich gebe zu, dass ich mich gefragt habe, wie ein so verschlafener Ort einen so großen Zustrom von Menschen verkraften kann. Wie ich feststellen kann, sind die Stadt und ihre Geschäftslage fundiert. Ich erkenne auch Potenzial.« Seine Augen glitzerten und sahen noch mehr wie Flintstein aus als zuvor.

Leah legte den Kopf schief. »Was soll das heißen?«

»Ich bin Geschäftsmann, Miss Webster, und obwohl ich erst heute Morgen angekommen bin, scheint mir, dass Marrywell für weitere Investitionen reif ist, wie zum Beispiel zusätzliche Gasthäuser mit luxuriösen Suiten und Speisesälen.«

Insbesondere in den vergangenen zehn Jahren war das Fest immer stärker frequentiert worden. Zusätzliche Unterkünfte wären sicher vonnöten, aber Leah war sich nicht sicher, was die Einheimischen von Marrywell davon hielten, wenn ein Außenstehender sie zur Verfügung stellte. »Sie werden finden, dass unsere ›fundierten‹ Geschäfte sich vollständig im Besitz von Marrywells Bewohnern befinden, die sie auch betreiben.«

»Gewiss. Sicher hat es sich exponentiell erweitert und Fortschritt ist immer eine gute Sache, insbesondere wenn er hart arbeitende Menschen bereichert. Auf die Lustgärten bin ich besonders gespannt, wenn auch das Labyrinth erst nach der Krönung heute Abend geöffnet werden soll.«

»Es sind *Botanische* Gärten«, korrigierte Leah. Das war der Titel, den Phins Großvater ihnen verliehen hatte, und alle anderen Bezeichnungen klangen entsetzlich verkehrt.

»Das war mir nicht klar. Wie herrlich. Ich freue mich schon darauf, die Blumen und die Büsche zu besichtigen. Und das Labyrinth – es ist das größte Englands, wie ich höre.«

»Ja, es ist sehr beeindruckend«, bestätigte Sadie. »Sie müssen uns entschuldigen, Mr. Mercer. Ich muss meinen Mann finden.«

»Natürlich.« Noch einmal verbeugte er sich galant, und als er sich aufrichtete, richtete er den Blick erneut auf Leah. »Ich freue mich darauf, Sie während dieser Woche zu sehen, Miss Webster.« Er lenkte den Blick zu Sadie. »Euer Gnaden.«

Leah und Sadie betraten die Versammlungsräume und ließen Mr. Mercer im Garten zurück. Als sie sich von der Tür entfernt hatten, warf Sadie einen Blick über die Schulter. Er war ihnen nicht gefolgt.

»Er hätte dich zuerst nennen sollen«, mokierte sich Leah.

»Vielleicht, doch er hatte es unübersehbar auf dich abgesehen.» Sadies Tonfall hatte einen neckenden Unterton.

»Er sei nicht hier, um eine Verbindung einzugehen. Das hat er ausdrücklich gesagt.»

»Seltsam, hast du nicht das Gleiche gesagt?« Sadie lachte.

Leah verdrehte die Augen, als sie Sadies Arm losließ. »Ich muss die Selkirks finden.«

»Soll ich dich begleiten, damit Mrs. Selkirk sich nicht über die Dauer deiner Abwesenheit echauffiert?«

»Du hast sie vollkommen durchschaut«, stellte Leah mit einem Grinsen fest. »Danke, aber ich komme schon zurecht.« Sie blickte sich in den immer noch überfüllten Versammlungsräumen um. »Ich vermisse die Feste unserer Jugend, und das nicht nur, weil es uns nicht darum gegangen war, eine Verbindung einzugehen. Jetzt sind so viele Leute hier. Sie kommen von weit her, wie Bath oder London.«

»Es hat sich verändert«, stimmte Sadie zu.

»Wenn es nach Mr. Mercer ging, wird das weiter passieren.« So war eben der Lauf der Dinge. Alles änderte sich. Menschen änderten sich. Pläne änderten sich. Jeder musste seinen Weg finden, sich anzupassen und weiterzumachen.

Leah entdeckte Genevieve, Mrs. Selkirk und Mrs. Dunhill. Ihr Anblick erinnerte sie daran, dass tatsächlich ein Wandel bevorstand. Bald wäre Genevieve verheiratet – und das wahrscheinlich mit Phin.

Leah würde sich anpassen und ihr Leben fortsetzen. Ihr blieb einfach nichts anderes übrig.

KAPITEL 7

Das Glück schien Phin nicht hold zu sein.

Er richtete den Blick auf das Loch im Dach des Zierbaus, der sich im Zentrum des Labyrinths befand. Der Zeitpunkt dieser Katastrophe hätte nicht schlechter gewählt sein können, da das Labyrinth nach der heutigen Krönungszeremonie für die Saison eröffnet würde.

»Du solltest einen Steinmetz beauftragen, würde ich vorschlagen«, meinte Tom, als er den frischen Verfall des Zierbaus im Mittelpunkt des Labyrinths betrachtete. »Zu dumm, dass das nicht mit dem anderen passiert ist.« Er warf einen Blick auf den dazugehörigen Zierbau, der genauso aussah wie dieser, allerdings in einem gewollt ›ruinösen‹ Zustand.

»Der hat kein Dach, das Einstürzen könnte«, brummte Phin. Durch das neue, große Loch fiel das Sonnenlicht ins Innere, vor dem sie standen.

»Stimmt.«

Phin trat gegen einen kleinen Stein. »Da wir uns im Moment keinen Steinmetz leisten können, müssen wir uns fragen, welche anderen Möglichkeiten wir haben?«

»Wir können es nicht riskieren, jemanden hier hineinzulassen. Die strukturelle Tragfähigkeit ist beeinträchtigt, und ohne einen Steinmetz, der den Schaden begutachtet, können wir nicht ermessen, wie schlimm es steht.«

»Wie zum Teufel halten wir die Leute nur davon ab? Das Labyrinth wird heute Abend von Menschen überfüllt sein.«

»Wir müssen ein Schild aufstellen«, entgegnete Tom schulterzuckend. »Und vermutlich sollte man es mit Wimpelketten umgeben? Irgendetwas, das den Bau so aussehen lässt, als könne man ihn nicht betreten.«

»Ich würde doch hoffen, dass das Loch im Dach, an einer Stelle wo keins sein sollte, als Abschreckung dienen würde, aber vermutlich werden diejenigen, die nicht wissen, wie es aussehen sollte, einfach denken, es sei ein Teil der Ruine.« Es sollte allerdings *keine* Ruine sein.

»Ich werde ein paar Wimpelketten besorgen und einen der Gärtner bitten, ein Schild anzufertigen. Du solltest mit dem Bürgermeister sprechen und ihn bitten, heute Abend eine Ankündigung darüber publik zu machen. Vielleicht solltest du sogar fragen, ob er ein oder zwei Pagen hier stationieren kann, um die Leute fernzuhalten.«

Wunderbar. Phin konnte kaum erwarten, dass die Aufmerksamkeit auf seine heruntergekommenen, praktisch bankrotten Botanischen Gärten gelenkt wurde. »Das werde ich. Verdammt, ich habe schon einen guten Teil des Empfangs verpasst, weil ich mich mit dieser Sache hier abgegeben habe.«

»Dann beeil dich.«, drängte Tom und winkte ihn fort.

»Danke, Tom. Ich wüsste nicht, was ich ohne dich anfangen würde.« Phin setzte seinen Hut fester auf und lenkte seine Schritte zügig durch das Labyrinth in Richtung Haupttor, das auf die Garden Street führte.

Der Geldbedarf war gerade zu dringend. Es war eine Sache, nicht in der Lage zu sein, neue Zierbauten hinzuzufügen – die Gärten hatten wahrscheinlich ohnehin schon genügend –, doch der Mangel an den erforderlichen Mitteln, um sie in gutem Zustand und *sicher zu* halten, war untragbar.

Es gab keine Abhilfe. Phin brauchte eine reiche Frau, und er brauchte sie jetzt. Hoffentlich würde er Miss Selkirk beim Willkommensempfang sehen. Wenn er nicht zu spät kam. Doch kaum hatte er die Straße erreicht, sah er, wie zahlreiche Menschen die Versammlungsräume verließen, und er wusste, dass er die Gelegenheit verpasst hatte.

»Phin?«

Als er nach links schwenkte, sah er Leah auf sich zukommen. Vielleicht würde er Miss Selkirk doch noch begegnen. Aber nein, Leah war allein.

Er lächelte zur Begrüßung. »Guten Tag, Leah. Der Empfang ist vorbei, nehme ich an?«

»Zum größten Teil, ja. Wenn du Genevieve suchst, sind sie und ihre Mutter zum New Inn zurückgekehrt.«

Phin zögerte. Aus irgendeinem Grund fühlte er sich seltsam, mit Leah über sein mögliches Werben um Miss Selkirk zu sprechen. Warum sollte das so sein? Sie war seine älteste und engste Freundin. Und sie könnte ihm möglicherweise helfen.

»Ich werde sie später treffen, denke ich«, sagte er schließlich. »Eigentlich suche ich nach Mr. Armstrong. Hast du ihn gesehen?«

»Ja, in den Versammlungsräumen, doch er ist, glaube ich, schon vor einer Weile gegangen. Zum Thema Miss Selkirk ... Ich hoffe, du hältst mich nicht für aufdringlich.« Leah hielt inne, als ob sie abwarten wollte, ob er etwas dagegen einzuwenden hatte, was sie sagen wollte. Das Gegenteil war der Fall. Er wollte es hören. Sie fuhr fort: »Ich gehe davon aus, dass sie als Ehrenjungfrau auserwählt wird, und wenn du also vorhast, ihr den Hof zu machen, solltest du so bald wie möglich handeln.«

»Ich würde fragen, woher du das weißt, aber da Sadie die Maikönigin ist, muss ich darauf vertrauen, dass du recht hast.« Verflixt. Miss Selkirk wäre bestimmt sehr beliebt, besonders wenn die Höhe ihre Mitgift bekannt würde. Phin hatte sicher nicht vor, diese Einzelheiten bekannt zu machen. Dennoch sollte er für den Fall der Fälle planen. Vielleicht würde er während des Festes eine andere Erbin finden. Er erschauderte innerlich. Sie sprossen nicht aus dem Boden wie die meisten Dinge, die ihm wichtig waren.

»Du scheinst enttäuscht zu sein«, bemerkte Leah. »Das tut mir leid. Ich weiß, wie sehr du sie magst. Und ich glaube, sie mag dich auch.«

»Ah, wie gut zu wissen.« Wieder war es ihm unangenehm, mit Leah hierüber zu sprechen, doch ihm war nicht ganz klar, warum. Er wollte das Thema wechseln. »Das ist eine sehr modische Garderobe. Du siehst so ganz anders aus als die Leah aus meiner Erinnerung.«

Sie lachte. »Das hoffe ich. Von den Dingen, die ich hier in Marrywell getragen habe, wäre in London nichts angemessen gewesen. Glücklicherweise war Lady Norcott sich dessen bewusst und sie hat mich angemessen ausstaffiert. Sie war sehr großzügig.«

Phin konnte sich erinnern, dass Lady Norcott nicht nur überaus wohlhabend, sondern auch gutherzig und aufrichtig war. Zwar war es ihm nicht recht gewesen Lea gehen zu sehen, doch es war ihm klar, dass sie Lady Norcotts Angebot, ihre Gesellschafterin zu werden, nicht ablehnen konnte.

»Warum suchst du nach Mr. Armstrong?« fragte Leah.

Sollte er es ihr verraten? Es war kein Geheimnis. Alle würden erkennen, dass der Zierbau langsam in sich zusammenfiel, und es musste ein Schild aufgestellt werden, das die Leute aufforderte, sich fernzuhalten. Vielleicht sollten sogar Helfer zur Stelle sein, um ebenfalls Warnungen auszusprechen. Er würde ihr allerdings nichts von seiner tieferen Sorge anvertrauen, dass die Gärten völlig verwahrlosen werden würden und Marrywell darunter zu leiden hätte.

»Einer der Zierbauten im Mittelpunkt des Labyrinths muss instandgesetzt werden. Es ist notwendig, dass er für die Dauer des Festes geschlossen wird. Ich möchte Mr. Armstrong bitten, heute Abend eine Ankündigung dazu zu machen.«

Sie legte die Stirn in Falten. »Ist der Schaden reparabel? «

»Nicht vor Ende des Festes. Das Dach ist eingestürzt.«

»Oje, das heißt also, dass es denjenigen betrifft, der *keine* Ruine ist.« Sie zog eine Grimasse und schenkte ihm einen mitfühlenden Blick. »Wie bedauerlich.«

Er lächelte. »Das war auch Toms Reaktion.«

Sie lachte. »Hervorragend. Wie geht es Tom? Und Marjorie?«

»Wie immer sind sie mit ihren Enkelkindern sehr beschäftigt.«

»Bei ihren sechs Kindern müssen sie eine ganze Horde davon haben.«

»Ich habe den Überblick verloren, fürchte ich. Erinnerst du dich an alles und jeden?«

»Hauptsächlich erinnere ich mich an Menschen, insbesondere diejenigen, die ich in Marrywell zurückließ.« Ihre Mundwinkel hoben sich, und in ihren Augen schimmerte es vor ... Sentimentalität? Wehmut? Oder war es etwas anderes? »Brauchst du bei der Suche nach Mr. Armstrong Hilfe?«

Er schmunzelte. »Ich muss ja nicht nach ihm suchen, als würden wir Verstecken spielen.«

»Stimmt.« Sie zuckte mit den Schultern. »Vergiss es.«

»Nein! Begleite mich bitte. Ich habe gern Gesellschaft, insbesondere deine. Während deines Aufenthalts hier sollten so viel Zeit wie möglich miteinander verbringen. Wir haben eine Menge nachzuholen. Du hast vermutlich eine Million

Bücher gelesen und jeden Park und Garten in London besucht.« Er bot ihr seinen Arm an.

Leah legte ihre Hand um seinen Ärmel. Ein Duft von Veilchen und Lavendel stieg ihm in die Nase, und da er jeden Duft auf jedem Quadratmeter der Gärten kannte, konnte er mit Sicherheit sagen, dass er nicht von dort stammte. Es war Leah. Noch nie hatte er ihren Duft wahrgenommen. Er wäre sogar eine Wette eingegangen, dass sie gar keinen hatte. Das war allerdings vor langer Zeit gewesen. Jetzt war sie eine richtige Frau, die eine geheimnisvolle Ausstrahlung besaß. Geheimnisvoll? Das kam ihm nur so vor, weil er sie schon so lange nicht mehr gesehen hatte.

»Es waren nicht eine Million Bücher», entgegnete sie auf seine Bemerkung. »Aller Wahrscheinlichkeit nach habe ich aber Hunderte von Büchern gelesen, und ich *habe* die meisten Parks und Gärten besucht – du kennst mich einfach zu gut. Wenngleich ich das seit Lady Norcotts Ableben im letzten Jahr nicht mehr so häufig getan habe. Die Selkirks halten sich ungern im Freien auf, wobei die angesagte Stunde im Hyde Park die Ausnahme bildet. Es ist wirklich faszinierend sie hier zu erleben, wie sie ihre Zeit im Botanischen Garten verbringen.« Sie lächelte. »Bestimmt hast du eine oder vielleicht auch zehn neue Pflanzen entdeckt oder erfunden.«

Er schnaubte. »Wohl kaum. Das war mein Großvater. Wusstest du, dass die London Horticultural Society ihn posthum als Mitglied aufgenommen hat?«

»Das habe ich nicht gewusst. Das ist ja wundervoll. Warum bist du kein Mitglied dort?«

»Ich bin nicht gerade ein Gelehrter. Ich konnte nicht einmal Briefe an dich schreiben.« Er blickte sie verlegen an und führte sie über die Garden Street bis an die Kreuzung der High Street.

»Dass du gelehrt sein musst, möchte ich insbesondere bei

deinem Talent für Pflanzen bezweifeln. Verbringst du deine Abende noch immer im Gewächshaus?«

Er grinste sie an. »Außer dir würde ich das niemals jemandem gegenüber zugeben.«

Wieder leuchteten ihre Augen von diesem Gefühl auf. War es Glückseligkeit darüber, Zeit mit ihm zu verbringen? Das wäre eine Erklärung. Er freute sich über ihre Gesellschaft. Ihm war wirklich nicht bewusst gewesen, wie sehr er sie vermisst hatte.

»Dann stehe zu dem, was du da tust. Immer hast du dort mit Hybridpflanzen herumexperimentiert. Weißt du noch, als ich dich gebeten habe, mir ein Hahnenfuß-Gänseblümchen zu erschaffen?«

Lachend wischte er sich mit der Hand über sein Gesicht. »Ja. Und weißt du noch, wie kläglich ich versagt habe?«

»Ich *erinnere mich,* dass du Butterblumen auf Gänseblümchen geklebt und mir einen ganzen Strauß geschenkt hast. Das war für mich kein Misserfolg.«

»Ich war ein wirklich ein törichter Junge. Warum hast du so viel Zeit mit mir verbracht?« Er wünschte, er hätte die Frage nicht gestellt, denn beide kannten sie den Grund. Alles war besser für sie, als zu Hause zu sein.

»Wahrscheinlich war ich ein törichtes Mädchen. Wir waren zwei Erbsen in einer Schote.«

»So hat uns Großvater stets genannt.« Seine Stimme hatte einen wehmütigen Klang, was daran lag, dass er seinen Großvater vermisste.

»Ich habe so viele schöne Erinnerungen an ihn«, bemerkte Leah. »Die meisten davon sind mit dem Gewächshaus verbunden. Er hat an Hybridrosen herumgetüftelt, als er starb, nicht wahr?«

»Hmm, ja. Er hat Erfolg gehabt und fünf neue Rosensorten erschaffen. Ich sage erfolgreich, weil er sie für gut gelungen erachtete. Seine Ansprüche an die Kreuzungen waren sehr hoch und er legte auf bestimmte Eigenschaften Wert, sei es die Größe und Form der Blütenblätter oder der Farbton.«

»Hast du es versucht?«

»Nicht gerade mit viel Eifer und folglich auch nicht erfolgreich.« Tatsächlich hatte er einige Wochen zuvor mit einer Züchtung angefangen und wartete nun darauf, dass sich die Samenkapseln bildeten, damit er sie ernten und einpflanzen konnte. »Zurzeit arbeite ich mit einer China-Rose und einer Damaszener Rose.«

Sie neigte den Kopf zu ihm hinauf. »Tatsächlich? Ich würde sie gerne einmal anschauen.«

»Manchmal dachte ich, du wolltest vielleicht eine Gartenbaukünstlerin werden. Aber ich war mir nicht sicher, ob du ...« Er wollte gerade sagen: »wirklich interessiert warst oder es dir nur um die Zeit gegangen war, die von zu Hause weg warst.« Er blickte zu ihr und hoffte, sie würde nicht auf die Idee kommen, dass er etwas derart Unbedachtes aussprechen würde.

Doch ihr Blick war geradeaus auf die High Street gerichtet, und ihr Gesicht wirkte blasser als vor einem Augenblick. Phin folgte ihrem Blick und erkannte, was – oder vielmehr *wen* – sie ansah: ihren Vater.

Mit einem leisen Fluch zog Phin sie in die Lücke, die links von ihnen lag – es war eine schmale Gasse zwischen der Bäckerei und dem Hutmacher. Er führte sie von der Straße weg in den Schatten. »Alles in Ordnung?«, fragte er leise.

Sie nahm die Hand von seinem Arm und drehte sich zu ihm. Ihr Atem war flach. »Ich glaube, er hat mich nicht gesehen.«

»Das glaube ich auch nicht. Ich werde Wache halten, bis er fort ist.«

»Danke.« Sie schloss die Augen und ihr Atem ging noch immer viel zu schnell.

Phin wollte sie in den Arm nehmen und sie beruhigen, indem er ihr versicherte, sie sei in Sicherheit, und dass sie immer in Sicherheit sein würde. Plötzlich war er sehr wütend auf sich selbst, weil er ihr nicht geholfen hatte, ihrem Elternhaus zu entfliehen, als sie noch jünger gewesen war. Warum hatte sie sich gefühlt, als müsste sie Marrywell verlassen? Wenn sie es jedoch nicht getan hätte, wo hätte sie dann gelebt? Auf Radford Grange? Das wäre vielleicht ... seltsam gewesen. Und Leah hätte sich den damit aufgeworfenen Fragen nur ungern gestellt, warum sie nicht auf der Black Sheep Farm bleiben konnte.

Weil sie nie gewollt hatte, dass jemand von der Art und Weise erführe, wie sie behandelt wurde und insbesondere nicht, *warum*. Darüber wusste tatsächlich niemand außer Phin Bescheid, und er hatte es keiner Menschenseele weitererzählt. Das eine Mal, als er sie darauf angesprochen und seine Besorgnis zum Ausdruck gebracht hatte, hatte sie ihn angefleht, das Ganze einfach zu vergessen und behauptet, die Dinge seien gar nicht so schlimm. Sie war fünfzehn Jahre alt gewesen. Vier weitere Jahre hatte sie die Grausamkeit ihrer Mutter und die Gleichgültigkeit ihres Vaters über sich ergehen lassen.

»Ruf nach mir, wenn du Hilfe brauchst«, sagte er zu ihr. »Ich bin gleich dort drüben.«

Sie schlug die Augen auf und nickte. Endlich hatte sich ihr Atem beruhigt.

Phin kehrte zur Straße zurück und spähte vorsichtig um die Ecke beim Hutmacher. Webster hatte die Straße überquert. Als er ihn ansah, spürte Phin seine aufsteigende Wut. Er begegnete dem Mann gelegentlich, doch seine Frau sah er nur selten. Wenn Phin einem der beiden ansichtig wurde, ging er ihnen aus dem Weg. Jetzt wünschte er, er hätte sie zur Rede gestellt und ihnen gesagt, dass er über die schlechte Behandlung ihrer jüngsten Tochter Bescheid wüsste und wie sie sie aus dem Haus getrieben haben.

Das wäre allerdings nicht in Leahs Sinne gewesen. Vor sieben Jahren war sie erleichtert und glücklich gewesen, einen Ausweg gefunden zu haben. Sie wolle die Vergangenheit hinter sich lassen und den Blick in die Zukunft richten, hatte sie damals gesagt. Zu jener Zeit war er unendlich traurig gewesen, sie fortgehen zu sehen, doch es war das Richtige für sie und das hatte er genau gewusst. Sie war so tapfer und so entschlossen gewesen. Damals hatte er sie so sehr bewundert.

Dann hatte er ihre Briefe nicht beantwortet. Was für ein Freund war er?

Webster bestieg ein Pferd und ritt mit dem Tier die High Street entlang.

Aufatmend drehte Phin sich um und lief rasch zu Leah zurück. »Er ist fort.«

Vor Erleichterung ließ sie die Schultern sinken. »Ich danke dir. Du bist der allerbeste Freund.«

»Nein, das bin ich nicht.« Sein Zorn richtete sich nun ausschließlich gegen ihn selbst. »Ich hätte damals mehr tun müssen, um dir zu helfen, um dich zu beschützen. Ich hätte meinen Großvater und meinen Vater bitten sollen, dich bei uns aufzunehmen. Ich hätte *darauf bestehen sollen*. Und ich hätte dir schreiben sollen. Das bedaure ich mehr als alles andere. Ich habe dich vermisst. Deine Briefe haben mich so glücklich, aber auch traurig gestimmt. Ich habe mich danach gesehnt, dass du zurückkehrst.«

Sie blinzelte und ihre Wimpern flatterten. »Hast du das?«

Bis zu diesem Moment war ihm das ganze Ausmaß seiner Sehnsucht nicht bewusst gewesen. »Ja.«

Sie stellte sich auf die Zehenspitzen und fuhr mit ihren Lippen flüchtig über seine Wange. Die Zeit blieb stehen, als eine längst vergessene Erinnerung ihn überkam. Auch damals hatte sie sich auf die Zehenspitzen gestellt und ihn geküsst. Aber nicht seine Wange. Denn er hatte gesehen, was sie vorhatte, und im letzten Moment den Kopf gedreht. Sie war seine Prinzessin gewesen, und er ihr Ritter. Hätte er sie nicht küssen sollen, nachdem er sie vor einem Drachen gerettet hatte?

In Wahrheit hatte er sie allerdings vor gar nichts gerettet. Auf kurze Sicht gesehen hatte er ihr Dasein erleichtert, indem er die Wut ihrer Mutter abgewehrt und Leah einen sicheren Hafen geboten hatte. Letztendlich hatte er sie jedoch im Stich gelassen. Alle hatten das getan, bis Lady Norcott gekommen war und sie wirklich gerettet hatte.

»Bist du glücklich?«, platzte er heraus.

Sie richtete sich wieder zu ihrer normalen Größe auf und zog die Stirn kraus. »Ja. Warum?«

»Es ist wichtig, dass du glücklich bist.«

»Das bin ich.« Sie lächelte ihn beruhigend an. »Wahrhaftig. Wenn ich jedoch meinen Vater sehe, fühle ich mich ... nun ja, nicht gut. Ich hätte wohl nicht nach Marrywell zurückkehren sollen.«

»Du hattest keine andere Wahl. Du gehst dorthin, wo deine Arbeitgeberin hingeht.«

»Komm, du musst Mr. Armstrong finden, damit du ihn über den Zierbau ins Bild setzen kannst.« Erneut ergriff sie seinen Arm, und ihm stockte der Atem.

Er sah zu ihr hinüber, um zu sehen, ob sie etwas bemerkte. Das schien nicht der Fall zu sein. Was war nur los mit ihm?

»Dieser Vorfall tut mir so leid«, fuhr sie fort. »Aber du bekommst ihn wieder so hin, wie er ausgesehen hatte, als dein Großvater ihn bauen ließ, da bin ich sicher.« Sie schenkte ihm ein aufmunterndes Lächeln, durch das er sich allerdings alles andere als ermutigt fühlte.

Wie sollte er den Zierbau ohne Geld reparieren? Sein Großvater wäre sehr enttäuscht, wenn er dies sehen müsste. Er hätte Sorge dafür getragen, die Reparatur noch vor dem Ende des Festes durchzuführen.

Das war für ihn das Schlimmste – das Gefühl, seinen Großvater im Stich gelassen zu haben. Er würde alles in seiner Macht Stehende tun, um den Mann stolz zu machen, selbst wenn er nicht mehr unter ihnen weilte. Die Gärten waren sein Vermächtnis, und Phin war es ihm schuldig, alles Nötige zu tun, um sie so schön und nützlich zu erhalten, wie es Großvaters Absicht gewesen war.

»Ich fürchte, ich muss zum New Inn zurückkehren«, meinte Leah. »Mrs. Selkirk wird sich wundern, warum mein kurzer Spaziergang so lange dauert.«

Phin hoffte, dies würde Leah nicht an ihre Mutter erinnern. Immer hatte Leah sich gesorgt, zu lange wegzubleiben, und es wäre ihm ein Gräuel, wenn sie diese Angst jetzt noch einmal erleben müsste. Phin konnte sich jedoch nicht vorstellen, dass Mrs. Selkirk mit ihrer Mutter zu vergleichen war. Und wenn dem doch so wäre, würde Leah unter keinen Umständen in ihren Diensten stehen. Es sei denn, sie hatte keine andere Wahl ...

Lad dir keinen Ärger auf, würde Großmutter sagen. Sie sei glücklich, hat sie gesagt.

»Ich bringe dich zurück«, erbot sich Phin, der sie auf die High Street führte und dann zu ihrer Unterkunft eskortierte.

Er sollte versuchen, Miss Selkirk zu begegnen, um sich hoffentlich als ihr Hauptkandidat zu positionieren, doch zuallererst musste er den Bürgermeister ausfindig machen. Er würde seine Werbung um Miss Selkirk heute Abend aufnehmen.

Als sie das New Inn erreichten, löste Leah ihre Hand von seinem Arm und bedankte sich noch einmal bei ihm. »Sehen wir uns heute Abend?«

»Ja. Reserviere mir einen Tanz bitte.«

Ihre Lippen formten sich zu einem strahlenden Lächeln. »Das werde ich.«

»Und richte Miss Selkirk aus, sie soll dies ebenfalls tun. Den ersten, wenn sie ihn mir gestattet.« Das würde ihm die beste Chance ermöglichen, ehe sie von anderen, vielleicht interessanteren Gentlemen vereinnahmt würde. Würde eine junge Londoner Lady wie sie überhaupt Interesse für einen Landjunker wie ihn aufbringen?

»Ich werde es ihr ausrichten.« Leah wandte sich ab und schritt durch den Hof zum Gasthaus.

Phin runzelte die Stirn. Dieser Plan könnte sehr wohl scheitern. Mrs. Selkirk hatte gemeint, sie müssten sich vor Glücksjägern in Acht nehmen, was er war. Er würde eine Möglichkeit finden müssen, mehr für sie zu sein als das. Er könnte Miss Selkirk den Hof machen. Sie hatten bereits die Musik gemeinsam, und bestimmt ließen sich noch andere Dinge finden. Hatte sie an der Pflanzenzucht Interesse? Würde sie ihre Zeit mit ihm im Gewächshaus verbringen wollen?

Er konnte nicht anders, als an Leah zu denken. Zu schade, dass sie keine Erbin war. Moment, wirklich? Konnte er tatsächlich auf diese Weise an sie denken?

Als er sich auf den vergessenen Kuss aus ihrer Jugend besann, fragte er sich, ob er es vielleicht doch könnte.

KAPITEL 8

»Da ist unsere schöne Ehrenjungfrau!«, rief Mrs. Selkirk am nächsten Tag aus, als Genevieve aus dem mit Leah gemeinsam benutzten Schlafzimmer ins Wohnzimmer trat. Während Genevieve gestern Abend voller Nervosität zum Podium geschritten war, als sie zur Ehrenjungfrau erkoren worden war, hatte Mrs. Selkirk vor Freude fast einen Luftsprung gemacht. Seitdem hatte ihr Lächeln kaum nachgelassen und für den Rest des Abends war sie sogar *freundlich* zu Leah gewesen. »Das Ausgehkleid ist wundervoll. Und ich bin froh, dass wir uns für den korallenroten Spencer entschieden haben.«

Genevieve faltete die Hände vor der Brust und schmollte. »Ich finde, das lässt mich blass aussehen.«

Mrs. Selkirk winkte ab. »Unsinn, damit siehst du blendend aus.«

Genevieve verdrehte die Augen und murmelte: »Ich verabscheue diese ganze Aufmerksamkeit, und wenn ich eine Farbe trage, die mich aussehen lässt, als hätte ich Gelbsucht, wird es nur noch schlimmer werden.«

Leah hatte ein schlechtes Gewissen, weil Genevieve sich

unwohl fühlte. Gestern Abend vor dem Schlafengehen hatte sie ihr gestanden, wie sehr es ihr gegen den Strich ging, auf dem Podium zu sitzen, einen Thron zu haben, eine Krone zu tragen und vor allen Augen tanzen zu müssen.

Genevieves Unmut darüber war Leahs Meinung nach ein wenig ironisch, wenn man bedachte, dass Genevieve darauf fixiert war, Klatsch und Tratsch über andere zu lesen. Aber vielleicht war das der Grund, warum sie keine Ehrenjungfrau sein wollte – sie wusste, was sie erwartete, wenn sie die Aufmerksamkeit auf sich zog, und damit war mit ziemlicher Sicherheit auch Klatsch und Tratsch verbunden.

Mrs. Selkirk lächelte vergnügt, als sie sich von ihrem Stuhl erhob. »Du wirst auf unserem Spaziergang mehr Gentlemen anziehen als Blumen die Bienen.«

»Habe ich es wirklich nötig, noch mehr Gentlemen anzulocken?«, fragte Genevieve mürrisch. »Gestern Abend habe ich doch mit so vielen getanzt.«

»Ja, und heute musst du sie ermuntern.« Mrs. Selkirk senkte die Stimme, als würde sie ein Geheimnis verraten. In ihrer privaten Suite. Wo niemand sie hören konnte. »Ich habe gehört, dass gestern Abend zu später Stunde ein Earl angekommen ist.«

»Ein Titel wäre doch wunderbar, oder?«, sinnierte Mrs. Dunhill vom Sofa aus. »Ein Jammer, dass keine reiferen Zeitgenossen anwesend sind. Obwohl ich den Verdacht habe, dass sie Genevieve und andere junge Schönheiten wie sie ansehen würden, wenn es welche gäbe.«

»Vielleicht fühlt sich ein junger Adliger zu Ihnen hingezogen«, sagte Leah.

Mrs. Selkirk schniefte. »Papperlapapp. Das ist höchst unwahrscheinlich.»

Leah bemerkte die aufblitzende Verärgerung in Mrs. Dunhills Blick. Leah lenkte das Thema von ihr ab und bemerkte: »Ich habe gehört, dass es auch einen Erben einer Viscountcy geben soll.«

Mrs. Selkirk und Mrs. Dunhill verzogen das Gesicht. »Reuben Medford ist ein *präsumtiver* Erbe. Aber weder diese Stellung noch sein Reichtum machen ihn für Genevieve geeignet.«

»Er ist aber für andere Dinge geeignet«, murmelte Mrs. Dunhill mit einem teuflischen Lächeln.

Mrs. Selkirk warf ihr einen bezwingenden Blick zu.

Leah fragte sich, was für Mrs. Selkirk am wichtigsten war, wenn es um Genevieves Verehrer ging. War es die Stellung oder der Rang? Reichtum vielleicht? Genevieves Glück?

»Ich mag Mr. Radford«, stellte Genevieve in den Raum.

»Ich mag ihn auch, Liebes, aber noch ist es viel zu früh, um unsere Wahl einzugrenzen.« Mrs. Selkirk sagte »unsere«, als würde sie in irgendeiner Weise in die Verbindung einbezogen, die ihre Tochter einging. Sie zog ihre Handschuhe an und fragte: »Sind wir für unsere Promenade bereit?«

Mrs. Dunhill erhob sich vom Sofa. »Ja. Auch wenn er kein Adliger ist, hatte ich gestern Abend eine nette Unterhaltung mit Mr. Bilson, und ich sagte, ich würde heute nach ihm Ausschau halten.«

Mrs. Selkirk zog die Brauen in die Höhe. »Das hast du mir nicht gesagt.«

»Du warst mit Genevieve beschäftigt«, sagte Mrs. Dunhill achselzuckend.

Sie verließen die Suite und als sie die Treppe in die Gaststube hinuntergingen, herrschte dort mehr Trubel als gewöhnlich. Es schien, als seien alle auf dem Weg nach draußen, wobei allerdings auch zu bedenken war, dass eine Vielzahl von Aktivitäten im Rahmen der Festlichkeiten angeboten wurden. Leah wünschte, sie könnte sich in den Bereich der Brauerei schleichen, wo das Bier freigebig und reichlich floss. Als sie dreizehn war, hatten Phin und sie sich einmal in das eingezäunte Gelände geschlichen. Sie hatten mehr Bier getrunken, als vernünftig war, und hatten später bitter leiden müssen.

Scheinbar war alles in Marrywell mit Erinnerungen verbunden war, die sie mit Phin geteilt hatte. Und diese Woche würden sie noch mehr davon kreieren.

So schrecklich es auch gewesen war, ihrem Vater beinahe in die Arme zu laufen, hatte Leah jeden Augenblick ihres Spaziergangs mit Phin genossen. Zumindest so lange, bis er sie gebeten hatte, Genevieve auszurichten, sie solle ihm einen Tanz reservieren. Nicht irgendeinen Tanz - den ersten Tanz, der für den Maikönig und die Maikönigin und die Ehrenjungfrauen reserviert war.

Da Genevieve als Ehrenjungfrau ausgewählt worden war, hatten gestern Abend alle zugesehen, wie Phin und sie zusammen *Walzer* getanzt hatten. Noch immer konnte Leah nicht fassen, dass der erste Tanz ein Walzer gewesen war. Laut Sadie war dies zum ersten Mal geschehen.

Leah hatte sich bemüht, ihre Eifersucht im Zaum zu halten. Der absolute Höhepunkt des Abends war für sie natürlich Phins Aufforderung zum Tanz gewesen. Sie hatten zusammen mit einem aus der Stadt bekannten Paar getanzt und dabei viel gelacht.

Ihre Gruppe verließ das Gasthaus und sie schritten inmitten einer Menschenmenge in Richtung Botanischer Garten die High Street entlang. Mrs. Selkirk und Mrs. Dunhill gingen ein paar Schritte vor Leah und Genevieve. Leah ging absichtlich langsamer, damit Genevieve und sie unter vier Augen sprechen konnten.

Als sie sich vergewissert hatte, dass der Abstand zwischen ihnen und Genevieves Mutter groß genug war, dass sie ihr Gespräch nicht belauschen konnte, fragte sie: »Welche Eigenschaften sind Ihnen denn bei einem Ehemann wichtig?«

In all den Monaten, die Leah für die Selkirks arbeitete, hatte sie diese Frage nie gestellt, und die Antwort war auch nicht aus irgendeinem von Genevieves Kommentaren ersichtlich gewesen. Leah beobachtete Genevieves Reaktion mit Neugierde. Sie war eine Meisterin darin, eine unbewegte Miene zu bewahren.

Ein leichtes Achselzucken war die einzige Veränderung in Genevieves Verhalten. »Ich habe nicht über bestimmte Dinge nachgedacht. Was meine Mutter will, vermutlich.«

Bei dieser Antwort musste Leah ein Schaudern unterdrücken. Sie war so dankbar, nicht den Launen *ihrer* Mutter unterworfen zu sein. »Was will Ihre Mutter?«

Genevieves zarte Stirn legte sich in Falten und sie brauchte einen Moment für ihre Antwort. »Sicherheit, denke ich. Jemand, der ein schönes, bequemes Leben garantieren kann.« Sie lächelte Leah heiter an, als wäre dies die perfekte und einzige Antwort.

Obwohl Leah darauf hinweisen wollte, dass nichts im Leben garantiert war, beschloss sie, Genevieves törichte Perspektive nicht zu trüben. Aber ... war das nicht Leahs Aufgabe als ihre Anstandsdame? Sollte sie ihrem Schützling nicht die Augen hinsichtlich der Herausforderungen und Enttäuschungen des Lebens öffnen?

Wahrscheinlich schon, doch das würde Mrs. Selkirk nicht gefallen, und letztendlich war Leah ihr gegenüber verantwortlich und nicht Genevieve.

Stattdessen fragte Leah: »Wie stellen Sie sich ein schönes, bequemes Leben vor?«

Genevieve lächelte. »Ein Haus, Kinder, ein Klavier. Ich brauche nicht viel. Oh, und Zeitungen, damit ich den neuesten Klatsch lesen kann.«

Leah bemerkte, dass sie den Ehemann nicht aufgezählt hatte, den sie dazu brauchen würde und unterdrückte ein Lächeln.

Sie hatten das Haupttor des Botanischen Gartens erreicht und schritten auf dem breiten Weg entlang. Die Anlage erinnerte ein wenig an den Hyde Park mit seinen unzähligen Spazierwegen, großen Rasenflächen, einer Fülle von Bäumen und natürlich der bunten Blumenpracht, die dort insbesondere zu dieser Jahreszeit zu bewundern war. Und wie im Hyde Park versammelten sich hier und da Menschen zum Plaudern, Flirten oder dem Austausch von Klatsch. Oder allen drei Dingen.

Zwei Gentlemen, die Leah von gestern Abend kannte – einer hatte mit Genevieve getanzt –, grüßten sie auf dem Weg und hielten einen Moment inne. Beide verbeugten sich, und Genevieves Tanzpartner ergriff das Wort. »Ich freue mich, Sie an diesem schönen Nachmittag hier in den Gärten anzutreffen, aber ich fürchte, wir sind gerade auf dem Weg nach draußen.«

Leah bemerkte, dass der Blick des anderen Herrn ein wenig getrübt wirkte. Sie atmete tief ein und nahm den schwachen Geruch von Bier wahr. Sie müssen vom Feld des Brauers gekommen sein. Glückliche Kerle.

Mrs. Selkirk legte ihre Hand auf Genevieves Arm. »Dann müssen Sie heute Abend nach meiner Tochter Ausschau halten. Sie hat schon so viele freundliche Einladungen zum Flanieren und Tanzen erhalten. Aber das ist bei ihrer Schönheit und ihrem Stil auch nicht anders zu erwarten, ganz zu schweigen von ihrer Mitgift«, fügte sie in leisem Tonfall und mit dem leisesten Anflug eines Lächelns hinzu.

Für jemanden, der über die Aussicht auf Vermögensjäger besorgt zu sein schien, gab Mrs. Selkirk die finanziellen Vorzüge ihrer Tochter großzügig bekannt. Glaubte sie, Genevieve würde diese Hilfe brauchen? Sie konnte zurückhaltend sein, aber sie war hübsch genug, um das wettzumachen, was Leah nicht als Manko empfand, doch das taten viele. Sogar Lady Norcott hatte behauptet, ihre Großnichte würde aufgrund ihrer Schönheit und ihres Stils gut verheiratet werden. Leah ging auf, dass Mrs. Selkirk gerade eben genau diese Worte zur Beschreibung ihrer Tochter benutzt hatte.

Leah wunderte sich über den Umfang von Genevieves Mitgift, nicht dass sie viel darüber wüsste, was als eine gute Mitgift zu bezeichnen wäre. Jegliche Mitgift wäre für Leah ein Segen gewesen, doch als dritte Tochter – und obendrein mit so *wenig* Schönheit und Stil gesegnet – hatte man ihr wiederholt gesagt, es würde keine Mitgift für sie geben. Also hatte Leah die erste Gelegenheit ergriffen, die sich ihr bot. Glücklicherweise war es eine vorteilhafte und ungemein erfüllende Stellung gewesen.

Der Gentleman schaute zu Genevieve. »Dann hoffe ich, Sie werden heute Abend einen Tanz für mich reservieren. Ich wünschte, wir könnten jetzt einen Spaziergang unternehmen, aber wir müssen in unsere Unterkunft zurückkehren. Ich freue mich darauf, Sie heute Abend zu sehen!«

Als sie sich verabschiedeten, schaute Leah über die Schulter zurück. Sie sah, wie der erste Gentleman den anderen am Frack packte und ihn auf den Beinen zu halten versuchte. Dann stolperte der Mann, und die beiden wären beinahe zu Boden gegangen. Leah presste eine Hand auf ihren Mund, um nicht laut loszuprusten.

Als Leahs Gesellschaft ihren Weg fortsetzte, entdeckte sie ein weiteres bekanntes Gesicht, das sich ihnen näherte. Mr. Mercer bewegte sich mit seinem modischen Spazierstock munter auf sie zu.

»Ich wusste nicht, dass Mr. Mercer hier ist«, sagte Mrs. Selkirk mit einem leicht zusammengekniffenen Auge. »Er ist ein überzeugter Junggeselle. Warum sollte er zu einem Fest zur Partnerfindung kommen?»

Leah kannte natürlich die Antwort darauf. Er war geschäftlich hier, nicht um zu heiraten. Das laut auszusprechen, würde allerdings Mrs. Selkirks Neugierde über die Art und Weise ihres Kennenlernens wecken, und vielleicht sogar ihren Zorn anstacheln. Es war besser, die Erwartung zu erfüllen, die im Hause Selkirk an eine Anstandsdame gestellt wurde: zu schweigen.

Mit einem strahlenden, einladenden Lächeln auf dem Gesicht begrüßte Mrs. Selkirk Mr. Mercer, als er nahe genug war, um sich mit ihr zu unterhalten. »Ich glaube, Sie kennen meine Tochter noch nicht, Miss Genevieve Selkirk.«

Genevieve machte einen Knicks, und Mr. Mercer verbeugte sich. »Es ist mir eine Ehre.«

»Ich glaube, Sie kennen Mrs. Dunhill«, fuhr Mrs. Selkirk fort. »Und das ist Genevieves Anstandsdame.« Sie machte sich nicht die Mühe, Leahs Namen zu nennen.

Mr. Mercers Blick ruhte auf Leah. »Wie schön, Sie wiederzusehen, Miss Webster.« Er nahm ihre Hand und beugte seinen Kopf darüber, hielt aber inne, ohne seine Lippen auf ihre Knöchel zu legen. Dem Himmel sei Dank.

Leah wagte nicht, Mrs. Selkirk anzusehen. Aber sie tat es trotzdem. Die blauen Augen der Frau hatten sich vor Verärgerung zu Schlitzen verengt, als sie Leah missbilligend anstarrten.

Mrs. Selkirk entspannte ihre Gesichtszüge und wandte sich mit einem weitaus angenehmeren Ausdruck an Mr. Mercer. »Vielleicht möchten Sie uns auf unserem Spaziergang begleiten. Genevieve braucht einen Begleiter.«

Bevor der arme Mr. Mercer dazu kam, eine Antwort zu geben – und was hätte er außer Ja schon sagen können? –, hellte sich Genevieves Gesicht auf, als würde die Sonne aufgehen. »Oh, sieh einer an, Mr. Radford kommt hier entlang.«

Leah drehte sich um und sah Phin auf sie zukommen. Sie war irrationalerweise verärgert, dass sie ihn nicht vor Genevieve gesehen hatte. Eifersucht, so schien es, war schwer zu unterdrücken.

Genevieve wirkte über das Wiedersehen mit Phin hocherfreut und er lächelte sie unmittelbar an. In diesem Moment schienen die beiden für den Altar bestimmt. Leah schimpfte mit sich selbst, weil sie so mürrisch war. Sie wollte, dass Phin glücklich würde, und wenn Genevieve ihn glücklich machte, dann war es eben so.

Das war allerdings einfacher gedacht als umgesetzt.

»Was für ein wunderbarer Zufall, Sie hier anzutreffen«, meinte Phin zu niemandem im Speziellen. Sein Blick fiel auf Mr. Mercer, der sich rasch vorstellte.

Er streckte seine Hand aus und sagte: »Ich bin Lionel Mercer. Zu Besuch aus London.«

Phin schüttelte seine Hand. »Phineas Radford. Willkommen in Marrywell. Ich hoffe, unser Fest erfüllt alle Ihre Erwartungen.«

»Ich kann nicht sagen, dass ich irgendwelche Erwartungen an das Fest habe«, entgegnete Mercer milde. »Mich interessiert vor allem sein Ablauf und wie es funktioniert. Was die Leute zu Hunderten hierherlockt.«

»Wir machen einen Spaziergang, wenn Sie sich uns anschließen möchten, Mr. Radford«, sagte Genevieve, was Leah etwas dreist fand.

»Es wäre mir ein Vergnügen.« Phin bot Genevieve seinen Arm an, und Leah bemerkte, dass Mrs. Selkirk die Lippen schürzte. Ihr Plan, Genevieve mit Mr. Mercer spazieren gehen zu lassen, war vereitelt worden. Warum hatte sie solchen Wert darauf gelegt? Vormals hatte sie sich auf Phins Erscheinen gefreut. Hatte sich etwas geändert, oder versuchte sie nur, ein weites Netz auszuwerfen, um Genevieves Chancen zu erhöhen? Als Ehrenjungfrau schien ihr ein Heiratsantrag bis zum Ende des Festes garantiert zu sein.

Aber was hatte Leah gerade über Garantien gedacht?

Mr. Mercer trat an Leahs Seite. »Darf ich Ihnen meine Begleitung anbieten?« Er streckte seinen Arm aus.

Diesmal sah Leah Mrs. Selkirk nicht an. »Ja, danke.«

Leah schlang ihre Hand um den Ärmel des Fracks des Mannes, der aus feinem grauen Kammgarn war, und versuchte, keinen mürrischen Gesichtsausdruck aufzusetzen, als Phin und Genevieve den Weg anführten.

~

Phin war sich nicht sicher, worüber er gestolpert war, aber er hatte Mrs. Selkirks subtile Miene der Missbilligung bemerkt. Hatte er etwas zwischen Miss Selkirk und Mr. Mercer gestört? Er hoffte es nicht. Mercers mit Juwelen besetzte Anstecknadel in seiner blendend weißen Krawatte und seine ungemein glänzenden Stiefel zeugten von seinem Reichtum und wahrscheinlich auch Status. Wenn die Selkirks erfuhren, dass Phin ein Glücksjäger war, hatte er keine Chance.

Und das war wirklich die einzige Chance, die er hatte.

Als er durch die Gärten ging, wurde ihm schmerzlich bewusst, wie ungepflegt viele der Blumenbeete aussahen. Einige Sträucher und Hecken waren nicht so sorgfältig beschnitten worden, wie es nötig gewesen wäre. Da weniger Leute für die Arbeit zur Verfügung standen, hatten sie einfach nicht alles erledigen können und waren auch nicht in der Lage gewesen, die üblichen Standards zu erfüllen.

Mercer und Leah holten sie ein. Phin sah zu ihr hinüber - sie stand zwischen ihm und Mercer - und konnte nicht umhin zu bemerken, wie gut sie und Mercer sich ergänzten. Sie sahen aus wie die Londoner Gesellschaft, die durch den Park ging, um zu sehen und gesehen zu werden. War es nicht das, was die Londoner Gesellschaft tat?

Mercer gestikulierte mit seinem Spazierstock und sagte:

»Ich muss sagen, diese Gärten sind nicht so spektakulär, wie ich gehört habe. Ich hatte eine überwältigende Explosion von Blumen an jeder Ecke erwartet.«

Phin warf einen Blick in Richtung des Mannes, sah aber stattdessen Leahs Gesichtsausdruck. Ihre Augen hatten sich geweitet, und sie blickte Phin mit einer leichten Grimasse an.

»Das miserable Wetter vergangenes Jahr hat jeden Garten in England in Mitleidenschaft gezogen«, entgegnete Phin. Er war sich nicht sicher, ob das tatsächlich wahr war, doch er hatte genug von der Horticultural Society gelesen, um im Bilde darüber zu sein, dass die kalten Temperaturen und der viele Regen zahlreiche Gärten ruiniert hatten.

Mercer nickte. »Daran hatte ich nicht gedacht. Was für ein Unglück.«

Es war furchtbar, dass Phin dem katastrophalen Wetter dankbar war, um die Versäumnisse seines Vaters zu vertuschen, doch das lag nicht in seiner Hand, und so würde er einfach jede Gnade begrüßen, die sich ihm anbot.

»Was wissen Sie über die Zierbauten?«, erkundigte sich Mercer. »Mich interessiert ihre Vielfalt und ich habe mich gefragt, ob jeder eine Geschichte hat. Es ist ein Jammer um dasjenige im Labyrinth. Die Reparatur wird einen Haufen Geld verschlingen. Ich hatte gehofft, den Gentleman kennenzulernen, der die Aufsicht über die Gärten hat. Ist er Ihnen bekannt?«

Phin knirschte mit den Zähnen, doch er zwang seine Lippen zu einem halbherzigen Lächeln. »Das ist er in der Tat. Das bin ich selbst.«

Mercer zog die Brauen in die Höhe und seine Augen wurden rund. »Oh. Nun. Hoffentlich nehmen Sie mir meine Bemerkungen nicht übel. Ich bin nur ein Geschäftsmann, der eine Beobachtung mit einem anderen teilt.«

Phin war allerdings kein Geschäftsmann. Er war Gartenbaukünstler – an seinen besten Tagen. Eigentlich war er ein Gärtner.

»Phins Großvater war ein renommierter Gartenbauer und er war es, der die Gärten angelegt hat«, meinte Leah ziemlich energisch und mit mehr als nur einem Anflug von Stolz. »Das Gelände gehört zum Radford Grange Anwesen, aber die Familie Radford hat es für ganz Marrywell und alle Besucher geöffnet.«

»Wie großmütig.« Mercer führte Leah zu einem der Zierbauten, von denen mehrere am Rande des Hauptveranstaltungsbereichs standen, auf dem sich das Podium befand. »Ich bewundere diese Zierbauten. Ich glaube, sie sind für Lustgärten unerlässlich.«

»Das sind keine Lustgärten«, widersprach Phin, der sich über den Mann ärgerte. »Es sind *Botanische* Gärten.«

Mercer schmunzelte. »Miss Webster hat mich in diesem Punkt ebenfalls korrigiert. Sind Sie beide alte Freunde?«

»Ja«, antworteten Phin und Leah gleichzeitig. Phin konnte sein Grinsen nicht zurückhalten, und er freute sich, als sie daraufhin lächelte. Er wusste um ihre Unterstützung, und gerade in der Gegenwart eines Mannes wie Mercer war das immens wichtig.

»Wie viel kassieren Sie für den Eintritt?«, fragte Mercer.

»Das tue ich nicht.«

Mercer blinzelte. »Nichts? Veranstalten Sie keine Sommerfeste?«

»Doch.«

»Das ist einfach ...« Sichtlich verwirrt schüttelte Mercer schüttelte den Kopf. »Warum verschenken Sie all dies?«

»Mein Großvater wollte die Schönheit der Gärten mit den Menschen in Marrywell teilen. Er war ein starker Befürworter des Festes zur Partnerfindung und er erschuf das Labyrinth eigens für diese Veranstaltung.«

»Das ist *sehr* großmütig«, murmelte Mercer. »Berechnen Sie wenigstens etwas für Speisen und Getränke?«

»Ich biete diese Dinge nicht an, aber die Gewerbeleute, die sich darum kümmern, kassieren ihr eigenes Honorar. So, wie es sein sollte.«

»Aber das sollten Sie auch tun«, argumentierte Mercer. »Diese Gärten können sich nicht selbst finanzieren. Sie müssen sehr wohlhabend sein, wenn Sie etwas so Umfangreiches unterhalten können. Meinen Glückwunsch.«

»Ja, das ist ganz wundervoll«, warf Mrs. Selkirk ein bisschen zu enthusiastisch ein.

Phin drehte den Kopf und erkannte, wie sie ihn bewundernd ansah.

»Ich frage mich jedoch«, fuhr Mrs. Selkirk fort, und ihr Gesicht war von leichter Besorgnis gezeichnet, »ob wir nicht ein neues Thema finden könnten, denn dieses ganze Gerede über Geschäfte ist für eine junge Lady nicht gerade passend.«

Leah ließ die Lider über die Augen sinken, doch nicht ehe Phin sie ertappte, wie sie die Augen verdrehte. Er musste sich ein Lachen verkneifen.

»Also zurück zu den Zierbauten«, meinte Mercer mit einem heiteren Lächeln. »Was können Sie uns darüber berichten, Radford?«

»Heute leider gar nichts, fürchte ich, da ich anderswo erwartet werde.«

»Vielleicht könnten Sie morgen eine Führung für uns veranstalten?«, schlug Mrs. Selkirk vor.

»Das könnte ich vermutlich.«

Mercer tippte mit seinem Gehstock auf den Boden. »Großartige Idee. Um wie viel Uhr?«

Verdammter Mist. Phin hatte nicht erkannt, dass er mitgekommen würde.

»Wie wäre es mit ein Uhr?«, schlug Mrs. Selkirk vor. »Wir könnten uns beim Podium treffen.«

Mercer warf seinen Gehstock in die Luft und fing ihn mit einem Grinsen wieder auf. »Ausgezeichnet. Ich werde da sein.«

Phin überlegte krampfhaft, ob er sich eine Ausrede einfallen lassen sollte, um nicht zu kommen. Leah sah ihn mit einem beruhigenden Lächeln an, worauf er sich ein wenig entspannte. Sie hatte seine Aufregung bemerkt.

Hm.

Gewiss hatte sie das, du Narr. Sie kennt dich schon fast dein ganzes Leben.

Er sollte ihr vielleicht sagen, was ihn bedrückte, um seine Sorgen jemandem anzuvertrauen. Sie würde Verständnis haben. Und sie wäre über die Misswirtschaft seines Vaters ebenso entsetzt wie er. Wie schön wäre es, sich bei einer vertrauten Person auszusprechen, die ihn so gut kannte und zweifellos Unterstützung und Trost spenden würde.

Nein, es bestand kein Grund, seine persönliche Beschämung preiszugeben. Koste es, was es wolle, würde er dieses Unwetter überstehen.

KAPITEL 9

Am nächsten Tag um ein Uhr trafen Leah und die anderen Ladys sich mit Phin und Mr. Mercer beim Podium im Botanischen Garten. Die Festivitäten des gestrigen Abends hatten ein frühzeitiges Ende gefunden, als es zu regnen begonnen hatte. Viele der Anwesenden, einschließlich des Orchesters, hatten sich in die Versammlungsräume zurückgezogen, um dort weiterzutanzen, doch Genevieve hatte Erschöpfung angeführt, und so waren sie zusammen in die Suite zurückgekehrt.

Dort angekommen, hatte Genevieve sich darüber beschwert, dass sie zu viel Zeit im Freien verbrachten und sie den Wind und die Sonne satt habe, von der nicht viel zu sehen gewesen war. Nachdem es gestern Abend obendrein geregnet hatte, war ihr die Lust gänzlich vergangen, sich im Freien aufzuhalten. Daraufhin hatte Leah sie sanft an ihre Verabredung mit Phin am folgenden Tag erinnert. Seufzend hatte Genevieve ihre Hoffnung zum Ausdruck gebracht, dass die Führung nicht allzu lange dauern würde und dann den Wunsch geäußert, stattdessen Tee zu trinken.

Aufgrund der verkürzten Festivitäten des vorangegangenen Abends hatte Leah keine Zeit mit Phin verbringen können. Sie hatte jedoch mit Mr. Mercer getanzt, was Mrs. Selkirk dazu veranlasste, sie darauf hinzuweisen, dass Tanzen nicht zu ihren Aufgaben als Anstandsdame gehörte.

Sie hatte Leah sogar zu sagen versucht, sie müsse nicht mitkommen, aber Genevieve hatte auf ihre Begleitung bestanden, da Leah hier aufgewachsen war. Letztendlich hatte Mrs. Selkirk eingelenkt. Leahs Anstellung bei den Selkirks konnte gar nicht früh genug enden.

Der erste Zierbau, zu dem Phin sie führte, war ein venezianischer Miniaturtempel mit drei Statuen. Er war einer der kunstvollsten der Zierbauten und ehemals auch der Favorit von Phins Großvater. Leah ging auf, dass sie diese Führung wahrscheinlich ebenso gut durchführen könnte wie Phin.

Phin stand vor der Gruppe und wies mit einer Geste auf den Tempel. »Dies ist der dritte Zierbau, der in den Gärten angelegt wurde, und es war mein Großvater, der ihn wie alle anderen entworfen hat.«

»Er hat sie entworfen?«, fragte Mr. Mercer. »Außergewöhnlich.«

»Er beauftragte Baumeister für die genauen Messungen, aber alle Zierbauten in diesen Gärten wurden nach ausdrücklicher Beschreibung meines Großvaters errichtet, oder in einigen Fällen wurden sie als Nachahmungen bestimmter Gebäude erbaut. So gibt es zum Beispiel eine Miniatur des Parthenon und des Weißen Turms vom Tower of London, der allerdings eine sehr schlichte Version davon ist.«

»Ich würde sie sehr gern sehen«, meldete Genevieve sich zu Wort.

Phin lächelte. »Das werden wir auch. Gehen Sie nur und schauen Sie sich den Tempel von innen an. Die Statuen sind eine nähere Betrachtung wert.«

Als alle hineingingen, um sie zu besichtigen, blieb Leah

mit Phin zurück. Sie flüsterte: »Es tut mir leid, dass du dich mit Mr. Mercer herumschlagen musst. Ich hatte das Gefühl, du hättest es lieber gesehen, wenn er heute fortgeblieben wäre. Aber du brauchst dir keine Sorgen zu machen, dass er dir Genevieve abspenstig macht. Er ist nicht zum Heiraten hergekommen.«

»Das geht mich nichts an.« Auch Phin sprach leise. »Ich fand ihn mit seinen Fragen und ungebetenen Ratschlägen über meine ›Lustgärten‹ einfach nervtötend.«

»Er ist ein bisschen unerträglich, nicht wahr?«

»Mehr als ein bisschen, würde ich sagen.« Phin lächelte, und sie trennten sich, als die anderen aus dem Zierbau traten.

Mr. Mercer ging auf Leah zu. »Sie sind nicht an dem Tempel interessiert, Miss Webster?«

»Ich habe jeden Winkel und jedes Versteck hier öfter gesehen, als ich zählen kann. Ich habe meine Kindheit damit verbracht, durch diese Gärten zu streifen.«

»Wie charmant.« Er schwang seinen Spazierstock, während sie zum nächsten Zierbau schlenderten. Es war ein runder Tempel mit Säulen und einem Kuppeldach. »Der dort vorne ist ziemlich groß.«

»Groß genug, um an einem regnerischen Tag ein halbes Dutzend Tische für Spiele oder Essen aufzustellen. Das ist sehr nützlich, wenn das Wetter einem das Picknick verdirbt.« Leah dachte über Mr. Mercers Fragen vom Vortag nach. Bei ihrem Tanz gestern Abend hatten sie nicht darüber gesprochen, aber nachdem sie Phins Irritation heute gesehen hatte, fragte sie sich, ob sie vielleicht mehr in Erfahrung bringen sollte. »Wie laufen Ihre Ermittlungen in Bezug auf Marrywells Fest?«

Mr. Mercer lachte. »Ich würde es nicht als Ermittlung bezeichnen.«

»Ach nein?«, fragte Leah, während sie sein Profil betrachtete. Seine Nase wies keinen Höcker auf wie die ihre, aber sie war relativ lang. »Es war vielleicht ein bisschen aufdringlich, wie Sie Phin gestern mit Fragen bombardiert haben.«

»Das war nicht meine Absicht. Ich fürchte, mein Geschäftssinn übernimmt manchmal die Oberhand.« Er verzog das Gesicht zu einer kurzen, aber gequälten Grimasse. »Ich erkenne hier so viel Potenzial, um guten Profit zu machen. Es fällt mir schwer, dies vergeudet zu sehen.«

»Das ist vermutlich Ihre Sichtweise. Phin würde nicht gern von seinen Mitbürgern profitieren.«

»Es scheint aber, als würde er mehr von den Besuchern profitieren, die von außerhalb kommen. Aus einem Gespräch mit dem Bürgermeister habe ich erfahren, dass sich das Festival allein in den letzten zehn Jahren fast verfünffacht hat.«

Leah war nicht aufgefallen, dass es so viel größer war, doch sie hatte einen merklichen Unterschied nach den sieben Jahren ihrer Abwesenheit bemerkt. Und dieser Anstieg war darauf zurückzuführen, dass Besucher von außerhalb nach Marrywell kamen. Sie kamen wahrscheinlich aus London und Bath. Es waren Leute, die es sich leisten konnten, Eintritt für die Gärten zu zahlen. Oder für eine Vielzahl von anderen Dingen und Sehenswürdigkeiten. Ihr kam das Brauereigelände in den Sinn. Einige der Brauer verlangten einen Betrag für die Proben ihrer Ales – bei dem es sich in der Regel um ihr bestes Rezept handelte. Aber was wäre, wenn alle das täten? Und was, wenn Phin eine Eintrittsgebühr zum Gelände verlangte? Viele derjenigen, die zu viel getrunken hatten, hatten Blumen zertrampelt oder andere Schwierigkeiten verursacht. Vielleicht wäre es sinnvoll, sie zur Kasse zu bitten. Dass es die Leute davon abhalten würde, Ale zu trinken, glaubte Leah nicht. Wenn schon, würde es sie vielleicht davon abhalten, sich so zu betrinken.

»Da Radford Ihr Freund ist, sollten Sie mit ihm reden«, schlug Mr. Mercer vor. »Niemandes Kassen sind je zu voll.«

Phin war zwar ihr Freund, aber Leah konnte sich nicht vorstellen, dass er etwas davon wissen wollte. Außerdem sprach er mit ihr ja auch nicht über solche Dinge. Wenn überhaupt, dann würde sie Tom gegenüber eine Bemerkung fallenlassen. Aber selbst das würde sie angesichts Phins Reaktion auf Mr. Mercers Ideen wahrscheinlich nicht tun.

Sie erreichten den runden Tempel, und Phin erzählte ihnen, wann und mit welchen Materialien er erbaut worden war. Dieser Zierbau war aus einem anderen Stein gefertigt als all die anderen. Das hatte Leah nicht im Einzelnen gewusst, doch jetzt, wo er es sagte, erkannte sie den Unterschied.

Sie setzten ihre Besichtigung noch fast eine Stunde fort und machten bei jedem Zierbau halt, den sie sahen, und unterhielten sich. Leah bezweifelte, dass sie jeden einzelnen besichtigen würden, aber sie hoffte, dass sie wenigstens ihren Favoriten sehen würden – die zweistöckige Burg. Es hatte ganz den Anschein, denn sie lag direkt vor ihnen.

Die Burg war mit seinem Turm und seiner Treppe nicht nur das komplexeste Bauwerk, sondern auch dasjenige, das Leahs Elternhaus am nächsten lag. Einer der Wege führte an den Rand der Gärten, von wo aus er auf der anderen Seite an den Hof ihrer Familie grenzte.

So nah war sie ihrem Zuhause seit sieben Jahren nicht mehr gekommen. Ihre Haut kribbelte, und sie rieb sich die Arme.

»Kalt?«, fragte Mr. Mercer.

»Nur etwas«, antwortete sie mit einem schwachen Lächeln. Sie blickte zum Zierbau auf, und ihre Lippen verzogen sich noch mehr, als eine Flut von glücklichen Erinnerungen sie überkam.

»Ich glaube, dies ist ihr Favorit«, bemerkte Mr. Mercer.

»Woher wissen Sie das?«

»Ihr Gesicht strahlt wie ein Londoner Ballsaal.«

»Ich verstehe.« Sie richtete ihre Aufmerksamkeit auf den Zierbau, anstatt ihn anzuschauen. »Nun, ja, es ist mein Lieblingsplatz. Er war am besten geeignet, um Ritter und Prinzessinnen zu spielen.«

Ein tiefes, anerkennendes Lachen entrang sich Mr. Mercer. »Das hätte ich zu gerne gesehen. Sind Sie eine Romantikerin, Miss Webster?«

»Ganz und gar nicht.« Das würde sie niemals zugeben.

»Das ist *mein* Favorit unter den Zierbauten«, verkündete Phin, als sich alle am Eingang versammelt hatten. Sein Blick traf Leahs und sie fragte sich, ob ihr Herz jemals aufhören würde, bei seinem Anblick anzuschwellen. Heute war das anscheinend nicht der Fall.

Phin fuhr mit seinen Erläuterungen über die Burg fort, die eine aus Stein errichtete Außenmauer aufwies, wodurch ein kleiner Innenhof geschaffen worden war. Dort befand sich der Turm mit einem Torbogen, mehreren Fensteröffnungen und natürlich der Treppe zum oberen Stockwerk.

Leah sehnte sich geradezu danach, hineinzugehen und in Erinnerungen an die Tage zu schwelgen, die sie hier mit Phin verbracht hatte. Kurz schloss die Augen und sog den Duft des Grases und der Rose ein, die an einer der Außenwände emporkletterte.

»Ist das obere Stockwerk sicher?«, fragte Mr. Mercer.

»Gewiss«, antwortete Leah schnell, damit Phin das nicht tun musste. »Warum sollte es das nicht sein?«

»Der andere Zierbau im Labyrinth ist zusammengebrochen. Ich hielt es für eine berechtigte Frage.«

Leah warf einen Blick auf Phin, der den Eindruck erweckte, als wollte er Mr. Mercer ermorden.

»Können wir reingehen?«, fragte Genevieve.

»Gewiss.« Phin trat zur Seite und gab ihr ein Zeichen,

durch das weit geöffnete Tor einzutreten, wo ein Fallgitter hätte sein sollen. »Ich war immer der Meinung, dass hier ein Wassergraben nötig ist«, sagte er zu Genevieve, warf aber einen Blick zurück auf Leah, die zustimmend nickte. Darüber hatten sie sich oft unterhalten.

»Dein Großvater war der Ansicht, seine Erhaltung sei zu aufwändig«, bemerkte Leah.

»Und es könnte sich negativ auf die Integrität der Struktur auswirken. Wir sind sehr vorsichtig mit unseren Zierbauten«, fügte Phin mit einem spitzen Blick auf Mr. Mercer hinzu.

Alle traten in den Innenhof und schlenderten einige Augenblicke umher, ehe Genevieve darum bat, nach oben zu gehen. Mrs. Selkirk und Mrs. Dunhill zogen es vor, im Hof zu bleiben, während die anderen zum Turm des Zierbaus hinaufstiegen.

Genevieve, die zuerst gegangen war, drehte sich am oberen Ende der Treppe um. »Ich fühle mich wie eine Prinzessin, wenn ich hier hochsteige. Soll ich mein Haar herunterlassen wie Rapunzel?« Sie kicherte, als sie sich auf den Weg zum Fenster machte.

Leah war ihr direkt gefolgt, und sobald sie den Raum betrat, überkam sie ein überwältigendes Gefühl von Verlust und Bedauern. Doch ebenso rasch wurde es von starken Gefühlen der Freude und Zufriedenheit abgelöst. Sie trauerte um die glücklichen Tage ihrer Jugend, die sie aber umso mehr in Ehren hielt.

Ohne nachzudenken, lenkte sie ihre Schritte zu der Stelle, an der Phin sie an jenem Tag vor langer Zeit geküsst hatte. Sie lächelte in sich hinein und drehte sich von der Wand weg zur Raummitte. Dort stand Phin und beobachtete sie mit leicht verschleiertem Blick. Erinnerte er sich auch an diesen Tag?

Genevieve stand am Fenster und winkte ihrer Mutter

und Mrs. Dunhill zu. Dann gähnte sie und hob die Hand, um sich den Mund zuzuhalten. »Meine Güte, Verzeihung«, murmelte sie.

»Komm herunter, Genevieve«, rief Mrs. Selkirk. »Es wird Zeit, dass wir zum Gasthaus zurückkehren.«

»Ja, ich denke auch.« Genevieve zog sich vom Fenster zurück und lächelte Phin an. »Danke für die Führung heute.«

»Wie schade, dass wir nicht alle Zierbauten besichtigen konnten«, meinte Mr. Mercer und ging dorthin, wo Genevieve gestanden hatte. Er steckte seinen Kopf aus der Öffnung und blickte sich um. Als er ihn wieder zurückzog und sich zu ihr umdrehte, kommentierte er den überraschenden Anblick. »Ich verstehe, warum Sie das hier so mögen, Radford. Und Sie, Miss Webster.«

Ein Niesen war von unten zu hören, und Mrs. Selkirk sagte ihnen, dass es höchste Zeit sei, sich auf den Rückweg zu machen. Sie beeilten sich, wieder nach unten zu kommen.

Mrs. Selkirk drehte sich mit einem leichten Stirnrunzeln zur Tür. »Mrs. Dunhill hat genug Zeit im Freien verbracht, und Genevieve muss sich vor dem Abend ausruhen.«

»Wenn Sie mich entschuldigen«, meinte Phin. »Ich muss nach Radford Grange zurück. Können Sie den Rückweg zum Haupttor allein finden?«

»Ich würde mich freuen, Sie zu führen«, meinte Mr. Mercer.

Ein strahlendes Lächeln erhellte Mrs. Selkirks zuvor triste Miene. »Wunderbar. Vielleicht würden Sie Genevieve gern Ihren Arm reichen, da sie so erschöpft ist.«

Mr. Mercer erfüllte ihr den Wunsch und eskortierte Genevieve. Leah musste Mrs. Selkirks geschickter Manipulation Beifall zollen. Sie hatte es geschafft, dass Genevieve heute mit beiden Gentlemen spazieren ging. Welcher der beiden vorgezogen wurde, war schwer zu sagen. Leah würde aber einen Versuch unternehmen, das herauszufinden.

Leah wandte sich an Phin und bedankte sich leise bei ihm. »Es war wunderbar, die Burg wiederzusehen.«

Er sah sie mit demselben seltsam intensiven Blick wie im Turm an. »Das war es in der Tat.«

Ein leichter Schauer lief Leah über die Schultern, ehe sie eilte, den Rest ihrer Gruppe einzuholen. Sie liefen ein paar Minuten, bevor Mrs. Dunhill kurz stehen blieb. »Ich habe mein Taschentuch verloren.«

Auch alle anderen blieben stehen. Mrs. Selkirk schürzte ihre Lippen. »Du kannst es nicht *verloren* haben.«

»Ich muss es auf dem Burghof fallen gelassen haben, als ich niesen musste. Ich werde umkehren und es holen.« Mrs. Dunhill nieste erneut, und Mrs. Selkirk tätschelte ihr den Arm.

»Nein, das darfst du nicht. Genevieve und du müsst so schnell es geht zum Gasthaus zurückkehren. Miss Webster wird zurückgehen.« Mrs. Selkirk warf Leah einen erwartungsvollen Blick zu. »Nun gehen Sie schon.«

»Ja, Madam.« Leah hüpfte praktisch den Weg zurück, den sie gekommen waren. Es war schon eine Wohltat, für kurze Zeit von ihnen befreit zu sein, aber die Möglichkeit, ohne ihre Gesellschaft zur Burg zurückzukehren, war wirklich wundervoll.

Sie betrat den Hof und sofort entdeckte sie das Tuch aus hellem Leinen. Sie hob das Taschentuch auf und richtete sich gerade, als sie ihren Namen vom Turm oben hörte.

»Leah?«

Als sie ihren Blick hob, sah sie Phin, der seinen Kopf herausstreckte. »Wer ist jetzt die Prinzessin, die gerettet werden muss?«, fragte sie lachend. »Ich würde den Drachen erschlagen, aber ich habe kein Schwert.«

Er grinste. »Ich habe das Schwert noch irgendwo. Warum bist du zurückgekommen?«

»Mrs. Dunhill hat ihr Taschentuch fallen lassen.«

Phin blickte an ihr vorbei über die äußere Steinmauer. »Sind sie bei dir?«

Als Leah den Kopf schüttelte, sagte Phin ihr, dass er herunterkommen würde. Während sie wartete, beschleunigte sich ihr Herzschlag. Sie stopfte das bestickte Leinentaschentuch in ihre Tasche.

Er kam durch die Tür des Turms und blieb vor ihr stehen. »Ich bin froh, dass du zurückgekommen bist.«

»Warum warst du oben?«, fragte sie, wobei ihr Atem aus einem unerklärlichen Grund ganz flach wurde. So oft hatte sie mit Phin zusammengestanden, dass sie es gar nicht mehr zählen konnte. Doch dies hier war anders.

Es war die Art und Weise, wie er sie zuvor angeschaut hatte. Und wie er sie jetzt mit seinen haselnussbraunen Augen ansah, die sie aufsaugten, als könnte er seinen Durst nicht stillen.

»Neulich ist mir etwas eingefallen«, brachte er hervor. Seine Stimme klang tiefer. Rauchig. Fast sinnlich. Was war mit ihr los? War sie nicht bei Verstand?

»Was genau?« Jetzt klang sie atemlos.

»Ich habe dich hier geküsst. Im Turm. Das hatte ich bis dahin vollkommen vergessen. Wie kann man so etwas vergessen?«

»Ich weiß es nicht. Weil ich es nicht vergessen habe.« Ihr Atem ging kurz und schwer, als sie Luft holte. »Vielleicht liegt es daran, dass wir so getan haben, als wäre nichts passiert.« Sie hatten die Sache nie erwähnt. Vielleicht hatte es den Kuss gar nicht gegeben. Aber er war real.

»Ich glaube, es war mir peinlich«, sagte er mit einem verlegenen Lächeln. »Das hätte ich nicht tun sollen.«

»Ich war sehr froh, dass du es getan hast.« Sie konnte den Blick nicht von seinem Mund abwenden und sie wünschte sich, er würde es wieder tun.

Und jetzt sah er auch ihre Lippen an. »Warst du das?«,

fragte er leise, sein Körper bewegte sich näher zu ihrem, sodass sie sich fast berührten. »Ich sollte dies ganz bestimmt nicht jetzt tun.«

Zart legte Leah ihre behandschuhte Hand auf seine Brust und bei der Berührung wurde sie fast ohnmächtig. Ihm so nahe zu sein ... »Ich wünschte, du würdest«, flüsterte sie und ihr Blick traf seinen.

»Also dann.« Er senkte den Kopf und drückte seine Lippen auf ihre.

Leah fühlte sich sofort in die Zeit zurückversetzt, als sie diesen ersten Schock des Bewusstseins gespürt hatte, auf den die Erkenntnis gefolgt war, dass sie diesen Jungen liebte. Nein, diesen Mann. Er fühlte sich fest und warm an ihr an, groß und muskulös. Jemand, der sie beschützen konnte – und das auch würde.

Als er den Mund über ihrem bewegte, verspürte sie eine Woge der Freude, die von der Richtigkeit herrührte, die ihren ganzen Körper aufblühen ließ. Sie hatte ihr Zuhause gehasst und war so froh gewesen, es zu verlassen, und endlich wurde ihr klar, dass sie Phin meinte, wenn sie an Marrywell und ihr Zuhause dort dachte. Dies, *er*, war ihr Zuhause.

Sie schob die Hand nach oben, um ihn an der Schulter zu fassen und drückte sich an ihn. Er schlang einen Arm um ihre Taille und hielt sie fest, während er mit der anderen Hand ihren Rücken streichelte und seine Fingerspitzen ihr Rückgrat nachzeichneten.

Leah ließ ihre freie Hand zu seinem unteren Rücken gleiten, wünschte sich aber sofort, sie hätte sie unter seinen Frack geschoben. Ihn auf diese Weise berühren zu können, war mehr, als sie je für möglich gehalten, aber genau das, wovon sie geträumt hatte. Er war so vertraut und doch so anders, und jede Empfindung durchströmte sie mit unauslöschlicher Glückseligkeit.

Tatsächlich fragte sie sich, ob dies tatsächlich geschah oder sie irgendwie in einem ihrer Träume gefangen war. Nun ja, wenn das der Fall war, dann freute sie sich über dieses Vergnügen und würde in diesem Traum verweilen, solange sie konnte.

Phins Zunge wanderte an ihren Lippen entlang, und sie teilte sie, um die seinen zu berühren. Küssen war nicht ganz neu für sie. Abgesehen von dem jungen Mann, den sie bei ihrem letzten Fest zur Partnerfindung geküsst hatte, hatte sie sich in ihren ersten Jahren in London ein paar Küsse von einem gutaussehenden Pferdeknecht gestohlen, der im Marstall arbeitete. Mit seinem dunkelroten Haar und den leuchtend grünen Augen hatte er Leah ein wenig an Phin erinnert. Zumindest war er für sie ein vernünftiger Ersatz gewesen, als sie ihr verwundetes Herz nach ihrem Weggang aus Marrywell gepflegt hatte.

Aber jetzt war sie mit dem richtigen Mann zusammen. Sie küsste ihn. Und das übertraf bei weitem jede bislang gemachte Erfahrung und jeden Versuch, die Erinnerung an ihn auszulöschen. Als ob sie das jemals könnte.

Phin ließ seine Zunge über ihre gleiten und vertiefte diesen unmöglichen Kuss. Leah fragte sich, ob sie gleich auf einer Wolke der Leidenschaft davonschweben würde. Sie führte ihre Hand zu seinem Nacken und fand die Stelle freier Haut direkt über seinem Kragen und dem Krawattenschal. Himmlisch.

Wie ein plötzlicher, kalter Regenguss drang ein Pfeifen in Leahs Glücksgefühl ein. Es war nicht nur irgendein Pfeifen. Sie erkannte diesen Ton und diese Melodie.

Abrupt und voller Entsetzen zog sie sich zurück. Und auch ein wenig ängstlich. »Das ist mein Bruder«, flüsterte sie.

Phin nickte. »Es wird schon alles gut gehen. Ich bin bei dir und ich werde dich nicht verlassen.«

»Können wir uns verstecken?«, fragte sie leise.

Phin drehte den Kopf und verzog den Mund.

»Radford!«, rief Barnabas Webster und ließ Leah innerlich zusammenfahren. Augenblicklich fühlte sie sich kleiner und wünschte, das auch sein zu können. Vielleicht würde er sie dann nicht sehen. »Ist jemand bei dir?«

Phin warf ihr einen entschuldigenden Blick zu, bevor er sich von ihr entfernte. »Guten Tag, Webster. Ja, du erkennst sie vielleicht sogar wieder.« Er bewegte kaum die Lippen, als er flüsterte: »Ich werde ihn ablenken, und du machst dich auf den Weg.«

»Danke«, murmelte sie.

Ihr Versuch, tief und beruhigend Luft zu holen, schlug völlig fehl, und sie musste husten. Sie musste sich zwingen, sich zu bewegen und rückte einen Schritt von Phin ab.

»Leah!«

Obwohl sie Barnabas nicht sehen wollte, richtete sich ihr Blick auf ihn. Er sah genauso aus wie früher, aber auch anders. Sein Gesicht war ein wenig runder, seine Schultern breiter. Er schien sich auch einen Bauch zugelegt zu haben. Seine Frau, Dorothea, musste eine gute Köchin sein. Oder, was wahrscheinlich zutreffender war, trank Barn noch immer mehr Bier, als er sollte.

»Barnabas.« Mehr brachte sie nicht über die Lippen.

»Bist du auf dem Weg nach Hause?«, fragte ihr Bruder.

Ein absurdes Lachen drohte in ihrer Kehle zu brodeln. »Nein. In der Tat, ich muss jetzt gehen. Es war schön, dich zu sehen, Phin.«

»Sehr gut«, sagte er leise und begleitete sie aus der Burg, wobei er sich zwischen Barnabas und sie stellte.

»Du kannst noch nicht gehen«, sagte Barnabas.

»Ich fürchte, ich muss.«

»Ich werde Mutter und Vater von dir grüßen«, rief er, als sie sich abwandte.

Leah zögerte, der Drang, sich umzudrehen und ihm zu sagen, dass er das nicht tun sollte, brannte in ihrem Mund. Aber sie tat es nicht. Stattdessen schlug sie den Weg ein, den sie immer eingeschlagen hatte: Flucht.

Als sie hörte, wie Phin ihren Bruder in ein Gespräch verwickelte, während sie davoneilte, verliebte sie sich noch mehr in ihn. Er hatte immer getan, was er konnte, um sie zu beschützen.

Und heute hatte er sie geküsst. Nicht aus der Neugier eines kleinen Jungens, sondern aus dem Verlangen eines Mannes heraus. Zumindest hoffte sie, dass dem so war.

Etwas anderes zu denken wollte sie sich nicht erlauben. Zumindest heute nicht.

KAPITEL 10

Als er am späten Nachmittag die Pflanzen im Gewächshaus goss, musste Phin unweigerlich an den Kuss denken, den er vorhin mit Leah ausgetauscht hatte. Er hatte das *ganz und gar* nicht geplant, doch beim Betreten des Turms war ihm wieder eingefallen, wie er sie im Alter von acht Jahren einmal geküsst hatte. *Acht Jahre.* Was für ein Junge küsst ein Mädchen und vergisst dies anschließend für beinahe zwanzig Jahre?

Stirnrunzelnd goss er das Wasser in den Topf mit dem Hibiskus-Busch, der ein paar rosa Blüten trug. Sein Blick fiel auf eine besonders große Blüte, deren lange Ähre sich ihm entgegenstreckte, als würde jemand die Zunge herausstrecken. »Was ist nur los mit mir? Warum fühle ich mich plötzlich zu Leah hingezogen? Sie ist ... meine beste Freundin. Sie ist nicht ...«

Was war sie?

Er erinnerte sich an seinen Gedanken, sie sei vielleicht zwei verschiedene Personen in einer. Vielleicht waren es gar drei: das Mädchen, mit dem er aufgewachsen war, die stoische Anstandsdame und die verführerische Frau, die wie eine Sirene küsste. Und wo hatte sie das gelernt?

Phin schüttelte den Kopf. Das spielte keine Rolle. All das durfte nichts bedeuten. Sie waren Freunde, kein Liebespaar, und außerdem sollte er Miss Selkirk den Hof machen.

»Schau mich nicht so an«, meinte er zu der Blume. »Ich wollte sie nicht küssen.«

Aber es war einfach wundervoll und geradezu himmlisch gewesen. Kurz schloss er die Augen und rief sich ihren Veilchen- und Lavendelduft, das Gefühl ihrer Rundungen, die sich an ihn schmiegten und den Geschmack ihrer erst zaghaften, dann kühnen Zunge, als sie seinen Kuss erwiderte, in Erinnerung.

Abrupt riss er die Augen auf, und er wandte sich brüsk von dem anklagenden Blick der Hibiskus-Blüte ab. Leah musste er einfach aus seinen Gedanken bannen. Denn er *musste* sich auf Miss Selkirk konzentrieren.

»Da bist du ja, Phin.« Tom trat durch die Tür, durch die er gerade selbst eingetreten war, und kam auf ihn zu. »Mrs. Everden sagte, ich würde dich hier finden.« Tom hielt kurz inne und runzelte leicht die Stirn. »Warum schaust du so mürrisch drein?«

»Tue ich das?« Phin wischte sich mit einer Hand über das Gesicht, um den Ausdruck darauf, wenn auch nicht das Gefühl, zu verscheuchen, das dahintersteckte. »Ich habe zu viel um die Ohren.«

»Mehr als nur die Gärten?«

Ja, aber das wollte er Tom nicht auf die Nase binden. »Reicht das nicht?«

Der Verwalter nickte Phin bedächtig zu. »Vielleicht. Ich bin gekommen, um dir zu sagen, dass ein Baumeister wegen des Festes zur Partnerfindung in der Stadt weilt. Er hat sich den Zierbau angesehen und meint, es wäre besser, die Reste des Dachs abzutragen und eine weitere Ruine daraus zu machen.«

Das entsprach exakt Phins Vermutungen, wenn ihm auch die Vorstellung von zwei Ruinen nicht behagte. Denn das deckte sich nicht mit dem Plan seines Großvaters. Seines Großvater Hinterlassenschaft zu bewahren, war von allergrößter Bedeutung für Phin.

»Es widerstrebt mir zutiefst, das tun zu müssen«, gab Phin zu.

»Ich weiß. Es entspricht nicht dem, was dein Großvater gebaut hat. Aber das wäre auch passiert, wenn er noch hier wäre.«

»Wirklich? Ich kann mir schon seit drei Jahren keinen richtigen Handwerker für die Instandhaltung mehr leisten.« Phin bemühte sich nicht, die Bitterkeit aus seinem Tonfall zu bannen. In Momenten wie diesem kam der alte Groll wieder zutage, den er gegenüber seinem Vater hegte.

»Du solltest nicht so denken«, warnte Tom mit düsterer Stimme. »Du kannst nicht wissen, was passiert wäre, und jetzt ist es ohnehin nicht zu ändern. Es ist, wie es ist.«

»Ja, und jetzt habe ich zwei Ruinen desselben Gebäudes im Irrgarten stehen, anstelle einer Vorher- und einer Nachher-Version.

»Vielleicht fällt dir eine Möglichkeit ein, einen Unterschied zwischen ihnen zu machen. Denke dir zwei verschiedene Geschichten aus, auf welche Weise sie zu Ruinen wurden. Ich wette, dass Miss Webster dir dabei behilflich sein kann. In eurer Jugend habt ihr beide euch immer so ausgeklügelte Spiele und Geschichten ausgedacht.«

Ja, das stimmte und Tom hatte Recht, dass sie ihm helfen könnte. Doch das trug nichts zur Verbesserung seiner Laune bei. Gerade eben hatte er sich vorgenommen, nicht mehr an Leah zu denken, und wenn er sie um Hilfe bäte, würde das nicht gelingen. Wie Phin bemerkte, beobachtete Tom ihn sehr aufmerksam. »Was?«, fragte er.

Tom schüttelte den Kopf. »Nichts. Wie ich schon sagte, bin ich nur gekommen, um dir zu sagen, was der Baumeister vorgeschlagen hat.«

»Ich sollte dir etwas erzählen«, fing Phin an und brachte den Willen auf, Tom von seinem Gespräch mit Mercer zu berichten. Er hatte dabei ja nichts zu verlieren. »Unser Fest wird ebenfalls von einem Geschäftsmann besucht, der allerdings nicht zum Heiraten hergekommen ist. Er ist auf der Suche nach ... Geschäftsmöglichkeiten, denke ich. Er hat mich mit Fragen über die Gärten gelöchert und wie wir Geld verdienen.«

Tom grinste und zog seine buschigen Augenbrauen in die Höhe. »Das tun wir nicht.«

»Ganz genau. Mercer nannte sie immer wieder ›Lustgärten‹ und er meinte, ich solle insbesondere für die Sommerveranstaltungen Eintritt verlangen. Er wies darauf hin, dass die Leute, die Speisen und Getränke feilbieten, ihre Produkte auch nicht umsonst abgeben. Warum sollte ich das tun? Ich habe die Gärten nie als ein Produkt betrachtet.«

»Damit stellt er eine lohnende Frage.«

Darüber war sich Phin im Klaren und deshalb erzählte er Tom auch davon. Trotzdem gefiel ihm nicht, dass Mercer einfach hierherkam und eine Lösung für Phins finanzielle Probleme vorschlug. »Ich kann mir nicht vorstellen, Eintrittsgelder zu verlangen. Großpapa hätte das zutiefst missbilligt. Es war sein Anliegen gewesen, die Nutzung der Gärten für die Bewohner von Marrywell zu ermöglichen. Ich kann nicht verlangen, dass sie jetzt für diesen Genuss bezahlen sollen.«

»Ich verstehe. Und ich pflichte dir bei, dass dein Großvater sich dagegen gesträubt hätte.« Tom presste die Lippen aufeinander. »Das ist eine verdammt schwierige Situation, Phin. Wirst du wenigstens darüber nachdenken?«

»Was weiß ich schon von der Leitung eines solchen Unternehmens? Jemand müsste es für mich führen. Ich bin nicht sehr versiert in solchen Dingen. Dafür, dass du dich als Verwalter um das Anwesen kümmerst, bin ich dir sehr dankbar.« Phin sah Tom direkt an. »Und nein, ich möchte damit nicht andeuten, du solltest auch noch die Verwaltung der Gärten übernehmen.«

»Das dachte ich auch nicht.«

»Ich müsste genug verlangen, um der Person einen Lohn zu bezahlen die ich mit dieser Aufgabe betraue.« Phin massierte sich die Schläfe. »Das bereitet mir Kopfschmerzen.«

»Schade, dass uns einfach nicht einfallen will, wie wir einen kleinen Haufen Geld auftreiben können, um dieses Unternehmen in Schwung zu bringen.«

»So wie eine Mitgift?«, fragte Phin.

Toms Blick auf ihn wurde plötzlich scharf. »Ist das deine Absicht, weswegen du dieser jungen Lady den Hof machst? Du bist mit ihr durch die Gärten spaziert und hast jeden Abend mit ihr getanzt, habe ich gehört.«

»Sie ist eine Erbin.«

Tom stieß die Luft aus und sah ihn ernst an. »Denk lange und gründlich darüber nach. Die Ehe ist eine lebenslange Verpflichtung, und du wirst dich nicht in einer Verbindung gefangen fühlen wollen, die du eigentlich gar nicht wolltest.«

»Warum glaubst du, ich wolle sie nicht heiraten?«

»Das tue ich nicht«, entgegnete Tom eine Spur zu hastig. »Ich kenne sie überhaupt nicht. Und kennt deine Großmutter sie?«

»Ja, Miss Selkirk kam zum Tee. Oma mochte sie sehr. Miss Selkirk spielt brillant Klavier. Wir haben sogar ein Duett gespielt. Es war bezaubernd.« Das stimmte ja auch.

Phin würde sich darauf freuen, seine Leidenschaft für Musik mit ihr zu teilen.

Und was noch?

»Das ist doch schon mal ein Anfang«, beschied Tom. »Versprich mir nur, dass du dir über deinen Entschluss genau im Klaren bist, ehe du ihr einen Antrag machst. Gibt es nicht noch etwas, das du veräußern könntest?«

»Ich habe bereits das überzählige Vieh, und die wenigen Bilder, die etwas wert waren, verkauft.« Das war nicht viel gewesen. Phin weigerte sich standhaft, sich vom Schmuck seiner Mutter zu trennen. Das würde nicht nur Oma zu Recht betrüben, sondern diese Stücke gehörten seiner Tochter, sollte er einmal mit einer oder mehreren gesegnet sein.

Phin straffte die Schultern. »Der Plan mit der Erbin wird funktionieren müssen. Ich mag Miss Selkirk und kann sie sicherlich lieben lernen.« Wie erbärmlich das klang. Er hatte kaum Zeit damit verbracht, an die Ehe zu denken. Noch war er jung und nahm an, eines Tages die Frau zu treffen, in die er sich verlieben würde. Vorzugsweise, *bevor* er heiratete.

»Du solltest die Frau heiraten, die du liebst, nicht eine, die du vielleicht in der Zukunft lieben wirst.« Tom warf Phin einen spitzen Blick zu. »Oder vielleicht auch nicht.«

»Da ich derzeit in keine Frau verliebt bin, kommt das nicht in Frage.«

Tom warf ihm einen Blick zu und schwieg einen Moment. Es war fast, als würde er auf Phin warten, bis er von selbst darauf kam, dass er in jemanden verliebt war und es einfach vergessen hatte.

Schließlich grunzte Tom. »Wenn du sicher bist, dass dies der richtige Weg ist, werde ich dich nicht aufhalten. Aber ich kann nicht versprechen, dass ich dich nicht irgendwann an dieses Gespräch und meine Vorbehalte erinnern werde.« Mit diesen Worten klopfte er Phin auf die Schulter. »Ich versuche nur, dich zu leiten, wie es dein Vater und dein

Großvater getan hätten. Aber ich will auch nicht zu weit gehen, und deshalb werde ich jetzt still sein. Wir sehen uns morgen.«

Phin sah dem sich entfernenden Mann nach und wunderte sich über sein seltsames Benehmen. Warum dachte er nur, Phin sei in jemanden verliebt? Nein, das konnte es nicht sein. Er wollte bloß erreichen, dass Phin sich die Chance dazu bewahrte, was wahrscheinlich an der engen Beziehung und liebevollen Ehe lag, die Tom und Marjorie führten. Es war wunderbar die beiden anzuschauen, und wahrhaftig eine Inspiration. Es war tatsächlich ein Jammer, dass Phin ihnen nicht nacheifern würde.

Leah drängte sich abermals in den Vordergrund seiner Gedanken. Allerdings nicht, weil er sie heiraten würde – oder könnte –, sondern wegen dieses unvergesslichen Kusses.

Wie sollte er das aus seinen Gedanken verbannen?

Nun ja, sobald das Fest zu Ende ginge, wäre sie wieder fort. Wenn seine Pläne allerdings in Erfüllung gingen, würde er bis dahin mit ihrem Schützling verlobt sein. Und verdammt, wenn ihn das nicht in Verlegenheit brächte.

~

»Ich kann nicht glauben, dass meine Mutter mir eine Liste mit Männern gegeben hat, mit denen ich tanzen soll«, flüsterte Genevieve Leah zu, als sie an diesem Abend in den Botanischen Garten gegangen waren. Jetzt, mehr als eine Stunde später, hatte Genevieve bereits zwei dieser Gentlemen von der Liste gestrichen, darunter auch Phin.

Als sie die beiden lachend und lächelnd zusammen tanzen sah, hatte Leah sich innerlich gewunden, bis sie fürchtete, sie würde sich erbrechen. Die Eifersucht, gegen die sie seit dem Tag des Kennenlernens von Genevieve und Phin ankämpfte, ließ sich unmöglich ignorieren oder vertreiben. Und all das nur wegen eines Kusses, den Phin und sie an diesem Tag ausgetauscht hatten.

Jedes ihrer Gefühle für Phin hatte sich verstärkt, und dazu gehörte auch ihre Frustration. Endlich hatte er die Frau in ihr gesehen, hatte sie begehrt ... und jetzt tat er so, als wäre das nie geschehen.

Genau wie damals, als sie noch Kinder waren.

Damals hatte sie sich der gleichen Tat schuldig gemacht und so getan, als hätte es den Kuss nicht gegeben. Genau das könnte und sollte sie auch jetzt tun.

Nach dem Tanz mit Genevieve war er nicht einmal geblieben, um ein Wort mit ihr zu wechseln. Er hatte ihr den Kopf zugeneigt und dabei den Blickkontakt vermieden. Noch nie hatte sich Leah so schrecklich gefühlt.

Galt das auch für all die Male, als sie von ihrer Mutter beschimpft worden war? Oder die Gelegenheiten, bei denen sie eine Hand oder eine Rute erhoben hatte, um auszudrücken, was sie nicht in Worte fassen konnte?

Nein, es gab wirklich nichts Schrecklicheres, und doch konnte Leah nicht leugnen, dass Liebeskummer, selbst beim zweiten Mal, ein furchtbar brennender Schmerz war. Nicht, dass es beim ersten Mal, als sie aus Marrywell fortgegangen war, nicht auch schlimm gewesen wäre. Als sie Phin verlassen hatte. Doch sie hatte gehen müssen und es nicht bereut. Insbesondere jetzt, da es so aussah, als würde es unabhängig von der Zeit oder allem, was zwischen ihnen passiert war, keine Zukunft für sie geben. Sie konnten die besten Freunde sein, Geheimnisse und leidenschaftliche Küsse austauschen, aber sie waren einfach nicht füreinander bestimmt.

»Sie sehen noch rührseliger aus als sonst«, bemerkte Mrs. Selkirk von einer Bank aus, die neben Leahs stand.

Erschien sie normalerweise rührselig? Leah wusste es besser, als nachzuhaken. »Ich fühle mich nicht rührselig.« Nein, nur enttäuscht, traurig, wütend und untröstlich. Nun, rührselig war nicht weit hergeholt. Das könnte man auch gleich mit einbeziehen. Nicht, dass sie Mrs. Selkirk das sagen würde.

Mrs. Selkirk wandte sich zu Leah. »Sie haben oft einen sehr leeren Blick. Ich habe angenommen, dass Sie unglücklich sind. Ist das nicht der Fall?«

Leah konnte nicht glauben, dass Mrs. Selkirk sich wirklich dafür interessierte. »Ich bin ganz zufrieden.«

»Das will ich hoffen, denn Sie haben uns hierher in Ihren Geburtsort geschleppt.«

Leah zwang sich zu einem Lächeln, um nicht *rührselig zu* wirken, und fragte: »Es läuft vielversprechend, nicht wahr? Genevieve scheint sich die Gentlemen aussuchen zu können, und sogar Mrs. Dunhill scheint einen Partner gefunden zu haben.« Sie verbrachte mehr und mehr Zeit mit Mr. Bilson. Tatsächlich waren die beiden gerade auf einem Spaziergang, und Leah war sich sicher, dass sie sie über das Brauereigelände diskutieren gehört hatte. Abends konnte es dort ziemlich laut werden, und sie fragte sich, ob ihnen das gefallen würde oder nicht. Leah glaubte eher, dass Mrs. Dunhill eine ... wildere Natur besaß als Mrs. Selkirk.

»Ich hätte nicht gedacht, dass Elinor auf dem Fest Erfolg haben würde, das muss ich gestehen.« Mrs. Selkirk schniefte. »Ich hoffe, Bilson macht ihr keine falschen Hoffnungen. Oder noch schlimmer – leere Versprechungen.«

»Er scheint ein aufrichtiger Zeitgenosse zu sein«, bemerkte Leah. Und außerdem war Mrs. Dunhill eine reife Frau, und wenn sie sich auf einem ländlichen Fest zur Partnerfindung amüsieren wollte, was konnte das schon schaden?

Mrs. Selkirk wandte sich wieder dem Tanzbereich zu.

»Ah, da kommt unsere Ehrenjungfrau. Denken Sie daran, Miss Webster, Sie haben sich den Knöchel verstaucht und können heute Abend nicht tanzen.«

Das war der andere Grund für Leahs Verärgerung. Mrs. Selkirk hatte ihr am späten Nachmittag mitgeteilt, sie solle heute Abend nicht tanzen. Leahs Hauptaufgabe bestünde in Genevieves Unterstützung, und wenn sie tanzte, konnte sie ihr nicht gerecht werden. Was für ein Unsinn. Leah wusste, dass Mrs. Selkirk sie mit niemandem tanzen sehen wollte, der auf Genevieves Liste stand, und das schloss Leahs bisherige Tanzpartner ein: Phin und, unerklärlicherweise, Mr. Mercer.

Genevieve kehrte von ihrem dritten Tanz zurück, den sie mit Mr. Mercer getanzt hatte. Sie war errötet, ihre Wangen wiesen einen perfekten rosigen Ton auf, und sie lächelte. »Ich brauche eine Pause«, sagte sie lachend, nachdem sie sich bei Mr. Mercer bedankt hatte.

Er wandte sich an Leah. Sie wappnete sich für die Absage, die sie würde erteilen müssen.

»Wie ich höre, haben Sie sich heute Abend verletzt«, sagte Mr. Mercer mit einem mitfühlenden Nicken. »Sonst würde ich Sie bitten, mich im nächsten Set zu begleiten. Ein anderes Mal, hoffe ich.«

Warum wollte er mit ihr tanzen, mit einem Niemand? Das wollte sie plötzlich ganz dringend wissen. Verdammt noch mal. Sie wollte diesen verflixten Tanz mit ihm tanzen.

»Ja, ein anderes Mal«, entgegnete sie, bevor sie die Zähne zusammenbiss.

Nachdem er gegangen war, setzte sich Genevieve neben Leah auf die Bank.

Mrs. Selkirk stand auf. »Ich sehe einen Pagen mit Ratafia. Ich bin sehr durstig.«

Leah sah Mrs. Selkirk nach, wie sie davonging und war schockiert, dass nicht sie selbst gebeten worden war, das

Getränk für sie zu holen. Wahrscheinlich hing es damit zusammen, dass sie angeblich einen schmerzenden Knöchel hatte.

»Ich nehme nicht an, dass sie mir einen mitbringen wird«, murmelte Genevieve.

Leah war überrascht und drehte sich zu ihrem Schützling um, die ihre Mutter niemals andeutungsweise kritisierte. »Ich kann das Getränk holen«, bot Leah an.

Genevieve wandte sich ihr mit begieriger Miene zu. »Einen Moment noch. Ich bin froh, dass ich die Gelegenheit habe, ohne Beisein meiner Mutter mit Ihnen zu sprechen. Ich glaube, meine Mutter möchte, dass ich Mr. Mercers Antrag annehme, aber ich weiß nicht, ob er jemandem einen Antrag machen wird.«

»Das glaube ich nicht. Er hat ziemlich offen über sein engagiertes Junggesellendasein gesprochen.«

»Genau.« Genevieve ballte ihre kleinen, behandschuhten Hände und drehte sie nervös in ihrem Schoß. »Ich möchte einen Antrag von Phin annehmen, aber ich weiß nicht, ob er mir einen machen wird.«

Phin? Sie nannte ihn genauso wie Leah? Leah wollte sich übergeben. Wie sollte sie es schaffen, an eine Heirat der beiden zu denken? An ihr unendliches Glück? An das Leben und die Familie, die sie gemeinsam aufbauen würden? Oh, sie war jetzt wirklich krank. Es gab keinen Grund, über einen schmerzenden Knöchel zu flunkern.

»Die Wahrscheinlichkeit, dass er das tut, ist groß, denke ich«, meinte Leah. Ihre Stimme klang seltsam - atemlos und schrill und für ihr eigenes Ohr völlig unerkennbar.

Genevieves leuchtend blaue Augen weiteten sich. Sie lehnte sich vor. »Glauben Sie das wirklich?« Scharf sog sie die Luft ein. »Oder *wissen* Sie es?«

Leah wusste gar nichts. Noch am Nachmittag hatten seine Lippen auf *ihren* gelegen. Aber an diesem Abend hatte er wieder nur Augen für Genevieve gehabt und Leah vollkommen *ignoriert*. »Ich weiß nichts Genaues«, antwortete sie knapp. »Was ist mit den anderen Gentlemen, die Ihnen Aufmerksamkeit geschenkt haben?« Es waren mindestens drei oder vier.

»Ich mag sie, aber mit keinem fühle ich mich so verbunden wie mit Phin, was die Musik angeht. Das ist alles, worüber wir sprechen«, meinte Genevieve schwärmerisch, und ihr Blick wurde weicher.

»Sie sprechen nicht über seine Liebe zum Gartenbau? Oder Ihre Vorliebe für das Lesen von Zeitungen und den Austausch der neuesten ... Nachrichten?«

»Nein, dazu sind wir noch nicht gekommen, doch das werden wir sicher noch.« Genevieves rosa Lippen verzogen sich missbilligend. »Ich wusste gar nicht, dass er Gartenbau liebt.«

Leah starrte sie an und hielt ihre Ungläubigkeit im Zaum. »Er besitzt und pflegt einen Botanischen Garten.«

Genevieve stieß die Luft aus. »Das heißt aber nicht, dass er tatsächlich etwas anpflanzt. Oder was auch immer Gartenbauliebhaber tun.«

Ihre Verbindung würde tatsächlich keinen guten Verlauf nehmen, soweit Leah das beurteilen konnte. Und ihre Schlussfolgerung begründete sich nicht auf ihrer Eifersucht. Würde sie sich wirklich wünschen, dass Phin glücklich wurde, und das war ihr tiefster Herzenswunsch, dann sollte sie ihm dies sagen. Sie sollte auch Genevieve darüber in Kenntnis setzen, denn auch sie würde Leahs Ansicht nach nicht glücklich werden.

»Ich frage mich, warum meine Mutter ihre Hoffnungen auf Mr. Mercer setzt«, sinnierte Genevieve. »Ob es wohl daran liegt, dass er in London lebt?«

»Das wäre möglich. Genevieve, um ehrlich zu sein, frage ich mich, ob Mr. Mercer nicht die bessere Wahl für Sie wäre.« Leah sah sie mit einem aufmunternden Lächeln an – zumindest hoffte sie das. »Phin pflanzt seine Gewächse nicht nur eigenhändig an, sondern er pflegt sie obendrein höchstpersönlich. Er ist diesen Gärten sehr verbunden, die sein Großvater angelegt hat. Zudem verbringt er sehr viel Zeit darin. Im Freien. Ich weiß, wie wenig Ihnen das gefällt.«

Genevieve zauderte und verzog die Lippen dabei ein wenig. »Ich muss mich ihm dabei ja nicht anschließen.«

»Nein.« Leah zog das Wort derart in die Länge, dass es zwei Silben hätte haben können.

»Verbringt er wirklich so viel Zeit in den Gärten?«, wollte Genevieve wissen und legte die Stirn in Falten. »Das klingt so ... provinziell.«

»Ja, genau so ist es.« Mit Erleichterung erkannte Leah, wie Genevieve zumindest die Möglichkeit in Betracht zog, dass Phin und sie eventuell nicht ideal harmonieren würden. »Mir liegt nur an Ihrem Glück und daran, dass Sie die bestmögliche Verbindung eingehen. Mir ist bewusst, wie schwierig es ist, jemanden in so kurzer Zeit gründlich kennenzulernen.«

»Das ist bestimmt wahr«, entgegnete Genevieve mit einem Nicken. »Aber ich weiß bereits so viele wichtige Dinge über Phin. Unter anderem ist er der bestaussehende meiner Verehrer.«

Leah fiel keine Erwiderung darauf ein, doch zum Glück schritt in dem Moment Sadie in einem exquisiten Ballkleid aus schimmerndem Gold auf sie zu. Mit ihrer Krone und der eleganten Frisur entsprach sie dem Bild der Herzogin und der Maikönigin.

Mrs. Selkirk traf zur gleichen Zeit ein und ihre Aufmerksamkeit richtete sich sofort auf Sadie. »Guten Abend, Euer Gnaden.«

»Guten Abend, Mrs. Selkirk. Ich hoffe, es macht Ihnen nichts aus, wenn ich mir Leah für einen kurzen Spaziergang ausleihe? Aufgrund meiner Pflichten als Maikönigin habe ich nicht so viel Zeit mit ihr verbringen können, wie es mir lieb gewesen wäre. Und dazu kommt noch die Tatsache, dass ich frischgebackene Mutter bin. Babys sind nun mal gerne bei ihren Müttern.«

»Haben Sie denn keine Amme?«, fragte Mrs. Selkirk sichtlich verwirrt.

»Ja, aber Sie werden mir sicher zustimmen, dass eine Amme einem Baby nicht die Mutter ersetzen kann.« In einer leicht abweisenden Geste wandte Sadie den Kopf ab – vielleicht war das auch nur Leahs Wunschvorstellung – und sah Leah erwartungsvoll an. »Sollen wir den Bereich mit den Erfrischungen aufsuchen? Mir ist zu Ohren gekommen, dass Mrs. Brownings Syllabub endlich aufgetaucht ist.«

Leah nutzte die Gelegenheit, sich zu entfernen und mit Sadie zu reden. Sie blickte zu den Selkirks. »Sollte ich Ihnen etwas von dem Syllabub bringen?«

»Nein, danke«, antwortete Mrs. Selkirk. »Für keine von uns.«

Leah entging nicht, wie sehr Genevieve sich einen Syllabub wünschte, und es tat ihr leid, ihr keinen bringen zu können. Sie warf ihrem Schützling einen entschuldigenden Blick zu.

»Bleiben Sie nicht zu lange fort«, mahnte Mrs. Selkirk, als Sadie sich bei Leah unterhakte und die beiden sich auf den Weg machten.

»Sie ist zu herrisch«, bemerkte Sadie leise. »Ich werde mich erheblich besser fühlen, wenn du dich in einer neuen Stellung eingelebt hast. Diesbezüglich habe ich erfahren, dass Lord Murdocks Mutter eine neue Gesellschafterin sucht.« Murdock war der gestern Abend eingetroffene Earl. »Law und er sitzen zusammen in einem Ausschuss des Oberhauses.«

»Hast du oder etwa Law ihm gegenüber erwähnt, du würdest jemanden kennen?«

»Das haben wir beide, und er ist sehr daran interessiert, dich kennenzulernen. Ich habe vorgeschlagen, dass der letzte Festtag wohl am besten dafür geeignet wäre. Du wirst vermeiden wollen, dass Mrs. Selkirk von deiner Suche nach einer anderen Stelle erfährt, habe ich mir gedacht, und bis dahin sollte ihre Tochter wohl verlobt sein, sodass es keine Rolle mehr spielt.«

»Das ist ... wundervoll.« Wie gern hätte sich Leah über diese Gelegenheit gefreut, doch sie war noch immer über Phin verwirrt.

Sadie blickte sie besorgt an. »Du klingst weniger enthusiastisch, als ich erwartet habe.«

»Ich bin mit den Gedanken nur woanders. Mir kommen starke Zweifel bei der Frage, ob Phin und Genevieve harmonieren werden. In fünf Jahren werden beide unglücklich sein.« Vielleicht auch schon früher.

Als sie sich dem Raum mit den Erfrischungen näherten, zog Sadie sie beiseite und löste ihren Arm von Leahs. Mit gerunzelter Stirn blickte sie ihre Freundin an. »Rätst du den beiden zu ihrem oder zu deinem Vorteil von der Verbindung ab?« Kurz kniff sie die Augen zusammen, öffnete sie dann wieder und stieß die Luft aus. »Das war weder gerecht noch nett. Ich *wünsche* mir in Wahrheit, du tust es zu deinem Vorteil, doch ich fürchte, dass dem nicht so ist.«

Leah ärgerte sich über diese Bemerkungen, wenngleich sie die Unterstützung und Liebe ihrer Freundin spürte. Das hätte sie eigentlich ermuntern sollen, doch aufgrund Phins Zurückweisung fühlte sie sich dadurch nur noch miserabler. Er hatte sie nicht zurückgewiesen – denn, was nicht wirklich angeboten worden war, konnte man schließlich nicht zurückweisen. Sie stellte sich absichtlich begriffsstutzig. Jemanden nach einem leidenschaftlichen, lebensverändernden Kuss zu ignorieren, war unmissverständlich zurückweisend.

»Es springt kein Nutzen für mich dabei heraus«, entgegnete sie hölzern. »Wie ich dir gesagt habe, gehören meine Gefühle für Phin der Vergangenheit an.«

»Das ist nicht wahr, das glaube ich nicht. Wenn du mit ihm zusammen bist oder von ihm sprichst, erscheint ein besonderes und unverwechselbares Leuchten in deinen Augen. Du strahlst Freude aus.« Sadie ergriff ihre Hand. »Ich sage das nicht, um dich zu verletzen. Ich möchte nur ganz sicher sein, dass es für dich – und für ihn – wirklich keinen Weg zum Glück gibt.«

Sadie beschrieb nicht, wie Phin in *ihrer* Nähe wirkte, fiel Leah auf, ob er vielleicht auch Gefühle für sie hegte. »Ich glaube nicht, dass es diesen Weg gibt«, flüsterte Leah, und ihre Stimme brach. »Ich liebe ihn noch immer. Ich werde ihn immer lieben.«

Sadie schlang ihre Arme um Leah und drückte sie fest an sich. »Dann muss es einen Weg geben.«

»Wir haben uns heute Nachmittag geküsst.« Leah hatte das nicht gestehen wollen. Dadurch wurde alles noch realer, was auch für seine Zurückweisung galt.

Sadie löste sich von ihr und blickte sie mit großen Augen und geteilten Lippen an. »Das hättest du mir gleich sagen sollen.« Sie lächelte breit. »Das ist wundervoll.«

Die Tränen brannten Leah in den Augen und sie schüttelte den Kopf. »Nein, überhaupt nicht. Er ist mir den ganzen Abend aus dem Weg gegangen und hat kaum mit mir gesprochen, als er mit Genevieve vom Tanzen kam. Er hat mir nicht einmal in die Augen geschaut.«

Sadie schürzte die Lippen und legte die Stirn in tiefe Falten. »Ich werde ihn treten. Nein, ich werde Law veranlassen, ihn zum Duell zu fordern.«

Endlich spürte Leah ein schwaches Gefühl, das nicht

düster war. Sie lachte tatsächlich und war dankbar, diese Freundin zu haben. »Ich danke dir. Doch es ist hoffnungslos. Phin will vergessen, dass es diesen Kuss überhaupt gegeben hat. Das ist mir vollkommen klar.«

»Oder er ist über das Geschehene verwirrt und versucht gerade, seine Gefühle zu verarbeiten«, schlug Sadie mit einem hoffnungsvollen Lächeln vor.

Leah konnte sich nicht erlauben, so zu denken. Sollte sie sich irren, wären die Auswirkungen seiner Zurückweisung weitaus verheerender. »Du musst mir nachsehen, dass ich mich deinem Optimismus nicht anschließen kann. Meine Energie verwende ich lieber auf die Hoffnung, eine Stellung bei Lord Murdocks Mutter zu erhalten.«

»Ich verstehe. Ich hoffe dennoch, Phin wird noch zur Vernunft kommen.«

Sadie konnte hoffen, so viel sie wollte, aber Leah glaubte nicht, dass dieser Fall eintreten würde. Darüber hinaus war es wahrscheinlich das Beste, wenn dies nicht geschah. Jetzt, da Leah wieder in Marrywell war und sie bereits ihren Bruder gesehen hatte und beinahe mit ihrem Vater zusammengestoßen wäre, hegte sie die Befürchtung, dass ein dauerhafter Aufenthalt hier sich als zu schwierig erweisen könnte. Früher oder später würde sie sich ihrer Mutter stellen müssen, und Leah war sich nicht sicher, ob sie das wollte. Nein, sie war sich nicht sicher, ob sie das *könnte*.

KAPITEL 11

Phin trank seinen dritten Humpen Ale auf dem Brauereigelände leer und erhob sich, um sich einen neuen zu holen. Gerade erst fing das Getränk an, seine trübende Wirkung auf seinen Verstand zu entfalten und das entsprach genau dem gewünschten Ergebnis. Er wollte nicht weiter darüber nachdenken, dass er Genevieve heiraten sollte – als sie vorhin zusammen getanzt hatten, waren sie dazu übergegangen, sich bei den Vornamen anzureden. Mehr noch wollte er seinen Kuss mit Leah aus seinem Gedächtnis löschen.

Das war jedoch die süßeste Folter.

Ehe Phin einen der Ausschänke erreichen konnte, kreuzte Mercer seinen Weg. »Guten Abend, Radford«, meinte er freundschaftlich. »Kann ich Ihnen ein Ale ausgeben?«

»Ich wollte gerade gehen.« Das war nicht Phins Absicht gewesen, doch es war besser als Mercers Gesellschaft.

»Kommen Sie, setzen wir uns einen Moment«, versuchte Mercer, ihn umzustimmen.

Frustriert biss Phin die Zähne zusammen. »Ich muss eine Unterredung mit jemandem führen.«

»Na schön, dann begleite ich Sie.« Entweder merkte Mercer nicht, dass er abgewiesen wurde, oder es interessierte ihn nicht. In Anbetracht der Arroganz dieses Mannes war beides durchaus denkbar.

Er schritt auf einen der Eingänge zum Brauereigelände zu – es handelte sich um eine große Lücke in einer der Hecken, die das Gebiet umgaben – und hoffte, dass der Mann, wenn er schnell genug ging, sein Vorhaben aufgeben würde.

Mercer zögerte nicht, das Wort zu ergreifen. »Ich habe mit verschiedenen Leuten über die Gärten gesprochen.«

Phin widerstand dem Drang, ihm mitzuteilen, er solle sich um seine eigenen Angelegenheiten kümmern. »Aus welchen Grund?«

»Mein Interesse gilt allen Aspekten dieses Festes. Ich habe erfahren, dass die Gärten in den letzten Jahren nicht mehr dem gewohnten Standard entsprochen haben. Einige sagen, die Pflege sei nicht mehr so hervorragend wie früher. Andere behaupten, das Wetter im letzten Jahr sei schuld an der … Glanzlosigkeit der diesjährigen Beete. Wieder andere weisen darauf hin, dass sie in den letzten drei Jahren ein wenig ... farblos ausgesehen haben.«

Stimmte das? Keiner hatte eine Andeutung Phin gegenüber gemacht. »Wenn davon wirklich irgendetwas von Belang wäre, hätte man es mir gegenüber zur Sprache gebracht. Dessen bin ich sicher.«

»Möglicherweise wollte niemand die Aufmerksamkeit auf die Probleme lenken, mit denen Sie vielleicht zu kämpfen haben ... Ich muss sagen, dass jeder in den höchsten Tönen von Ihnen und Ihrem Großvater spricht. Ihr Großvater ist tatsächlich eine Art Legende.«

Und Phin ließ ihn im Stich, wenn allen Leuten auffiel,

dass die Gärten in Schwierigkeiten steckten. In seiner Wut blieb Phin kurz stehen und drehte sich zu dem Mann um. »Was wollen Sie damit andeuten, Mercer?«

Der kleinere Mann straffte die Schultern und erwiderte Phins Blick, während seine flintsteingrauen Augen Selbstsicherheit ausdrückten. »Ich habe den Eindruck, dass Sie sich abmühen. Dies sollte ein einträgliches Unternehmen sein, und entweder sind Sie nicht gewillt, sich darum zu bemühen, oder es mangelt Ihnen an den, nun ja, Fähigkeiten. Das ist keine Schande. Wie ich höre, sind Sie ein talentierter und passionierter Gartenbauer. Wenn Sie sich nicht um die Aufsicht der Gärten kümmern müssten, könnten Sie Ihrer Passion mehr Zeit widmen.« Er legte eine Kunstpause ein, ehe er zum tödlichen Schlag ausholte. »Ich würde Ihnen die Gärten gerne abkaufen, und ich werde Ihnen ein lukratives Angebot machen.«

Tödlicher Schlag? Phin konnte seine Überreaktion auf diesen Störenfried nicht verhindern. War es aber wirklich eine Überreaktion? Stets hatte Mercer eine große Dreistigkeit bei seinen Fragen und beim Sammeln von Informationen an den Tag gelegt.

»Mit wem haben Sie gesprochen?« Phin sorgte sich, dass Mercer mit seinen Andeutungen im Hinblick auf den Niedergang der Gärten Unruhe in der Stadt verbreitet hatte. Es klang jedoch eher so, als hätte es diese Bedenken bereits gegeben, ehe Mercer beschlossen hatte, zu einem Ärgernis zu werden. Phin hatte nicht nur versäumt, den Garten so zu pflegen, wie es sich gehörte, sondern auch, die Tatsache zu vertuschen, dass es ein Problem gab.

»Es waren nur eine Handvoll Leute, und ich war überaus diskret. Die Menschen empfinden mich als warmherzig und sympathisch – sie unterhalten sich gern mit mir.« Er teilte diese Informationen mit, als wären sie die Offenbarungen des Evangeliums und nicht seine eigene Meinung.

Phins Blick wurde hart. »Nein.«

Mercer blinzelte. »Nein was?«

»Nein, ich werde meinen *Botanischen* Garten nicht an Sie veräußern. Mir geht es gut. Dem Garten geht es gut. Alles ist in *bester* Ordnung.« In Wahrheit war jedoch nichts gut. »Kehren Sie nach London zurück, Mr. Mercer. Marrywell ist nicht der richtige Ort für Sie.«

Bevor der Mann antworten konnte, ging Phin davon, denn mit seinen langen Schritten wollte er ihn so schnell wie möglich so weit wie möglich hinter sich lassen.

Verdammt noch mal. Wenn er schon nicht gewillt war, den Garten gewinnbringend zu nutzen, wollte er ihn ganz sicher nicht *verkaufen*. Schon gar nicht an den verdammten Mercer. Phin fiel auf, dass der Name des Mannes verdächtig nah an »Mercenary – Händler« herankam. Das Wort passte perfekt zu ihm.

Phin blieb keine andere Wahl, als seinen Plan mit der Erbin in die Tat umzusetzen. Die Zeit war reif, selbst ein Angebot zu machen – um Genevieves Hand. Er änderte den Kurs und schlug nun die Richtung ein, in der er sie nach ihrem Tanz zurückgelassen hatte.

Verflixt, dann würde er auch Leah sehen. Beinahe wäre er gestolpert und er wünschte sich, er hätte den dritten Humpen nicht getrunken.

Seine Schritte wurden langsamer, als er sich der Bank näherte, auf der die beiden jungen Frauen gesessen hatten. Er trat hinter einer Gruppe von Kamelien hervor, doch er zauderte, als er hörte, wie Mrs. Selkirk und Mrs. Dunhill sich leise unterhielten. »Wir sind so kurz davor, das Geld zu erhalten. Es sind weniger als vierzehn Tage.«

Welches Geld? Meinte sie die Mitgift von Genevieve?

Mrs. Dunhill drehte den Kopf, und Phin merkte, dass sie ihn entdeckt hatte. Also ging er weiter und zwang sich zu einem Lächeln, während er sich nach Genevieve umblickte. Sie war nicht da. Glücklicherweise war auch Leah nicht da.

»Mr. Radford, Sie sind wieder da«, flötete Mrs. Dunhill.

Er machte einen Bogen um die Bänke herum und stellte sich vor diejenige, auf der die beiden Frauen eng beieinandersaßen. »Ja, ich hatte gehofft, mit Gen– Miss Selkirk sprechen zu können.«

Bei seinem Ausrutscher zog Mrs. Selkirk die Augenbrauen in die Höhe, doch sie sprach ihn nicht darauf an. »Sie tanzt gerade. Sie hatten Ihren Tanz für heute Abend.«

»Ich bin nicht gekommen, um sie zum Tanzen aufzufordern. Ich dachte, wir könnten promenieren.« Das hätte er nicht für möglich gehalten. Er hätte den letzten Krug wirklich nicht trinken sollen. Sein Gehirn wurde ein wenig schwammig. Entweder war es das, oder der Tag hatte ihn endgültig kleingekriegt. »Vielleicht sollte ich Miss Selkirk – und Sie, Mrs. Selkirk – morgen im New Inn aufsuchen?«

Mrs. Dunhill stieß Mrs. Selkirk sanft mit dem Ellbogen an, die sich aufrechter setzte. »Ich verstehe. Dürfte ich Sie bitten, bis zum darauffolgenden Tag zu warten, wenn es Ihnen nichts ausmacht? Morgen findet das große Picknick statt, und Genevieve muss die Möglichkeit haben, mit jedem ihrer Verehrer Zeit zu verbringen. Sie eingeschlossen«, setzte sie lächelnd hinzu.

Das bedeutete, dass sein Plan weiter auf wackligen Füßen stand. Das Ganze steuerte auf eine Katastrophe zu. Vielleicht sollte er Genevieve aufsuchen und sie kompromittieren.

Reiß dich sich zusammen!

Diese Art von Mann war er nun wirklich nicht. Dass er so etwas auch nur eine Sekunde lang in Erwägung gezogen hatte, machte ihn krank.

»Sehr gut«, entgegnete er und brachte irgendwie ein weiteres Lächeln zustande, ehe er sich vor den Ladys verbeugte. »Guten Abend.«

Dann drehte er sich um und schritt in Richtung Radford Grange davon. Er war bereit, die weiße Fahne der Kapitulation zu hissen und diesen Tag einfach abzuschreiben.

Dieser Tag war jedoch offenbar noch nicht fertig mit ihm. Er lief Leah direkt in die Arme.

Nun, nicht ganz *in* sie, doch das wäre vielleicht passiert, wenn sie seinen Namen nicht laut gesagt hätte, was ihn aus seinen zunehmend betrunkenen Gedanken aufschreckte. Gott, sie war mit ihrem goldblonden Haar, das sie mit einem dunkelgrünen Band auf dem Kopf hochfrisiert hatte, so wunderschön. Die Farbe passte genau zu dem Smaragdgrün ihres Kleides, das ein Juwel von einer Farbe war und wahrscheinlich dazu diente, die Tatsache zu kompensieren, dass sie außer einem Band um ihren Hals keinen weiteren Schmuck trug. Sie trug Bänder, keine Juwelen – denn es war ein schlichtes Accessoire für ein schlichtes Mädchen. Aber so sah sie nicht schlicht aus. In ihrer Londoner Garderobe und mit ihrem gereiften Selbstbewusstsein wirkte sie majestätisch und elegant. Sie trug sich anders als vor ihrer Abreise aus Marrywell. Aber damals war sie kaum mehr als ein Mädchen gewesen, denn sie war gerade erst neunzehn Jahre alt. Jetzt war sie eine vollwertige Frau, und er war sich dessen vollkommen bewusst. Sein Blick verschwamm, wenn er an ihren Körper dachte, der sich an seinen schmiegte und an das Gefühl ihrer Zunge in seinem Mund.

Irgendwie gelang es ihm, trotz seines Bierkonsums und der Lust, die in ihm aufwallte, ein paar Worte zu formulieren. »Entschuldige mich, Leah. Ich war gerade auf dem Heimweg.«

Sie verstellte ihm den Weg, als er versuchte, um sie herumzugehen. Sie hob ihr Kinn und starrte ihn mit einem herausfordernden Blick an. »Warum gehst du mir aus dem Weg?«

»Ich bin …« Er brachte es nicht über sich, sie anzulügen.

Jedenfalls nicht in dieser Angelegenheit. Er trat vom Weg zurück und blieb im Schatten stehen. Sie waren weit von der nächsten Fackel entfernt, doch er konnte ihr Gesicht ziemlich gut sehen. Mit verletztem Blick schaute sie ihn an, und das zerriss ihn innerlich.

Dann setzte er zu einem weiteren Versuch an. »Es tut mir leid. Ich ... ich hätte dich nicht küssen dürfen, da ich Genevieve den Hof mache. Das war äußerst grausam von mir, und ich hoffe, du kannst mir verzeihen.«

Sie starrte ihn einen Moment lang an, bevor sich ihre Lider über ihre Augen senkten und ihre Gefühle zu überdecken schienen. Der Schmerz war nicht mehr zu sehen. Tatsächlich war ganz und gar nichts mehr da.

Als sie schwieg, fuhr er fort, da er ihr Schweigen verabscheute und er das Bedürfnis hatte, die Luft mit ... irgendetwas zu füllen. »Es lag wahrscheinlich an den Erinnerungen an die Vergangenheit, die mich überwältigt hatten, vielleicht wollte ich ein wenig davon wiedererleben. Das war töricht von mir.«

»Wir können die Zeit nicht rückwärts drehen«, gab sie leise zurück. »Du solltest wissen – und das sage ich, weil mir etwas an dir liegt –, dass Genevieve und du auf Dauer vermutlich nicht glücklich sein werdet. Ihr beide kennt euch kaum, und ich bin mir nicht sicher, ob eure Vorlieben und Empfindungen sich decken. Doch das musst du selbst entscheiden. Ich dachte nur, ich sollte dir, als jemand, der dich schon lange kennt, meine Meinung mitteilen.«

»Beinahe seit immer«, murmelte er. »Ich schätze deine Aufrichtigkeit.« Und in gewisser Weise spiegelte sich darin auch wider, was Tom ihm geraten hatte. Wenn er Genevieve heiratete, war es gut möglich, dass er sich mit diesem Schritt einer lebenslangen Enttäuschung auslieferte.

»Ich muss zurück zu Genevieve. Auf Wiedersehen, Phin.« Sie kehrte auf den Weg zurück und ging schnell davon.

Phin sah ihr hinterher und empfand einen tiefen Hass auf diese Situation, in der er sich befand. Insbesondere hasste er aber sich selbst.

Er war schon beinahe zu Hause angekommen, als ihm zu Bewusstsein kam, was sie gesagt hatte: Auf Wiedersehen. Nicht gute Nacht. Und was hatte das zu bedeuten?

~

Leah hatte kaum geschlafen. Nachdem sie am Abend zuvor von Phin weggegangen war, hatte sie sich ihrem Selbstmitleid hingegeben. Als sie an diesem Morgen aus ihrem schmalen Bett stieg, hatte sie bereits den Entschluss gefasst, dies nicht mehr zu tun. Es hatte keinen Sinn. Besser war es, den Blick nach vorn zu richten und auf ein positives und folgenreiches Treffen mit Lord Murdock in ein wenigen Tagen zu hoffen.

Außerdem fand heute das große Picknick statt, und damit der wohl beste Tag des Festes. Sie hoffte, sie könnte eine Runde auf dem See rudern, wobei sie jedoch bezweifelte, dass man ihr dies erlauben würde. Bestimmt würde einer oder vielleicht auch mehrere von Genevieves Verehrern mit ihr auf den See hinausrudern und Leah würde nur neidvoll zusehen müssen. Na ja, daran hatte sie sich inzwischen schon gewöhnt.

Was für eine törichte Idee es doch gewesen war, nach Marrywell zurückzukehren.

Genevieve blickte von der Zeitung auf, in der sie blätterte, und sah zum Fenster des Wohnzimmers ihrer Suite hinüber. Sie schürzte den Mund, während sie die Stirn gleichzeitig in tiefe Falten legte. »Sollen wir wirklich den *ganzen* Tag im Freien verbringen?« Es war das dritte Mal, dass sie diese Frage – oder eine ähnliche – nun stellte, seit sie an diesem Morgen aufgestanden waren.

»Ja, es ist ein Picknick.«

»Ärgerlich. Vielleicht regnet es ja«, meinte Genevieve mit einem hoffnungsvollen Nicken.

Wäre Mrs. Selkirk anwesend gewesen, hätte sie Genevieves Beschwerde ein schnelles Ende bereitet, doch sie war mit Mrs. Dunhill zur Hutmacherin gegangen. Mrs. Dunhill bestand auf die Anschaffung eines neuen Huts für das Picknick, und zweifellos musste es etwas sein, das Mr. Bilson gefallen würde.

Als Genevieve den Blick erneut auf ihre Zeitung richtete, setzte Leah ihre Lektüre eines der Bücher fort, die Lady Norcott ihr geschenkt hatte. Es war ein Trost und half ihr, sich einen gewissen Gentleman aus dem Kopf zu schlagen.

»Hat Ihnen meine Großtante das Buch geschenkt?«, erkundigte sich Genevieve vom Sofa aus, auf dem sie Platz genommen hatte.

»Ja.« Leah saß in einem der Sessel bei den Sofas und blickte Genevieve über den Rand des Buches hinweg an.

Genevieve musterte sie mit einem seltsamen Blick. »Sie hat mir nichts geschenkt. Es schien, als hätte meine Großtante Sie mehr geliebt als ihre eigene Familie.«

»Sie hat Ihnen bei ihrem Tod nichts hinterlassen?«

»Sie hinterließ ihr Hab und Gut meiner Mutter, da sie keine eigenen Kinder hatte.«

»Dann kann man, glaube ich, nicht sagen, dass sie mich mehr geliebt hat«, meinte Leah und fragte sich, was sie zu dieser Bemerkung veranlasst hatte. Vielleicht ärgerte Genevieve sich, dass ihre Mutter ihr keine von Lady Norcotts Hinterlassenschaften gegeben hatte? »Gibt es etwas von Lady Norcott, das Sie gern besitzen möchten?«

In Genevieves blauem Blick flackerte Überraschung auf. »Nichts Besonderes. Meine Mutter fand es seltsam, dass sie Ihnen überhaupt bestimmte Dinge hinterlassen hat.«

Leah fand das ganz und gar nicht seltsam. Tatsächlich

konnte sie das, was sie von Lady Norcott erhalten hatte, nicht ganz mit dem in Einklang bringen, was die Frau vor ihrem Tod gesagt hatte. Sie hatte es fast so klingen lassen, als könne Leah sogar unabhängig leben, wenn sie es wollte. Zwei Monatsgehälter und fünf Bücher ließen das allerdings nicht zu.

Aber vielleicht hatte Leah mehr in Lady Norcotts Bemerkungen hineingelesen, als sie hätte tun sollen. Diese Beziehung war die einzige in Leahs Leben gewesen, in der sie sich wirklich geliebt und umsorgt gefühlt hatte. In gewisser Weise *hatte* sie sich Lady Norcotts Familie zugehörig gefühlt. Trotzdem konnte sie von Lady Norcott nicht erwarten mehr für sie zu tun, als sie ohnehin schon getan hatte. Angefangen damit, dass Lady Norcott sie aus Marrywell gerettet hatte, gab es so vieles, was Leah nur ihr zu verdanken hatte.

Leahs Bemühungen, in ihrem Roman zu versinken, schlugen nun fehl. Sie ertappte sich, wie sie sich Gedanken darüber machte, was als Nächstes kommen würde. Unbedingt wollte sie eine neue Stellung finden, und ihr war bewusst, dass dies unabhängig davon war, ob Genevieve nun heiratete oder nicht.

Leah ließ das Buch in ihren Schoß sinken. »Gibt es irgendwelche Fortschritte mit Ihren Verehrern?«

Daraufhin ließ Genevieve mit vor Begeisterung leuchtenden Augen ihrerseits die Zeitung sinken. »Ich sollte heute Abend eine Entscheidung treffen. Einer der Gentlemen hat angefragt, ob er morgen früh vorsprechen kann. Mutter sagt, dass wohl ein Antrag bevorsteht.«

»Wissen Sie, um wen es sich handelt?« Leah hielt den Atem an, weil sie befürchtete, es sei Phin. Wie konnte er Genevieve heiraten, nachdem er sie geküsst hatte?

Doch er hatte behauptet, die Erinnerungen hätten ihn übermannt und eigentlich war das nicht seine Absicht gewesen.

»Ich weiß es nicht, aber hoffentlich ist es Phin.«

»Und wenn dem nicht so ist?« Darauf sollte Leah ihre Hoffnungen nicht setzen. Es war ja nicht so, dass er damit seine Zuneigung zwangsläufig auf Leah übertragen hätte. Nein, *das* hatte er ganz eindeutig zum Ausdruck gebracht.

Genevieve verzog das Gesicht. »Ich weiß es nicht. Vermutlich muss ich mich mit demjenigen begnügen, der vorspricht. Aber vielleicht kommt es ja auch zu mehreren Angeboten. Das wäre doch aufregend.« Sie glühte vor Vorfreude.

Für Leah klang das ganz und gar nicht aufregend. Denn für sie gab es nur einen Mann, mit dem sie eine Ehe in Betracht zog. Und dieser Traum war nun offiziell ausgeträumt.

~

Genevieve war es gelungen, ihre Laune in Bezug auf das Picknick zu verbessern. Dabei wurde sie von einem halben Dutzend Gentlemen unterstützt, die ihr bislang während des Picknicks Avancen gemacht hatten. Darunter waren auch zwei Bootfahrten gewesen und sie hatte den kleinen See in einem Ruderboot mit zwei verschiedenen Bewerbern umrundet.

Von Phin gab es jedoch keine Spur.

Dafür war Leah dankbar. Auch Mr. Mercer war verdächtig abwesend. Vielleicht war ihm aufgegangen, dass seine Gesellschaft störend sein könnte, da er eigentlich nicht vorhatte, Genevieve einen Antrag zu machen.

Gerade promenierte sie mit einem weiteren Gentleman, während Leah mit Mrs. Selkirk auf ihrer Picknickdecke saß. Mrs. Dunhill, die einen modischen neuen Hut trug, war mit Mr. Bilson unterwegs.

Mrs. Selkirks Blick war auf irgendetwas hinter Leah fixiert. »Endlich, da kommt Mr. Mercer.«

Als Leah den Kopf drehte, sah sie den Gentleman, der schnurstracks auf ihre Decke zukam. Er trug einen blauen Frack mit einer dunkelgelben Brokatweste und hatte eine Schmucknadel in seinen Krawattenschal gesteckt. Im Vergleich zu den Rubinen, Perlen und Smaragden, die er diese Woche bereits getragen hatte, handelte es sich hierbei um einen Saphir. Der Mann besaß mehr Schmuck als viele Frauen, was auch Leah einschloss.

Mr. Mercer verbeugte sich, sobald er bei ihrer Decke ankam. »Guten Tag, Mrs. Selkirk, Miss Webster. Solch ein wunderschöner Tag für ein Picknick.«

»Ich fürchte, Sie haben Genevieve verpasst«, bemerkte Mrs. Selkirk. »Wenn Sie warten wollen, wird sie sicher bald zurück sein.«

»Eigentlich bin ich gekommen, um Miss Webster zu bitten, einen Spaziergang mit mir zu unternehmen.« Er blickte zu Leah und musterte sie so eingehend, dass sie von dem Gefühl beschlichen wurde, sie sei in einem Laden oder an einem Stand ausgestellt, während er ihren Wert bestimmte. »Ich finde Marrywell überaus interessant und würde gerne mehr über ihre Erfahrungen hier wissen.«

Leah bemerkte, wie Mrs. Selkirk die Lippen leicht kraus zog und hoffte, dass Mr. Mercer nichts davon mitbekam. Vielleicht war es ihr aber auch einerlei, was er über ihre Arbeitgeberin dachte.

»Ich kann einen kurzen Spaziergang mit Ihnen machen«, entgegnete Leah und schickte sich an, sich zu erheben.

Rasch reichte Mr. Mercer ihr seine Hand und half ihr auf. Sie warf einen Blick zu Mrs. Selkirk, die nicht erfreut wirkte. Allerdings versuchte sie auch nicht, sie aufzuhalten.

Mrs. Selkirk griff nach ihrem Glas Ratafia. »Bleiben Sie nicht zu lange fort, Genevieve wird sicher bald zurück sein.«

Mr. Mercer platzierte Leahs Hand auf seinem Arm und führte sie auf den Weg, wobei er die Richtung einschlug, die sie auf die Spitze des Hügels führte, der sich vom See aus nach oben erstreckte. »Mrs. Selkirk macht sich wohl oft Sorgen, wie viel Zeit Sie ihrer Tochter rauben. Haben Sie die Angewohnheit, davonzulaufen?«

»Nein, das habe ich nicht. Aber da ich Freunde in Marrywell habe, war ich in einem höheren Maße abwesend als gewöhnlich. Meiner Vermutung nach ist Mrs. Selkirk damit nicht einverstanden.«

»Wie sind Sie zu diesem Posten gekommen«, erkundigte er sich verwirrt. »Sie sind viel zu intelligent und ... selbstbewusst, um eine solche Rolle zu bekleiden.«

Sie konnte nicht anders, als sich geschmeichelt zu fühlen. »Ich hatte Marrywell unbedingt verlassen wollen und Lady Norcott bot mir eine Stelle als Gesellschafterin an, als sie die Stadt besuchte. Ich verdanke ihr alles, was ich an Intelligenz und Selbstvertrauen besitze.«

Mr. Mercer warf ihr einen skeptischen Blick zu. »Das bezweifle ich. Sie besitzen die Anlage zu Intelligenz und Selbstvertrauen, denn sonst würden Sie sie nicht haben.«

Leah wollte das Gespräch auf ein anderes Thema lenken. »Wollten Sie wirklich mit mir über Marrywell sprechen?«

»Genauer gesagt, über die Gärten.« Er musste gespürt haben, wie sie sich versteifte, denn er fügte hinzu: »Bitte gehen Sie nicht in die Defensive. Sie scheinen Radfords Bestreben sehr zu befürworten.«

»Es ist kein ›Bestreben‹, es ist das Erbe seiner Familie.«

»Ich verstehe. Das ergibt einen Sinn, bedenkt man, wie enthusiastisch er sich für die Gärten einsetzt. Ich habe mich gefragt, wie sie früher aussahen, als Sie noch hier gewohnt haben. Waren die Gärten damals anders?«

Worauf spielte er an? »Sie sahen sehr ähnlich aus.«

»Haben Sie einen Rückgang bei der Instandhaltung oder

einen Mangel an ... Pflege in bestimmten Bereichen festgestellt? Es scheint, als hätten einige Hecken einen Schnitt nötig, und es gibt Rasenflächen, die überwuchert zu sein scheinen.«

Leah konnte nicht anders, als sich zur Verteidigerin der Gärten zu erklären, was dasselbe war, wie Phin zu verteidigen. »Es ist ein riesiges Gelände.« Dennoch wusste sie, worauf Mr. Mercer anspielte, und wenn sie es auch nicht bewusst bemerkt hatte, konnte sie dies jetzt, da sie an diese Dinge dachte, nicht bestreiten.

Eine starke Woge der Sorge brandete über sie hinweg. Es war nicht Phins Art, diese Dinge zu ignorieren, und insbesondere nicht, wenn das Fest stattfand. Es gab nichts Wichtigeres für ihn, als diese Gärten zu pflegen. So sehr sie sich auch von ihm fernhalten wollte, musste sie dringend mit ihm sprechen.

»Es ist eine sehr große Anlage«, stimmte Mr. Mercer zu. »Und eine, für die ich bereit bin, eine attraktive Summe anzubieten.«

Leah blieb stehen, als sie sich der Spitze des Hügels näherten. »Das können Sie nicht. Phin würde Ihnen die Gärten nie verkaufen.«

»Er hat mich abgewiesen«, gestand Mr. Mercer ihr mit einem ironischen Ton. »Deshalb wollte ich mit Ihnen sprechen. Ich hatte gehofft, Sie könnten Radford gut zureden und ihm erklären, warum dies für die Gärten – und für ihn – von Vorteil ist. Vielleicht ist es einfach zu viel, um alles allein zu bewältigen. Ich hätte ein Heer von Gärtnern erwartet, doch es scheinen nicht mehr als eine Handvoll Gärtner beschäftigt zu sein. Das weiß ich, weil ich seit meiner Ankunft an jedem Morgen in aller Frühe über die Wege gewandelt bin. Das ist die Zeit, in der die Arbeiten erledigt werden müssten, und sie werden auch erledigt, aber von einer zu geringen Zahl von Gärtnern.«

»Haben Sie aus diesem Grund in dieser Woche Zeit mit Miss Selkirk und mir verbracht? Um eine Möglichkeit zu finden, Mr. Radfords Gunst zu gewinnen, um ihn zu überzeugen, Ihnen seine geliebten Gärten zu verkaufen?«

Mr. Mercer rührte sich, und in seinem Blick blitzte Unbehagen auf. »Nicht genau.«

»Aber Sie streiten es nicht ganz ab. Von Anfang an waren Sie aggressiv. Ich bin nicht geneigt, Ihnen zu helfen.«

»Dann helfen Sie Ihrem Freund. Mein Angebot war mehr als fair. Wenn Sie wirklich seine Freundin sind, sollten Sie ihn zur Annahme meiner Offerte ermutigen.«

Leah zog die Hand von seinem Arm zurück. »Ich werde mit ihm reden, aber Ihr Angebot kann ich ihm nicht empfehlen. Dass jemand von außerhalb Marrywells herkommt und die Botanischen Gärten nicht nur verwalten, sondern auch besitzen will ... Das ist undenkbar.«

Sein Blick wurde kühl. »Sie haben erwähnt, dass ich aggressiv bin. Was glauben Sie, wie ich sonst so erfolgreich sein könnte?«

Sie neigte den Kopf zur Seite und fragte sich, welchen Preis er für diesen Erfolg gezahlt hatte. »Haben Sie Freunde, Mr. Mercer?«

Seine Augen weiteten sich für einen kurzen Moment vor Schock, ehe er den Kopf zu ihr neigte. »Wahrscheinlich nicht so viele wie Sie, Miss Webster. Aber ich weiß Ihre Hilfe zu schätzen, wenn Sie dazu bereit sind.«

»An Ihrer Stelle würde ich nicht darauf warten, dass Ihr Angebot angenommen wird. Guten Tag, Mr. Mercer.« Leah machte kehrt und schritt den Hügel wieder hinunter, worauf sie darauf achtete, nicht zu schnell zu gehen, damit sie von der Schwerkraft nicht zu einem Häuflein am Wegesrand befördert würde.

Sie wollte Phin unverzüglich finden. So wütend sie auch auf ihn war, musste sie trotzdem in Erfahrung bringen, was mit den Gärten nicht stimmte. Warum waren sie ... in diesem beklagenswerten Zustand? Wie sie diese Worte verabscheute. Und sie würde sie auf keinen Fall benutzen, wenn sie mit ihm sprach.

Kurz bevor sie den Fuß des Hügels erreichte, schritt Phin auf sie zu. Sie wappnete sich für das bevorstehende schwierige Gespräch.

KAPITEL 12

Phin beschloss, dass es Zeit war, sich auf die Suche nach Genevieve zu machen, und zwang sich, den Weg zum See einzuschlagen, wo sich der Picknickplatz befand. Viele brachten ihre eigenen Decken und Speisen mit, aber es gab auch Decken, die von den freundlichen Menschen in Marrywell zur Verfügung gestellt wurden, und ein Angebot an Speisen und Getränken, die man kaufen konnte.

Es herrschte eine heitere und freudige Atmosphäre, und die Hoffnung auf Liebe stellte die Krönung dar. Phin fühlte jedoch nichts von alledem. Noch immer war er von seiner Begegnung mit Leah gestern Abend aufwühlt. Das konnte nach allem, was sie zusammen erlebt hatten, unmöglich ein Abschied sein.

Dazu gehörte auch ein besonders köstlicher Kuss, den er nur zu gern wiederholen würde.

Stattdessen musste er die Erbin finden, die er als seine Braut zu gewinnen hoffte. Das hörte sich ganz wie ein Wettbewerb an. Und seiner Vermutung nach, war es auch einer.

Als er sich dem Picknickplatz näherte, erblickte er zwei

ihm bekannte Menschen den Hügel hinaufgehen: Leah und Mercer. Dieser Schuft würde nicht eher zufrieden sein, bis er alles an sich gerissen hatte, was Phin gehörte.

Er hielt kurz inne. Leah gehörte nicht zu ihm. Ganz und gar nicht. Wollte er, dass dem so wäre?

Phin schüttelte die Frage ab und beobachtete die beiden, als sie eine Pause einlegten, um miteinander zu reden. Er trat näher an sie heran, bis er sehen konnte, dass Leah ... verärgert schien. Mercers Gesicht konnte er jedoch nicht ausmachen. Was hatte er gesagt, um Leah derart aufzubringen? Phin ballte die Hände zu Fäusten. Dann presste er sie flach gegen seine Oberschenkel. Wie konnte er auf Mercer wütend sein, weil er sie verärgert hatte, wenn er selbst das ganz wunderbar hinbekommen hatte?

Plötzlich eilte Leah rasch den Hügel hinunter. Alleine. Hastig lief Phin herbei, um sie abzufangen. Bei seinem Anblick schien sie sich fangen zu müssen.

Ihre Miene war ausdruckslos, bis ihm ihr Blick auffiel, der eher kühl war. »Ausgezeichnet, du hast mir die Mühe erspart, dich zu suchen.«

»Macht Mercer dir den Hof?«, platzte Phin heraus. Wo kam das denn her? Das hatte er überhaupt nicht sagen wollen.

Mit fragendem Blick blinzelte sie ihn an. »Nein. Nicht, dass es dich etwas angehen würde. Ich habe dir, glaube ich, gesagt, dass er nicht auf Brautschau hergekommen ist.«

»Ja, das hast du. Aber hast du nie bemerkt, wie er dich ansieht? Er sieht in dir eine attraktive Frau.« Und das war sie auch. Phin konnte kaum den Blick von ihr abwenden. Warum hatte er nicht mehr Zeit mit der Betrachtung ihrer bemerkenswerten Gesichtszüge verwendet? Von ihren blaugrauen Augen, die vor Freude funkelten und, wie er gestern erfahren hatte, vor Verlangen glühen konnten, über die kleinen Grübchen in ihren Wangen bis hin zu der winzigen

Sommersprosse am linken Augenwinkel. Und natürlich der entzückende Höcker auf ihrer Nase, der sie unbestreitbar überlegen erscheinen ließ. Weil sie es war. In jeder Hinsicht.

»Er kann mich attraktiv oder, sagen wir, sogar küssbar finden, ohne mich heiraten zu wollen«, gab sie mit einem unüberhörbaren Anflug von Sarkasmus zurück.

Vielleicht war es mehr als eine Andeutung. Und das hatte er verdient. Aber Heirat? Warum sollte sie überhaupt wollen, dass er sie heiratet? Sie hatte Marrywell verlassen und ihr Glück als Gesellschafterin gefunden. Wollte sie das nicht mehr?

Er war so verwirrt. Über sehr viele Dinge. »Mercer geht mir auf die Nerven«, brummte Phin.

»Das überrascht mich nicht. Er hat mich gerade über die Gärten ausgefragt. Können wir einen Moment spazieren gehen? Ich kann nicht zu lange bleiben. Mrs. Selkirk erwartet mich zurück.«

»Tut sie das nicht immer?«, murmelte Phin. Er machte Leah ein Zeichen, ihm vorauszugehen, dann trat er neben sie. Er machte sich nicht die Mühe, ihr seinen Arm anzubieten, da er bezweifelte, dass sie ihn annehmen würde.

»Ja. Mercer wies – zu Recht – darauf hin, dass die Gärten nicht in ihrem üblichen ... Glanz erstrahlen. Das war mir gar nicht richtig aufgefallen, bis er mir das sagte, und dann wurde mir klar, wie wahr seine Worte sind.« Sie schaute zu ihm hinüber, während sie nebeneinanderher gingen. »Phin, was ist los? Es ist nicht deine Art, Dinge schleifen zu lassen.«

»Das entspricht eigentlich nicht dem, was hier vor sich geht. Das Wetter war vergangenes Jahr einfach verheerend.« *Sag ihr einfach die Wahrheit. Sie wird es verstehen. Sie wird Mitgefühl haben. Sie wird dir helfen, wenn sie kann.*

»Es steckt mehr dahinter, und ich denke, das weißt du auch.« Sie schürzte die Lippen vor Frustration. »Warum willst du mir nicht endlich die Wahrheit sagen?«

»Da gibt es nicht viel zu sagen. Das letzte Jahr war nicht einfach, und ich arbeite bereits an der Verbesserung der Lage.« Aus Furcht vor dem, was er dort erkennen könnte, wollte Phin ihr nicht in die Augen schauen. Aber er konnte sich nicht beherrschen, um dann ihre Verwirrung und ... Enttäuschung erkennen zu müssen.

»Sieben Jahre sind eine lange Zeit, nehme ich an«, bemerkte sie leise. »Der Phin, den ich früher kannte, hätte seine Sorgen mit mir geteilt. Zumindest dachte ich immer, er würde es getan haben.«

»Das hat er. Weißt du noch, wie ich einmal die Lieblingsschere meines Großvaters verlegt habe? Ich war so verzweifelt, und du hast mir geholfen, sie zu wiederzufinden.«

Bei ihrem schwachen Lächeln hob sich einer ihrer Mundwinkel. »Ja, das habe ich. Du hattest sie im Gemüsegarten vergessen.« Ihr Gesichtsausdruck wurde nüchterner. »Und ich würde dir jetzt helfen. Wenn ich könnte.«

Wie er sich wünschte, es wäre so einfach, wie das Wiederfinden eines verlorenen Gegenstands. »Wenn ich glauben würde, du könntest mir jetzt genauso helfen wie damals, würde ich dich um deine Unterstützung bitten.«

Ein Schatten huschte über ihre Züge, und sie wandte den Blick ab. »Scheinbar stehen wir uns nicht so nahe, wie ich angenommen hatte.« Sie straffte die Schultern und ihre Gesichtszüge wurden noch schärfer, bis er sie praktisch nicht mehr wiedererkannte. Dies war die vornehme Anstandsdame aus London. »Du solltest Genevieve aufsuchen. Heute Abend will sie ihre Entscheidung treffen, wen sie heiraten wird, und offenbar hat jemand um die Erlaubnis ersucht, sie morgen früh besuchen zu dürfen, um ihr einen Heiratsantrag zu machen. Warst du das?«

Phin wollte lügen. Tat er das nicht schon die ganze Zeit? Indem er Leah weismachen wollte, er hätte sie nur geküsst, weil er in Erinnerungen versunken war? Das entsprach zwar der Wahrheit, aber er hatte es auch getan, weil er es einfach *nicht* lassen konnte. Und nun stand er kurz davor, sich an eine Frau zu binden, die er nicht liebte und bei der er nicht wusste, ob er sie je lieben würde. Das war zwar keine richtige *Lüge*, aber es war auch nicht aufrichtig.

Was könnte er zu Leah sagen? Er könnte ihr erklären, warum er Genevieve heiraten wollte, und damit auch, aus welchem Grund der Garten in seinem jetzigen Zustand war.

Die Worte blieben ihm jedoch im Halse stecken. Er wollte sie nicht mit diesen Dingen belasten. Sie sollte nicht erfahren, was sein Vater getan hatte und zu welchen Kompromissen Phin bereit war, um das Desaster in Ordnung zu bringen, das sein Vater angerichtet hatte.

»Gut, dann mach dir nicht die Mühe zu antworten«, sagte sie. »Ich muss zurück.« Sie drehte sich auf dem Absatz um und marschierte in Richtung Picknickplatz davon.

Phin beeilte sich, sie einzuholen. »Ja, das war ich. Aber vermutlich wird es mehr als einen von uns geben, der ihr einen Heiratsantrag machen möchte.«

»Möglicherweise. Ich kann mir vorstellen, dass nur einer von euch eingeladen wird, am Morgen vorzusprechen. Wie auch immer. Ich wünsche dir viel Glück bei deinem Vorhaben.«

»Ich weiß, dass du es nicht verstehen wirst«, meinte er mit leiser Stimme, »aber ich muss sie heiraten. Wegen der Gärten. Du hast dich nicht geirrt. Bitte verlange nicht, dass ich dir noch mehr erkläre als das.« Das war alles. Er hatte gesagt, was er sagen konnte, und das war schon schwer genug gewesen.

Sie blieb stehen und blickte ihn sanft und mitfühlend an. »Ich verstehe es. Zumindest möchte ich es. Aber ich wünschte, du *würdest* mir alles erzählen. Du kannst mir vertrauen.« Als er daraufhin nichts erwiderte, wandte sie den Blick ab. »Wenigstens ergibt es jetzt einen Sinn für mich.

Hoffentlich entscheidet sie sich für dich. Wegen der Gärten. Ich werde tun, was ich kann, um mich für dich einzusetzen, aber wenn es nach Genevieve geht, wird sie sich ohnehin für dich entscheiden.«

»Liegt das nicht an ihr?«

Leah schüttelte den Kopf. »Mrs. Selkirk hat einen Plan. Sie wollte Mercer, aber er kommt nicht in Frage.«

»Warum sollte sie ihn wollen?«

»Vielleicht, weil er in London lebt und du hier? Ich weiß es nicht. Die anderen Bewerber leben an verschiedenen Orten, und es ist mindestens einer darunter, der ebenfalls in London zu Hause ist. Soweit ich weiß, könnte Mrs. Selkirk am Ende einfach einen Namen aus dem Hut ziehen.«

»Das hoffe ich nicht.« Phin bemerkt die Selkirks, die dort vorn auf einer Decke saßen.

»Dann tu dein Bestes, um von ihr erwählt zu werden«, legte Leah ihm ans Herz. Sie lächelte breit, als sie die Decke erreichten. »Schaut mal, wen ich auf dem Weg zu Genevieve getroffen habe.«

»Wunderbar«, sagte Mrs. Selkirk.

Genevieves Gesicht heiterte sich auf. »Ich habe mir Sorgen gemacht, dass Sie mich heute Nachmittag vergessen haben.«

»Dazu wäre ich nie imstande.« Phin tat sich schwer damit, den aufmerksamen Galan zu spielen. Am liebsten hätte er Leah zur Seite genommen und dafür gesorgt, dass sie ihn für seine Taten nicht verabscheute. Doch das konnte er natürlich nicht tun. Stattdessen half er Genevieve auf und schlug vor, dass sie sich das Rasenbowling ansehen sollten.

»Wunderbar«, antwortete sie lächelnd.

Phin beobachtete, wie Leah sich auf der Decke niederließ. Sie wandte den Blick von ihm ab und tat so, als sei er bereits gegangen.

Er bot Genevieve seinen Arm an und tat genau das.

Leah hatte die wenigen Stunden seit dem großen Picknick damit verbracht, über Phins Enthüllung zu grübeln. Er *musste* Genevieve heiraten. Um der Gärten willens. Aber warum?

Es musste ein finanzieller Grund dahinterstecken. Er brauchte Genevieves Mitgift. Welches Ungemach hatte ihn in diese Lage gebracht? Oder war die Erhaltung der Botanischen Gärten für die Familie Radford schon immer eine große Belastung gewesen? Vielleicht hatte diese Entwicklung eingesetzt, weil das Festival in den letzten zehn Jahren gewachsen war.

»Eine Ehrenjungfrau zu sein ist so anstrengend!« Leahs Gedanken wurden von Genevieves Gejammer unterbrochen.

Leah erhob sich von dem Holzstuhl in einem Winkel ihres Schlafzimmers, als sie bemerkte, dass Genevieve beinahe zum Ausgehen bereit war, um an den Abendaktivitäten teilzunehmen. »Es scheint eine anspruchsvolle Rolle zu sein. Es tut mir leid, dass Sie dies als belastend empfinden.«

»Warum muss ich an jeder Veranstaltung teilnehmen? Und Zeit dort unten mit den anderen Ehrenjungfrauen verbringen? Sie sind alle so provinziell«, ereiferte sich Genevieve, als Hardy ihr Ballkleid zuknöpfte. »Wenigstens wird heute Abend in den Versammlungsräumen getanzt.«

»Ich dachte, eine der anderen Ehrenjungfrauen wäre ebenfalls aus London.«

»Ach, die.« Genevieve rümpfte die Nase. »Sie ist ein Mauerblümchen und macht kaum den Mund auf.«

Leah versuchte, Genevieve mit einer Bemerkung aufzumuntern, die sie erfreuen würde. »Zumindest sind Sie heute Abend in den Versammlungsräumen und nicht in den Gärten. Die Organisatoren des Festes dachten, dass ein Tapetenwechsel nach dem Picknick am Nachmittag willkommen wäre.«

»Gott sei Dank«, meinte Genevieve zu Leah, ehe sie ihr einen Handschuh abnahm, den sie sich über den Arm streifte. Sie nahm den zweiten Handschuh und wies Hardy an, sich um Mrs. Selkirk zu kümmern. Die Zofe machte einen Knicks und eilte aus dem Zimmer.

Leah hatte sich wie üblich selbst angekleidet, was kein Problem darstellte, da sie sich eigens eine Garderobe zugelegt hatte, mit der sie ohne die Hilfe eines Dienstmädchens zurechtkam. Sie zog ihre eigenen Handschuhe an und wünschte, sie könnte die Feierlichkeiten des Abends ausfallen lassen. »Wir könnten so tun, als wären wir krank«, schlug sie leise vor.

Genevieve drehte sich um und starrte sie an, ehe sie kicherte. »Sie scherzen, aber ich würde das gerne tun. Mutter würde das allerdings nie erlauben.«

»Nicht einmal, wenn es Ihnen wirklich schlecht ginge? Wie dem auch sei, Sie müssen sich für einen Ehemann entscheiden, und heute Abend können Sie Ihre endgültige Einschätzung der einzelnen Gentlemen vornehmen. Steht Phin immer noch ganz oben auf Ihrer Liste?« Leah verschluckte sich fast an dieser Frage. Doch da sie jetzt wusste, warum Phin Genevieve den Hof machte, musste sie ihm helfen.

»So ist es, aber ich bin mir nicht ganz sicher.» Genevieve knabberte an ihrer Unterlippe, was sie von Zeit zu Zeit tat, wenn sie sich nicht wohl in ihrer Haut fühlte.

»Ich hätte Sie nicht davon abbringen sollen. Wie Sie sagten, gibt es bereits Dinge, die Sie an ihm kennen und mögen.« Hatte sie »mögen« gesagt? Leah war bestrebt, Phin zu helfen. »Sie wären die Herrin von Radford Grange. Es ist ein wunderschönes Haus. Sie könnten alle Arten von Festen veranstalten ... oder Musikabende.«

Genevieve formte den Mund zu einem schwachen, wehmütigen Lächeln. »Ich wünschte, wir beide, er und ich, könnten wieder so zusammen spielen wie wir es vor dem Fest getan haben. Dieser Blödsinn mit der Ehrenjungfrau hat mich nie interessiert.«

»Wenn Sie heiraten, können Sie jeden Tag spielen. Wenn er sich nicht gerade um die Botanischen Gärten und die Gärten von Radford Grange kümmert.« Von seinem Gewächshaus ganz zu schweigen. Wie sehr Leah sich danach sehnte, die Rosen zu sehen, die er kreuzte.

Genevieve rümpfte die Nase. »Ja, die Gärten. Nun, er wird sich losreißen müssen, wenn wir verheiratet sind, zumal wir die Saison in London verbringen werden.«

Leah musste ihren Kiefer zusammenbeißen, um den Mund zu halten. Das konnte Phin unmöglich tun. Der Frühling war die wichtigste Zeit für die Gärten. Und dann war da noch das Fest, auf das er sich vorbereiten musste. Wenn er die Gärten allerdings an Mercer verkaufte, würde er seine Zeit in London verbringen können. Weit weg von seinem Gewächshaus. Allerdings hatte er es nicht nötig, die Gärten zu verkaufen, wenn er Genevieve heiratete und ihre Mitgift erhielt. Er befand sich in einer Zwickmühle zwischen zwei Möglichkeiten – die er beide nicht unbedingt wollte.

Leah wünschte, sie könnte eine andere Lösung für ihn finden.

Stirnrunzelnd zupfte Genevieve an ihrem Schal. »Ich frage mich, ob Phin die Saison nicht in London verbringen will, insbesondere wenn er sich seinen Gärten gegenüber verpflichtet fühlt. Vielleicht sollte ich den Mann wählen, der in London lebt. Ich glaube, er hat auch mit Mutter über einen Antrag gesprochen. Oder vielleicht war es der Gentleman aus Kent. Meine Güte, ich kann sie nicht auseinanderhalten«, sagte sie lachend. »Die Mitgift hat die Sache ziemlich einfach gemacht. Mutter hätte zu Beginn der Saison eine Andeutung machen sollen.«

Das war ein guter Punkt. Leah konnte sich nicht erinnern, dass Mrs. Selkirk in London mit der Mitgift ihrer Tochter geworben hat. Wie seltsam.

»Ja, je mehr ich darüber nachdenke, desto mehr denke ich, dass der Londoner Bewerber die richtige Wahl ist.« Mit einem Seufzer strebte Genevieve auf die Tür zu. »Ich werde allerdings traurig sein, nicht mehr mit Phin musizieren zu können.«

Leah verfluchte ihre unberechenbare Zunge im Stillen. Sie hatte Genevieve ermutigen wollen, Phin zu heiraten, anstatt sie von ihm abzubringen. Was sollte er jetzt unternehmen? Er konnte die Gärten nicht veräußern. Es musste eine andere Lösung geben.

Und sie würde ihm helfen, sie zu finden.

KAPITEL 13

Der Abend war kühl geworden, doch die in Phins Gewächshaus herrschende Temperatur war angenehm, da Phins Großvater vor fast fünfzehn Jahren einen Ofen in der Ecke aufgestellt hatte. Hier drinnen war es warm genug, dass Phin seinen Frack ausgezogen und an den Haken neben der Tür gehängt hatte. Daneben gab es einen zweiten Haken, an dem sein Großvater einst seinen Frack aufgehängt hatte. Ihn leer zu sehen, brachte stets ein starkes Gefühl des Verlustes auf, jedoch auch Freude über die damit verbundenen Erinnerungen.

Es gab keinen dritten Haken für Phins Vater, denn er hatte sich nie so wie Phin für den Gartenbau interessiert. Phins Vater hatte in den Gärten gearbeitet und viel über die Pflege der Anlage gelernt, doch die Züchtung neuer Pflanzen machte ihm keine besondere Freude. Und die Möglichkeit, Hybriden zu züchten, fand ganz eindeutig nicht sein Interesse.

Phin ging zu dem Arbeitstisch neben einem der langen, schmalen Pflanzgefäße, in denen er die Samen für neue Pflanzen anzog, die eines Tages im Freien ausgepflanzt werden sollten – entweder im Garten von Radford Grange oder in den Botanischen Gärten. Das Gewächshaus war hauptsächlich mit dieser Art von Pflanzgefäßen bestückt, doch es gab auch einige ausgewachsene Pflanzen. Zwei Orangenbäume und ein Zitronenbaum standen in einem langgezogenen Beet an der Peripherie. Großvaters kostbare Ananas hatte ihren Platz in nächster Nähe zum warmen Ofen.

Die Sträucher, aus denen Phin seine Rosen gekreuzt hatte, standen in der Mitte des Wintergartens. Jeweils zwei Exemplare der gleichen rosa Damaszener und der silbrig-rosa China-Rose. Er hoffte, eine doppelblütige Rose mit der silbrig-rosa Färbung der China-Rose zu züchten. Die Zeit würde es zeigen.

Heute Abend sollte er auf dem Fest sein und mit Genevieve tanzen. Allerdings hatte er sich nicht überwinden können, hinzugehen. Am Nachmittag hatte er sie zum Rasenbowlingfeld begleitet, wo sie sich jedoch geweigert hatte, zu spielen. Stattdessen hatte sie viel Zeit darauf verwandt, sich über den Schmutz an ihren Schuhen zu beschweren und darüber, dass der Wind immer wieder Strähnen aus ihrer Frisur löste.

Je mehr Zeit er mit Genevieve verbrachte, umso deutlicher wurde ihm, dass sie, wie Leah ihm gesagt hatte, nicht zusammenpassten. Es war auch nicht gerade hilfreich, dass er nicht aufhören konnte, an Leah zu denken.

Er hätte sich eher ausmalen sollen, wie es wohl wäre, mit Genevieve zusammenzusitzen, über ihre Hoffnungen und Träume zu sprechen, sie in die Arme zu nehmen und bis zur Besinnungslosigkeit zu küssen. Stattdessen konnte er nur daran denken, wie er all diese Dinge bereits mit Leah erlebt hatte. Und das wollte er wieder. Und wieder. Vielleicht für immer.

Was hatte das zu bedeuten? Wollte er Leah heiraten? Liebte er Leah?

Daran konnte er im Moment nicht denken. Wenn er Genevieve nicht heiraten wollte, brauchte er eine andere Lösung für sein finanzielles Problem. Und die hatte er.

Allein der Gedanke, die Gärten an Mercer zu veräußern und zusehen zu müssen, wie sie sich zu einem gewinnbringenden Geschäft entwickelten – und um Mercers ohnehin schon gefüllte Kassen zu füllen –, war unerträglich. Wenn Phin sich andererseits nicht um die Gärten kümmern müsste, könnte er sich ganz auf Radford Grange und seine eigene Leidenschaft für den Gartenbau konzentrieren. Doch er konnte einfach nicht vergessen, wie sehr sein Großvater an den Gärten hing. Sie waren sein Werk, und er wäre am Boden zerstört, wenn sie aus dem Familienbesitz der Radfords ausscheiden würden.

Bestünde vielleicht die Möglichkeit, dass sein Großvater Verständnis hätte?

Stöhnend breitete Phin seine Hand über Augen und Stirn. Er holte tief Luft und genoss den warmen, beruhigenden Duft der Flora und feuchter Erde.

Dann war da noch ein anderer Duft. Veilchen und Lavendel.

Er ließ die Hand sinken und entdeckte Leah, die vor der geschlossenen Tür innerhalb des Gewächshauses stand.

»Ich habe dich nicht reinkommen hören«, war alles, was er hervorbrachte. Sie sah so schön aus, und sie war ihm so ungemein willkommen. Noch nie war er so glücklich gewesen, einen anderen Menschen zu sehen.

Sie trug ein schlichtes, aber elegantes korallenfarbenes Ballkleid mit elfenbeinfarbener Schleife am Saum. Ein Schal in korallenrot und blau war um ihre Schultern drapiert, und ihr blondes Haar war mit einer zum Kleid passenden Schleife durchsetzt.

»Hoffentlich störe ich nicht«, sagte sie leise und blickte sich im Gewächshaus um. »Es hat sich nichts verändert.«

»Nicht viel, nein. Ich muss gestehen, dass ich alles gern so bewahre, wie mein Großvater es hinterlassen hat. Es erinnert mich an ihn.«

Leah lächelte, als sie auf die Rosen zuging. »Wenn er mein Großvater gewesen wäre, würde ich das Gleiche tun.«

»Das war er doch auch, oder? Ich meine, wir alle sahen dich als unsere erweiterte Familie an.«

»Tatsächlich? Es ist schön, das zu hören.« Sie senkte den Kopf und schnupperte an der rosa Damaszener. »Ist das die Kreuzung, mit der du herumtüftelst?»

»Das und die China-Rose.«

Sie ging einen Schritt auf die Blume zu und schnupperte auch ihren Duft, bevor sie sich wieder aufrichtete. »Ich liebe die silbrig-rosa Farbe. Wird deine neue Rose auch diese Farbe haben?«

Phin trat auf sie zu und stellte sich auf die andere Seite der Rosensträucher. »In etwa. Ich hoffe, sie wird die silbrige Note beibehalten, aber vielleicht eine Nuance dunkler – und damit eher wie die Damaszener werden.«

»Und nun wartest du auf die Bildung der Samen?«

Er nickte. »Dann pflanze ich sie ein und setze meine Hoffnung auf ein gutes Gedeihen. Mit etwas Glück habe ich bis zum Sommer Blüten.«

»Das ist aufregend. Wie wirst du sie nennen?«

»Bislang habe ich mir noch keinen Namen ausgedacht. Bis ich nicht die Blüte sehe, glaube ich nicht, dass ich das kann. *Wenn* sie blüht.« Schon einmal hatte er einen Versuch unternommen und war auf ganzer Linie gescheitert – es hatte keine gedeihende Pflanze und keine Blüte gegeben. Er hatte auch schon Rosen herangezogen und zum Blühen gebracht, aber sie hatten nicht anders ausgesehen als ihre Eltern.

»Wahrscheinlich willst du wissen, warum ich gekommen bin.« Beinahe schüchtern schaute sie ihn an. »Ich wollte deine Arbeit sehen, aber das ist nicht der einzige Grund.«

»Bitte sag mir nur, dass du nicht gekommen bist, um dich ein weiteres Mal zu verabschieden. Das war sehr niederschmetternd. Um ehrlich zu sein, war es schon damals schwer genug gewesen, als du es vor sieben Jahren das erste Mal getan hast.«

Ihre Nasenlöcher blähten sich leicht. »War es das? Es war auch schwer für mich – und zwar nicht, Marrywell zu verlassen, sondern dich.« Ihre Blicke verflochten sich einen langen Moment, ehe sie den ihren wieder auf die Chinarose richtete. »Wie auch immer, ich bin auch gekommen, um dir mitzuteilen, dass Genevieve sich für einen anderen Mann entscheiden wird.« Abermals trafen sich ihre Blicke. »Es tut mir so leid. Ich weiß, wie drängend es für dich war, sie zu heiraten. Aber es gibt noch eine andere Möglichkeit.«

Phin ging um die Rosenbüsche herum und stellte sich vor sie. »Hat Mercer dir erzählt, dass er die Gärten kaufen will?«

»Ja. Er bat mich auch, dich davon zu überzeugen, sein Angebot anzunehmen. Ich sagte, das sei nicht möglich und dass du sie niemals an ihn veräußern würdest.« Sie trat einen Schritt näher an ihn heran. Ihr Schal rutschte von einer Schulter, doch sie zog ihn nicht wieder hoch. War ihr plötzlich so warm wie ihm? »Phin, warum hast du mir nicht gesagt, dass du in Schwierigkeiten steckst? Was ist passiert?«

»Es ist zu beschämend, um darüber zu sprechen.« Seine Worte waren kaum mehr als ein Flüstern.

»Ich habe alle meine Geheimnisse mit dir – und nur mit dir – geteilt. Was könnte beschämender sein als die Wahrheit, wer ich wirklich bin? Ein Bastard.«

Er nahm ihre Hände in seine, drückte sie und blickte ihr ernst in die Augen. »Das ist nicht deine Schande. Dass deine Mutter zugestimmt hatte, das Kind ihres Mannes bei sich aufzunehmen, nur um ihren Entschluss später offenbar zu bereuen und dich auf diese Art und Weise zu behandeln ... das ist die wahre Schande. Manchmal frage ich mich, ob sie dich nicht am Ende aus Wut über deinen Vater bestraft hat.« Er hielt inne und versuchte zu entscheiden, ob er ein anderes Kapitel zur Sprache bringen sollte. »Und du hast mir nicht alle deine Geheimnisse verraten. Du hast mir nie erzählt, was deine Mutter dir angetan hat, nur dass sie grausam war. Ich habe nie Spuren an dir gesehen, also weiß ich nicht, ob sie dich körperlich gezüchtigt hat, aber ich habe mir immer Sorgen gemacht. Ich hätte Großvater bitten sollen, dich bei uns wohnen zu lassen.«

»Er hat das tatsächlich einmal vorgeschlagen.«

Das hätte keine Überraschung für ihn sein dürfen, doch er hatte nichts davon gewusst. Er hatte auch nicht geglaubt, dass es möglich war, seinen Großvater noch mehr zu lieben, als er es ohnehin schon tat, doch darin hatte er sich geirrt. »Das habe ich nicht gewusst.«

Sie formte die Lippen zu einem milden Lächeln. »Er kam zu uns nach Hause und sprach mit meinem Vater. Ich habe es von oben auf der Treppe mitbekommen. Meine Mutter auch – von der Küche aus, glaube ich. Sie herrschte deinen Großvater an, er solle verschwinden und nie wieder solchen Unsinn reden, denn meine Familie könnte nicht auf mich verzichten. Sie erklärte ihm auch, dass ihn mein Wohlergehen nicht das Geringste anginge.« Das Lächeln war verschwunden, und ihr Blick hatte sich irgendwo auf der Höhe seiner Schulter verloren. »Danach hat sie mich geschlagen«, gab sie leise zu. »Sie hat mich schon früher geschlagen, aber immer irgendwo unter meiner Kleidung, sodass es niemand sehen konnte. Aber diesmal war sie so wütend darüber, dass dein Großvater sich einmischen würde. Sie wollte wissen, was ich ihm erzählt hatte, und als ich ihr antwortete, ich hätte ihm gar nichts erzählt, glaubte sie mir nicht. Diesmal schlug sie mich ins Gesicht. Meine Nase war blutig und meine Lippe aufgeplatzt. Ich konnte zwei Wochen lang nicht aus dem Haus gehen.«

Weißglühende Wut breitete sich in Phin wie ein Buschfeuer aus. Noch nie hatte er solch eine Wut erlebt. Doch was sollte er jetzt damit anfangen?

Als Leah zusammenzuckte, merkte er, dass er ihre Hände zu fest drückte. »Es tut mir leid«, murmelte er, lockerte seinen Griff und streichelte mit seinen bloßen Daumen über die Oberflächen ihrer Handschuhe. Wie sehr er sich wünschte, ihre Hände wären ebenfalls entblößt. »Ich erinnere mich an diese zwei Wochen. Ich glaube, es war die längste Zeit, in der ich dich nicht gesehen habe. Ich war bei dir zu Hause, aber dein Bruder sagte mir, du seist krank und ich dürfe dich nicht besuchen.«

»Ich habe dich von meinem Fenster oben gesehen.« Ihre Augen waren traurig. »Ich wollte nie, dass du erfährst, wie schlimm es wirklich war. Ich wollte dein Mitleid nicht. Mit dir konnte ich sorglos sein, und wenn auch nur für kurze Zeit, einfach vergessen. Du hast mich gerettet, Phin.«

»Nein, das habe ich nicht.« Jetzt richtete sich sein Zorn gegen sich selbst. »Das war Lady Norcott.«

»Ihr wart es beide. Du musst wissen, dass meine Mutter mich meist nur verbal misshandelt hat. Sie hat mich nicht oft geschlagen. Dann griff mein Vater ein, und sie unterließ diese Art der Bestrafung, wenn er in der Nähe war.«

»Ich kann nicht glauben, dass deine Geschwister keinen Versuch unternommen haben, sie aufzuhalten.«

»Das hat Rebecca ein einziges Mal getan. Es war das einzige Mal, dass meine Mutter sie geschlagen hat. Nie wieder hat Rebecca sich eingemischt. Ich mache ihr keine Vorwürfe. Meine Mutter ist ein unfreundlicher Mensch. Sie hat meine Geschwister vielleicht besser behandelt als mich, aber nie hat es einen Beweis für ihre Liebe oder Fürsorge gegeben.«

»Es ist gut, dass ich sie nur selten zu Gesicht bekomme«, bemerkte Phin mit tiefer, dunkler Stimme, während er sich bemühte, seine Wut im Zaum zu halten. »Wenn ich ihr begegne, werde ich davongehen, ehe ich mich zu etwas hinreißen lasse, was ich bereuen würde.«

Leah zog die Hand aus der seinen und hob sie an sein Gesicht. Nun rutschte ihr der Schal von der anderen Schulter und fiel zu Boden. »Ich danke dir. Das bedeutet mir sehr viel.«

Jetzt war er ihr seine eigenen Geheimnisse schuldig. Es war mehr als das. Er hatte das Bedürfnis, ihr davon zu erzählen. Es schien ihm vollkommen lächerlich, dass er dies bislang nicht getan hatte. Niemandem auf der Welt vertraute er mehr als ihr. Wie hatte er vergessen können, wie verbunden sie sich einmal gewesen waren? »Die Zeit scheint in vielerlei Hinsicht ein Dieb zu sein. Ich habe verloren, was uns vereinte und was unsere Freundschaft so besonders gemacht hat. Du weißt, dass mein Vater nie in dem Ausmaß an den Gärten hing oder sich dafür interessierte wie mein Großvater.«

»Oder du.«

»Ja, oder ich. Er bildete sich ein, er müsse Immobilien in Winchester besitzen und tätigte mehrere Fehlinvestitionen. Dann versuchte er, mit Hilfe von Glücksspielen seinen Verlust zumindest teilweise wieder auszugleichen. Unglücklicherweise war er auf diesem Gebiet noch erbärmlicher. Er verprasste beinahe unsere gesamten Ersparnisse, einschließlich des Fonds, den mein Großvater für die Botanischen Gärten angelegt hatte.«

Sie streichelte ihm über die Wange. »Es tut mir so leid, Phin. Es ist kein Wunder, dass du verzweifelt bist.«

»Das Schändlichste daran ist allerdings der Umstand,

dass er jemandem in Winchester Geld geschuldet hatte. Er nahm, was er auftreiben konnte, doch es reichte nicht. Dennoch fuhr er nach Winchester, um so viel wie möglich des geschuldeten Betrags zurückzuzahlen. Er sorgte sich darüber, dass er in Schwierigkeiten geraten könnte – all dies berichtete er mir in einem Brief, den ich erst später fand.« Phin schluckte. Er sah ihr in die Augen und verlor sich in der Sorge und der Anteilnahme, die er darin erkannte. »Er ist nicht wieder nach Hause gekommen.«

Ihre Augen weiteten sich und ihr stand der Mund offen. »Ist er so gestorben?«

»In die Brust gestochen und ausgeraubt. Der Wachtmeister sagte, er sei das Opfer eines Straßenräubers, aber ich kenne die Wahrheit.«

»Was war mit seinem Gläubiger?«

Phin zuckte mit den Schultern. »Ich habe nie etwas von ihnen gehört. Ich bin nur froh, dass mein Großvater all das nicht mehr erleben musste, und er hätte meinem Vater nicht erlaubt, mehr als eine Fehlinvestition zu tätigen oder fast alles zu verspielen.«

Sie presste die Lippen aufeinander. »Du brauchst dich nicht zu schämen. Das ist alles nicht deine Schuld.«

»Es *ist* aber mein Problem. Ich arbeite so hart, wie ich kann, und ich habe getan, was ich konnte, um die Kosten zu senken – weshalb die Gärten eben entsprechend aussehen. Ich kann mir nicht leisten, so viele Gärtner zu bezahlen, wie wir eigentlich brauchen, oder jemanden, der die Instandhaltung übernimmt.« Er sträubte sich und verabscheute seine missliche Lage. »Bitte sag mir nicht, ich müsste mich dafür nicht schämen.«

Sie schüttelte kaum merklich den Kopf. »Das werde ich nicht sagen.«

»Ich arbeite so hart ich nur kann und habe auf jede Art versucht, Geld aufzutreiben, doch letztlich blieb mir nur noch, eine Erbin zu heiraten. Bis Mercer hier aufkreuzte.« Die Qual, die er beim Gedanken empfand, an ihn zu verkaufen, hatte nicht nachgelassen. »Bist du sicher, dass Genevieve einen anderen heiraten wird?«

Leah löste die Hand von seinem Gesicht und ließ sie sinken. Ein Schatten flackerte in ihrem Blick auf. »Ich fürchte, ja.«

»Gut. Ich wollte sie ohnehin nicht heiraten. Und jetzt kann ich dich küssen, ohne auch nur einen Funken von einem schlechten Gewissen dabei zu empfinden.« Er senkte den Kopf, hielt aber inne, ehe seine Lippen die ihren berührten. »Wenn du keine Einwände hast.«

Ihre Blicke trafen sich. Sie waren sich so nah, dass er die Tiefen ihrer blau-grauen Augen genau erkennen konnte, die an ein stürmisches Meer erinnerten.

Mit beiden Händen umfasste sie seinen Nacken und runzelte dann die Stirn. »Warte.« Rasch streifte sie ihre Handschuhe ab und legte sie achtlos beiseite. Sobald sie seinen Blick wiedergefunden hatte, teilte sie ihre Lippen. Ihre Zunge huschte kurz über ihre Unterlippe. »Ich habe mir nie etwas mehr gewünscht.«

Erleichterung und Verlangen durchdrangen ihn, während er seinen Mund auf den ihren presste. Die Hände um ihre Taille geschlungen zog er sie zu sich. Die Berührung ihres Körpers ließ seine Lust in ihm aufsteigen. Es war sowohl schockierend als auch das Beste, was ihm je passiert war.

Er stützte sie mit einer Hand im Rücken, während er mit der anderen ihren Hintern umfasste und ihre Hüften enger an seine drückte. Sie kreiste mit ihrem Becken, und sein bereits erregter Schaft wurde nun ganz hart.

Stöhnend knabberte er an ihrer Unterlippe. Keuchend teilte sie die Lippen. Begeistert leckte er in sie hinein, bis ihre Zungen aufeinandertrafen. Ihr Kuss wurde immer feuriger, und die feuchte Wärme heizte ihn an, bis er ein glühendes Bedürfnis empfand.

Sie grub die Fingerspitzen in seinen Nacken und in seinen Hinterkopf, während sie gleichzeitig mit der Hand durch sein Haar fuhr. Mit dem gleichen Verlangen, das er nach ihr verspürte klammerte sie sich an ihn. So schien es ihm zumindest.

Er hob seinen Kopf und keuchte. Auch sie rang nach Atem. »Willst du gehen?», fragte er heiser und betete, sie würde nein sagen.

»Nie im Leben.«

KAPITEL 14

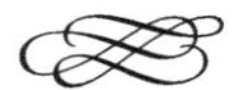

»Gott sei Dank.« Phin küsste sie erneut, wobei er ihren Mund mit seinem auf eine raue fordernde Weise in Besitz nahm, die sie sich nie hätte vorstellen können. Dies war nicht der liebenswerte, großmütige Junge, mit dem sie aufgewachsen war. Dies war ein von Hunger getriebener Mann, und sie war begierig darauf, ihn zu befriedigen.

Wollten sie das tatsächlich tun? Sie konnte kaum glauben, dass sie endlich in den Armen des Mannes lag, den sie liebte. Er hatte sie gefragt, ob sie gehen wollte. War das nicht eine Einladung zum Bleiben? Und wenn sie sich so küssten und sie bleiben wollte ... nun, dann hoffte sie, dass sie beide die gleichen Erwartungen hatten.

Allerdings wäre es das Beste, sich dessen ganz sicher zu sein.

Sie ließ die Hand über sein Ohr und dann an seiner Wange entlang bis zu seinem Kiefer gleiten, wobei sie die Wärme seiner Haut und das leichte Kratzen der Barthaare genoss, die zu erscheinen drohten, wenn er sich morgens nicht rasierte. Als sie weiter nach unten wanderte, stieß sie auf den Knoten seines Krawattenschals und löste ihn. Als er sie nicht aufhielt, wurde sie schneller und zupfte an dem Tuch, bis es sich löste.

Er griff an seinen Hals und zog den Krawattenschal locker, ehe er anfing, seine Weste aufzuknöpfen. Halleluja! Sie brach innerlich in helle Freude aus.

Es geschah wirklich.

Sie half ihm mit den Knöpfen, indem sie von unten nach oben vorging, bis sich ihre Hände trafen. Als das Kleidungsstück geöffnet war, schob sie es auseinander und drückte ihre Handflächen an seinen Bauch. Er war warm und fest. Sie konnte spüren, wie schwer er arbeitete.

Mit einem Ruck löste sie ihren Mund von seinem und räusperte sich: »Zieh dein Hemd für mich aus. Bitte.«

Er streifte seine Weste ab und ließ sie achtlos fallen. »Da du so lieb gefragt hast.« Er riss sich das Hemd über den Kopf und schleuderte es beiseite. Dann beugte er sich vor, küsste sie an der Stelle vor ihrem Ohr auf die Wange und fuhr mit seiner Zunge zu ihrem Ohrläppchen, ehe er sanft zubiss. »Du brauchst gar nicht zu fragen. Weder nett noch sonst wie. Nimm dir einfach, was du willst.«

Leah erschauderte. Sie hatte keine Erfahrung damit, sondern nur den Drang, ihn zu sehen und zu berühren. Ein wildes Pochen in ihr bettelte darum, gezähmt und befriedigt zu werden. »Ich weiß nicht, was ich zu tun habe«, flüsterte sie und ihre Hände zitterten. Sie konnte immer noch nicht ganz glauben, dass dies geschah.

Er hob sie auf und ging ein Stück mit ihr, bis sie den Arbeitstisch an der Rückseite ihrer Beine spürte. »Einen Moment.« Dort setzte er sie ab, griff hinter sie und schob alles, was sich auf dem Tisch befand, auf den Boden. Das Geräusch von zerbrechendem Töpfergut ließ sie aufschrecken.

»Hoffentlich war es nichts Wichtiges.«

Er streichelte ihr Gesicht. »Du bist es nicht gewesen und nur das zählt.«

Leah zerging beinahe wie Butter in der Sonne. Zum Glück hielt er sie fest, und dann küsste er sie wieder, während er ihren Körper mit seinen Lippen und seiner Zunge vor Verlangen zum Glühen brachte. Aber er verweilte nicht bei ihrem Mund. Wieder trafen seine küssenden Lippen und seine Zunge auf ihren Kiefer und ihren Hals, um einen sengenden Pfad der Leidenschaft zu schaffen. Sie klammerte sich an seine Schultern und teilte die Lippen, während ihr Atem immer schneller wurde.

Dann hob er sie auf die Tischkante, so dass sie nun einen hervorragenden Blick auf seine bloße Brust hatte. Sie drückte die Handflächen an seine Haut und genoss die Konturen seiner Muskulatur. »Ich kann sehen, wie hart du arbeitest.« Sie hatte sich vorgestellt, ihm nahe zu sein, und ihn so zu berühren, was allerdings kein Vergleich zur Wirklichkeit war. »Ist das real?«, hauchte sie.

»Das hoffe ich.« Er ließ die Hände zu ihrer Taille hinunterwandern und küsste sie bis zum Ansatz ihres Mieders. Im selben Moment strich er mit einer Hand seitlich über ihren Leib hinauf und umfasste ihre Brust. Plötzlich war jedes Gefühl in ihr genau darauf konzentriert.

Er hob die Hand zum Mittelteil ihres Dekolletés und zögerte. Seine Finger befanden sich genau über dem kleinen Band, das ihr Kleid über der Unterwäsche zusammenschnürte. »Darf ich?«

»Du brauchst auch nicht zu fragen. Ich will alles, was du willst.«

»Ich werde wahrscheinlich trotzdem fragen. Das gehört sich so für einen Gentleman.«

Sie hatte ihn schon immer für perfekt gehalten, und jetzt hatte sie den unwiderlegbaren Beweis. »Lockerst du jetzt mein Kleid oder nicht?«

Er formte die Lippen zu seinem vertrauten, herzerweichenden Lächeln, doch da war noch etwas anderes. Es war die Art, wie er sie ansah. Endlich sah er sie genauso, wie sie ihn immer gesehen hatte.

Er hob ein Ende des kleinen Bandes an und klemmte es zwischen seinen Zähnen fest, dann zog er mit der Hand den Knoten ganz auf. Dann zupfte er an ihrem Halsausschnitt, sodass er von ihrer Brust abstand, und fuhr mit den Fingerspitzen über ihre Haut, bis er bei ihrer linken Schulter ankam. »Ist es hier befestigt?«

»Ja.« Das Wort kam kurz und atemlos über ihre Lippen. Ihr ganzer Körper war aufgewühlt. Jede Berührung war ein neues, fesselndes Gefühl.

Er fand den kleinen Knopf und löste ihn aus seiner Schlaufe. Nun hing die Vorderseite auf dieser Seite herab. Geschickt ging er zur anderen Schulter über und führte dort dasselbe Manöver noch einmal durch. Ihr Mieder klaffte auf.

»Ich bin immer noch gefangen«, beschwerte er sich seufzend, bevor er seine Lippen auf ihren Brustansatz drückte.

Leah schob ihr Kleid nach unten, um an die Bänder zu gelangen, die sich an der Vorderseite ihres Mieders befanden, sodass sie sie leicht selbst befestigen konnte. Mit einem schnellen Handgriff lockerte sie das Kleidungsstück und löste die Strapsen. Dann schob sie das Korsett nach unten, unter ihre Brüste. Weiter würde es nicht mehr gehen. »Reicht das?«

Er blickte unverwandt auf ihre Brüste, die nur noch von dem dünnen Gewebe ihres Unterhemdes bedeckt waren. »Mehr als das. Aber ich möchte sie berühren, und nicht durch deine Kleidung hindurch.«

Sie wartete nicht ab, dass er sie um Erlaubnis fragte. »Tu es jetzt.«

Seine kastanienbraunen Augenbrauen wölbten sich, während er die Mundwinkel nach oben bog. Er zog an der

Kordel am Halsausschnitt des Unterhemdes und zog das Kleidungsstück herab, um ihre Brüste zu entblößen. Obwohl es im Wintergarten warm war, wirkte die Luft wie ein Schock auf ihrer Haut. Ihr entfuhr ein leises Keuchen und sie spürte, wie ihre Brustwarzen sich verhärteten.

»Wunderschön«, murmelte er und beschrieb mit seiner Fingerspitze einen Kreis um ihre Brust, wobei dieser immer kleiner wurde, bis er ihre Brustspitze erreichte. Er nahm seinen Daumen dazu und ließ sie zwischen seinen Fingern rollen. Darauf wuchs ihre Erregung stark an. Sie spürte ein schockierendes Ziehen, das direkt bis in ihr Geschlecht ausstrahlte. Er zwickte sie sanft, ehe er zu ihrer anderen Brust überging und diese süße Tortur wiederholte.

Noch nie hatte sie sich so bewusst wahrgenommen. Sie spürte jede Bewegung in der Luft, jede Berührung seiner Finger und seiner Hand. Er senkte seinen Kopf auf ihre Brust herab und küsste sie, während er die andere umfasste. Genau wie mit seinem Finger ging er ganz langsam zu Werke und arbeitete sich mit Lippen und Zunge zu ihrer Brustwarze vor. Als er schließlich seinen Mund über die pralle Spitze stülpte, schrie sie auf und umklammerte seinen Kopf. Er saugte an ihr – sehr fest – und wurde mit seinen Berührungen mutiger, sodass er sie anschließend wieder drückte.

Es war, als wäre ein Feuer in ihr aufgelodert, dessen Flammen nun zwischen ihren Beinen leckten. Sie brauchte ihn, um es zu löschen, ehe sie noch völlig verzehrt wurde. Oder vielleicht war das auch der Sinn der Sache – dass sie verglühte.

Sie kreiste mit ihren Hüften und reckte sich ihm entgegen. Sie wollte, nein, sie *brauchte* Erlösung. Wenn er sie nur dort berühren könnte. Sie wusste, wo sie gerne berührt wurde – das hatte sie vor langer Zeit gelernt. Aber würde es sich anders anfühlen, wenn er es war, der sie dort berührte?

Er schien zu verstehen, was ihr fehlte, und hob ihren

Rocksaum an, um mit der Hand unter ihre Röcke zu greifen, wobei er mit den Fingern über ihre Schenkel strich. »Spreize deine Beine, Leah.«

Ihr fiel auf, dass er sie nicht fragte, und sie grub die Hände in seinen Nacken, um zu tun, was er verlangte. Er ließ seine Hand zu ihrem Geschlecht hinaufwandern, wo jeder Nerv pulsierte und bettelte. »Berühre mich. Ich brauche ... Erlösung.«

Seine Fingerspitze strich über die Knospe ihres Geschlechts. »Hier?«

Wimmernd, während ihr Körper vor Verlangen bebte, konnte sie nur nicken. Er legte seinen Mund noch einmal auf ihre Brust und saugte an derjenigen, die er noch nicht gekostet hatte. Das war schon überwältigend genug, aber dann streichelte er ihr Geschlecht und erregte sie mehr, als sie es je selbst zustande gebracht hatte.

Sie bäumte sich vom Tisch auf, und ihr Körper verlangte nach mehr. Kräftig saugte er an ihrer Brustwarze, und eine weitere Welle der Hitze fuhr ihr durch die Glieder. Sie schloss die Augen und begann zu keuchen.

»Leg dich einfach zurück.« Er drückte sie auf den Tisch.

Er küsste sie auf die Wange und flüsterte: »Das ist nicht der Ort, an dem ich das am liebsten tun würde, aber ich kann dich so nicht ins Haus tragen. Erinnere mich daran, im Gewächshaus eine Liege oder ein Sofa aufzustellen.«

Kichernd schlug sie die Augen und stellte fest, dass er sie mit einem Gefühl der Verwunderung anstarrte. Aber das wurde schnell durch ein feuriges Bedürfnis ersetzt, das ihr eigenes widerspiegelte. Er drückte seinen Finger in ihr Geschlecht, und sie schrie auf und wölbte sich vom Tisch.

Er bewegte sich schneller, drückte und streichelte, trieb seinen Finger in sie hinein, während er an ihrem Hals und ihren Brüsten leckte. Es war ein Rausch der Gefühle und eine pochende Leidenschaft, die mit jeder Berührung weiter anschwoll. Sie bewegte sich mit ihm, ihre Hüften kamen seinen Stößen entgegen und ihr Oberkörper hob sich vom Tisch, um ihm mehr von sich zu geben.

Pure Wonne durchströmte sie, und sie konnte den Rand der Welt sehen. Dahinter fand sich der Abgrund der Befriedigung, der sie mit einem Winken lockte, sich in der dunklen Glückseligkeit zu verlieren. Er bearbeitete sie, bis sie eine verzweifelte Hitze verspürte und schließlich explodierte.

»Phin!« Immer wieder rief sie seinen Namen. War das ein Traum? Wenn dem so war, dann war es der Beste, den sie je gehabt hatte. Und sie wollte nicht, dass er zu Ende ging.

Wieder fühlte sie seinen Mund an ihrem Ohr. »Ich werde jetzt in dich eindringen. Wenn du mich lässt.«

»Ja. Alles. *Alles.* Ich will nur dich.«

Er küsste sie, fuhr mit der Zunge in ihren Mund und sie wollte vor Freude und Erleichterung weinen. Sie spürte, wie er sich zwischen ihre Beine stellte und schlug die Augen auf. Sie konnte nicht sehen, was er tat, also schob sie sich etwas höher. Er knöpfte seine Hose auf. Das wollte sie sich nicht entgehen lassen.

Sie richtete sich ganz auf und sah zu, wie er seine Unterwäsche aufknöpfte und sein Geschlecht befreite. Lang und steif, sah er prächtig aus. Sie griff nach seinem Schaft und hätte fast gefragt, ob sie es berühren dürfe. Aber sie wusste, was er sagen würde, also legte sie ihre Hand darum.

Seine Hüften zuckten, und er stöhnte leise. »Deine Hand ist herrlich weich und warm. Weißt du, was du tun musst?«

»Nicht wirklich.«

Er schloss seine Hand um ihre und zeigte ihr, wie sie ihn vom Ansatz bis zur Spitze streicheln konnte. »Das ahmt nach, was dein Körper mit mir machen wird, wenn ich meinen Schwanz in dich einführe.« Sein Blick blieb mit ihrem verhaftet. »Nie hätte ich gedacht, dass wir dieses

Gespräch einmal führen würden.« Er schenkte ihr ein schiefes Lächeln.

»Davon habe ich schon lange geträumt. Aber ich glaube nicht, dass du ›Schwanz‹ gesagt hast.«

Mit einem Stöhnen schloss er die Augen und ließ seine Hand von der ihren fallen. »Sag es noch einmal.«

»Schwanz.« Beinahe hätte sie schon wieder gekichert.

»Dieses Wort von deinen Lippen zu hören, während du mich streichelst, ist ein Traum, von dessen Existenz ich nicht einmal eine Ahnung gehabt hatte. Aber es ist einer, den ich von nun an mit Sicherheit jede Nacht haben werde.« Er schlug die Augen auf, und sie erschienen grüner als je zuvor, wollüstig und exotisch wie einige der Pflanzen um sie herum.

Sie ahmte nach, was er mit ihr gemacht hatte, und bewegte ihre Hand schneller, indem sie mit der Handfläche über seine samtige Haut glitt. Sie stellte fest, dass Feuchtigkeit aus der Spitze tropfte. »Was ist das?«

»Das passiert, wenn ich furchtbar erregt bin. Es ist ein, ähm, ein Vorläufer für das, was später kommt, wenn ich meine Erlösung habe. Und wenn du ein zweites Mal kommst.«

»Werde ich das?«

»Ich werde alles daransetzen, um das zu erreichen.« Er holte tief Luft. »Ich kann nicht mehr lange aushalten, also machen wir besser weiter. Rutsch nach vorn bis an die Tischkante und leg deine Beine um meine …«

Sie hatte es bereits getan, weil es ihr richtig und natürlich erschien. Sein Schaft drückte gegen ihr Geschlecht, und sie rieb sich an ihm.

»Gott, Leah, wenn du nicht aufhörst, werde ich mich in peinlicherweise in kürzester Zeit erlösen, und ich habe versprochen, dich noch einmal zum Orgasmus zu bringen.«

Er umfasste ihre Hüfte und brachte ihre Bewegungen zum Stillstand. »*Benimm dich.*«

Sie warf ihm einen frechen Blick zu, wackelte mit ihrem Hinterteil und drückte sich an ihn. »Ich glaube nicht, dass du das wirklich willst. Wann führst du deinen Schwanz in mich ein? Ich bin ganz verzweifelt danach.«

Stöhnend küsste er sie auf den Mund, während er seine Hand noch einmal über ihre legte und sie seinen Schaft dann gemeinsam in ihre feuchte Scheide einführten. Sie dehnte sich um ihn, doch es war nicht ganz bequem. Das schien er zu wissen und er bewegte sich langsam.

Er hob den Kopf und legte die Wange an ihre. »Entspanne dich, wenn du kannst. Lass deinen Körper erschlaffen.«

Das erwies sich als schwieriger, als es sich anhörte. Jeder Muskel und jeder Nerv war sowohl durch die Erregung als auch durch die neue Erfahrung angespannt, die er ihr bereitete. Sie versuchte es dennoch und fühlte sich, als wolle sie mit dem Tisch eins werden.

»So ist es richtig«, flüsterte er. Er drang ganz in sie ein und füllte sie vollständig aus. Es war ein seltsames Gefühl. Mit geschlossenen Augen drückte sie sich an ihn und glaubte, den schönsten Moment ihres Lebens zu erleben, als sie sich fühlte, als sei er ein Teil von ihr.

»Ich werde mich jetzt bewegen.» Ganz langsam fing er an und er zog seine Hüften erst zurück, ehe er sie ganz vorsichtig wieder vorschob.

Dann zwängte er eine Hand zwischen ihre Leiber und streichelte ihre Brust, wobei er sanft an ihrer Brustwarze zog, ehe er seine Hand wieder darumlegte. Sie hatte sich entspannt, und ihr Körper hatte sich an seine Berührung und seine Präsenz in ihr gewöhnt. Nun war sie bereit für mehr.

Instinktiv verschränkte sie ihre Knöchel hinter ihm und grub die Füße in seinen Hintern, um ihn zu drängen, ein wenig schneller zu werden. Er wusste, was sie meinte, und beschleunigte sein Tempo, bis er einen gleichmäßigen Rhythmus erreicht hatte. Die Reibung verstärkte sich und ihr Geschlecht reagierte darauf. Die Wonne schlug kleine Wellen, die sich in ihr ausdehnten. Sie hielt seinen Rücken umklammert und er führte eine Hand auf ihrem Hinterteil und hielt sie fest, während er fester und tiefer in sie drang.

Leahs Körper bebte, als sie abermals auf den Höhepunkt zusteuerte. Phin steigerte sein Tempo, und jeder Stoß brachte sie nun der Ekstase näher. Er küsste sie erneut, und seine Zunge ahmte die Bewegungen seines Schafts nach. Sie sog ihn in ihren Mund, konnte nicht genug von ihm bekommen.

Er fasste sie im Nacken, während er sich über ihren Körper hermachte. Ihre Hüften bewegten sich jetzt wie wild, so begierig war sie auf die zweite Erlösung. Er fuhr mit seiner Hand von ihrem Hintern nach vorn und drückte auf ihre Knospe. Ihre Muskeln spannten sich an, und Lichter explodierten hinter ihren Augen.

Das Ergebnis war eine Kakophonie der Lust. Sie wimmerte und schrie und gab Geräusche von sich, die sie nicht einmal beschreiben konnte, während eine Welle der Ekstase nach der anderen sie überrollte. Sie war über den Höhepunkt hinausgeschossen und taumelte nun in einer Leere, in der es nichts außer Phin und dieser Ekstase gab, die er ihr bereitet hatte.

Sein Körper erbebte, als er seinen Mund von ihrem losriss. Er grunzte laut und lange, ehe er dann ihren Namen wiederholte, während er mit unerbittlichen Stößen in sie eindrang.

Sie spürte, wie er sich versteifte, und er zog sich aus ihr zurück, so dass sie ihre verschlungenen Fußknöchel lösen musste. Er bewegte sich nicht allzu weit, also streichelte sie seinen nackten Rücken weiter.

Nachdem sich sein Atem ein wenig beruhigt hatte, duckte

er sich kurz und fand seinen Krawattenschal, mit dem er sich säuberte. Dann kehrte er zu ihr zurück, küsste sie auf die Wange und lächelte. »Das hatte ich mir für unser erstes Mal zusammen nicht so vorgestellt.«

Liebe schwoll in Leahs Brust an, mehr als sie je zuvor empfunden hatte. Sie legte ihre Hand an seine Wange und lächelte ihn an. »Es war perfekt.«

Phin strich ihr ein loses Haar – sie musste verheerend aussehen – hinters Ohr. »Ich frage mich, warum wir das nicht schon früher gemacht haben, und warum wir uns nicht mit diesen Augen gesehen haben, als wir noch jünger gewesen waren.«

Leah verkrampfte sich innerlich. Sie könnte einfach nicken und mitmachen, aber sie konnte es nicht. Ihre Liebe zu ihm war zu stark, und dies war ein Abend, an dem sie die Wahrheit sagte. »Ich habe dich immer so gesehen – nun ja, nicht *ganz* so. Ich liebe dich seit dem Tag, an dem du mich im Turm des Zierbaus geküsst hast. Erst Jahre später habe ich wirklich verstanden, was das bedeutete.«

Er machte große Augen. »Die ganze Zeit und du hast nie etwas gesagt?«

Sie hob eine Schulter, nahm die Hand von seinem Gesicht und legte sie auf den Tisch neben ihrer Hüfte. »Was hätte ich denn sagen sollen? Ich dachte nicht, dass du die Gefühle erwiderst. Wir waren Freunde, und das hat mir gereicht.«

»Aber –« Er zauderte und seine Augen verfinsterten sich von einer Mischung aus Gefühlen. »Als du gegangen bist, hast du immer noch nichts gesagt.«

»Noch mal, was hätte ich sagen sollen? ›Ich liebe dich, Phin‹, und was dann?«

»Ich … ich weiß es nicht. Ich hätte mich mehr anstrengen müssen, um dich zum Bleiben zu überreden.«

»In welcher Eigenschaft? Du hast mich nicht geliebt. Vielmehr liebst du mich *nicht*. Ich werfe dir nicht vor, dass du meine Gefühle nicht erwiderst. Das habe ich nie von dir erwartet.« Aber es wäre schön gewesen. So schön und freudig dies für sie auch gewesen war, fing der Schmerz darüber, ihn nach einem so einschneidenden Erlebnis zu verlieren, allmählich an, sich einzuschleichen.

Nein, das würde sie nicht zulassen. Dies übertraf ihre Erwartungen, und das würde sie für den Rest ihres Lebens genießen wollen.

Er runzelte die Stirn, doch dann wurden seine Gesichtszüge weicher, und er legte eine Hand in ihren Nacken, um sie festzuhalten, während er ihr in die Augen blickte. »Ich liebe dich *wirklich*. Wahrscheinlich tue ich das schon seit einiger Zeit und habe es nur nicht erkannt.«

Wie bitte? *Nein. Niemand* hatte sie je geliebt, außer vielleicht Lady Norcott. Und Sadie, als ihre liebste Freundin. Aber Phin? Der Mann, den sie so lange schon liebte? Der Traum, von dem sie nie geglaubt hatte, er könnte wahr werden? Das konnte ihr Verstand nicht akzeptieren.

Leah stieß gegen seine Brust, und er trat von ihr zurück, damit sie vom Tisch auf den Boden gleiten konnte. Sie zog ihr Unterhemd wieder nach oben und schnürte den Ausschnitt zu, bevor sie zu ihrem Korsett überging. »Du brauchst mich dessentwegen, was gerade passiert ist, nicht zu lieben. Das erwarte ich auch nicht. Mir liegt viel daran, dass unsere Freundschaft so bleibt, wie sie ist.« Als ihr Korsett wieder an seinem Platz war, schaute sie zu ihm auf.

Nachdem er seinen Schritt wieder zugeknöpft hatte, nahm er sie mit einem zurückhaltenden Blick ins Visier. »Nun, ich weiß es nicht. Freundschaft ist mir nicht mehr genug. Ich liebe dich, und ich will dich heiraten. Leah, bitte werde meine Frau.«

Nun brach ihr Herz auf ganz neue Art und Weise und dazu noch in weitaus mehr Stücke als je zuvor. Sie konnte nicht seine Frau werden und hier in Marrywell leben. Es tat so weh, daran zu denken, dass sie sich fern von diesem Ort glücklicher fühlte als hier, wo er lebte. Die einzigen guten Erinnerungen von hier, waren diejenigen von ihm, und die Zeit, die sie mit ihm verbracht hatte, doch sie vermochten diejenigen an ihr Zuhause dennoch nicht in den Schatten zu stellen. »Ich kann dich nicht heiraten. Bitte frage mich das nicht.«

»Aber das habe ich schon.«

Sie zog ihr Kleid hoch und knöpfte es an den Schultern zu. Danach brachte sie es nicht über sich, ihn anzusehen. »Dann nimm es zurück.«

KAPITEL 15

»Niemals.«

Wie konnte sie ihn abweisen, wenn sie ihn liebte? Wenn sie ihn schon so lange liebte? Phin sah ihr zu, wie sie ihr Kleid ordnete, und sein Geist wurde von neuen und wunderbaren Gedanken erfüllt. Er liebte sie! Sie liebte ihn!

Du brauchst immer noch Geld.

Zuerst musste er Leah begreifen. »Warum kannst du mich nicht heiraten? Bitte erkläre mir dies, denn ich sehe kein Hindernis.«

»Marrywell ist das Hindernis«, antwortete sie leise. »Genauer gesagt, ist es meine Familie. Ich bin aus einem bestimmten Grund von hier weggegangen und ich hatte nie vor, zurückzukommen.«

»Warum bist du dann hier?« Ihm wurde langsam kalt, also suchte er sein Hemd und zog es sich über den Kopf. Er fand auch ihre Handschuhe und wollte sie ihr reichen. Als sie sie ergriff, ließ er sie nicht los und würde es auch nicht tun, bis sie ihm antwortete.

Sie schluckte und wandte den Blick ab. »Ich wollte dich

sehen. Nur um mich zu vergewissern, dass es dir gut geht. Weil du nicht schreibst.«

Niemals würde es etwas geben, das er mehr bedauerte. Vielleicht wären seine Gefühle für sie schon früher erwacht, wenn sie miteinander korrespondiert hätten. »Du wolltest nur sehen, ob es mir gut geht? Hält Sadie dich nicht über mich auf dem Laufenden? Sie hat mir gesagt, dass sie das tut.«

Wie er sich wünschte, sie hätte ihm gesagt, was sie fühlte. Aber hätte das eine Rolle gespielt? Sie hatte recht, früher hatte er sie nicht geliebt. Trotzdem war er verzweifelt gewesen, als sie ihn verlassen hatte. Hätte er über ihre Gefühle Bescheid gewusst, dann hätte das vielleicht etwas in ihm auslösen können ...

Es war sinnlos, darüber nachzudenken. Diese Gelegenheit war längst passé. Die aktuelle war allerdings zum Greifen nahe, und er ließ nicht locker. Er hielt ihre Handschuhe fest in seiner Hand.

Es musste mehr hinter ihrer Rückkehr stecken. Er warf ihr einen flehenden Blick zu. »Keine Geheimnisse mehr. Bitte.«

»Ich weiß nicht, was ich erwartet habe.« Ihre Stimme klang leidenschaftlich, fast wütend. »Ich wollte dich nur sehen. Ich wusste, dass du nicht verheiratet bist. Ein Teil von mir hoffte ...« Sie presste die Lippen aufeinander, bis sie weiß wurden.

»Dass ich mich in dich verliebe und dich heiraten will?« Er bemühte sich, nicht zu lächeln, denn er spürte, wie emotional dies für sie war, auch wenn er es nicht ganz verstand. »Dann habe ich die beste Nachricht, denn beides ist wahr. Du musst nur Ja sagen.«

»Aber ich kann hier nicht leben! Und du kannst nirgends anders leben!« Sie zog kräftig an den Handschuhen, und er ließ sie los. »Ich wäre beinahe schon meinem Vater begegnet und musste mit meinem Bruder sprechen. Wie lange dauert es noch, bis ich mit meiner Mutter konfrontiert werde? Ich schaffe es nicht, Phin.«

Er wollte sie in die Arme nehmen und beruhigen, doch ihre Augen drückten eine gewisse Wildheit aus, und ihr Körper schien fluchtbereit. »Ich werde bei dir sein. Ich werde nicht zulassen, dass dir etwas zustößt.«

»All dies ist schon vor langer Zeit passiert. Du kannst nicht verstehen, wie ich mich bei dem Gedanken fühle, ihnen zu begegnen. Mein Körper zittert, mein Herz rast, und ich habe das Gefühl, ich könnte ertrinken, obwohl kein Wasser in der Nähe ist ...«

Zum Teufel damit. Phin schloss den Abstand zwischen ihnen, umarmte sie heftig und drückte sie fest an sich. »Ich wünschte, ich könnte deinen Schmerz lindern.«

»Das tust du. Das hast du immer getan. Doch er ist weiterhin gegenwärtig.«

Sie würde ihn also einfach wieder verlassen? Er glaubte nicht, das ertragen zu können. Beim letzten Mal war ihm dies schon schwer genug gefallen, doch dieses Mal liebte er sie. Nie wieder wollte er sie gehen lassen. Und noch immer brauchte er Geld für die Gärten.

Die Lösung schien plötzlich einfach. »Ich werde die Botanischen Gärten an Mercer verkaufen. Vielleicht kann ich ihn sogar dazu überreden, Radford Grange zu erwerben. Dann können wir irgendwo anders leben.«

Sie wich zurück, ihr Gesicht erblasste und ihre Augen wurden groß. »Das kannst du nicht. Das werde ich nicht zulassen. Du *verkörperst* die Gärten und Radford Grange. Sie zu verkaufen, hieße, dich selbst zu verkaufen. Nach allem, was dein Großvater geschaffen hat ...« Für einen Moment hielt sie inne und schüttelte energisch den Kopf.

Er schenkte ihr ein trauriges Lächeln. »Mir bleiben keine anderen Möglichkeiten mehr.«

»Es muss einen anderen Weg geben.« Enthusiasmus ließ ihren Blick aufleuchten. »Was ist mit Sadie und Law? Er hat viel Geld und liebt Marrywell. Ich wette, du könntest ihn überzeugen, Mäzen zu werden oder so.«

Jetzt schüttelte Phin den Kopf. »Ich werde nicht um Geld betteln. Ich kenne Lawford kaum.«

»Aber du kennst doch Sadie. Sie würde dir mit Freuden unter die Arme greifen. Sie weiß um die Bedeutung der Gärten für Marrywell und für dich – und auch sie liebt sie.«

»Das kann ich nicht tun. Ebenso, wie du nicht imstande bist, das zu tun, worum ich dich bitte. Meine Lösung wird wunderbar funktionieren. Die Gärten werden weiterbestehen und gedeihen – und wir können weit fort von Marrywell zusammen sein.« Er dachte nicht daran, von diesem Punkt abzurücken. Schon einmal hatte er die Chance gehabt, sie zu retten – sie wirklich zu retten – und sie vertan. »Ich gelobe hiermit, alles in meiner Macht Stehende zu tun, um dich zu beschützen und dich vor Schmerz zu bewahren. Wenn das bedeutet, Marrywell zu verlassen, bin ich dazu bereit.«

Sie starrte ihn an. »Dieses Opfer kann ich nicht akzeptieren.«

»Das hast nicht du zu entscheiden. Sag einfach, du willst mich heiraten. Ich bitte dich. Die Gärten werde ich auf jeden Fall verkaufen.«

Sie schlug den Blick nieder und zog ihre Handschuhe an. Als sie erneut zu ihm aufsah, waren ihre Gesichtszüge wie leergefegt. Die stoische Anstandsdame war zurück.

»Ich muss zum Gasthaus zurückkehren. Ich habe Mrs. Selkirk gesagt, ich würde Sadie besuchen und dann zurückkommen, um sie dort zu treffen.«

»Ich fahre dich.« Zu Fuß würde sie viel zu lange brauchen, und es war schon spät. Er machte sich daran, seine restliche Kleidung anzuziehen.

»Danke.« Sie vermied, ihn anzusehen, während sie ihr Haar glättete und ihr Bestes tat, um es ohne Spiegel in Ordnung zu bringen.

Als er fertig angekleidet war, fragte er: »Du wirst deine Meinung nicht ändern, oder?«

»Nein. Ich kann nicht hier sein, und ich werde nie damit leben können, dass du wegen mir von hier fortgehen musstest. Du kannst mir sagen, es sei deine Entscheidung, aber ich werde immer befürchten, dass du sie eines Tages bereust. *Ich* würde sie genug bereuen, dass es für uns beide reicht.«

Phin fragte sich allmählich, ob sie diejenige war, die Marrywell nicht verlassen konnte, und ihr starkes Schmerzgefühl vielleicht auf die Tatsache zurückzuführen war, gehen zu *müssen*. Heute Abend war nicht der richtige Zeitpunkt, sie mit dieser Frage zu konfrontieren.

»Komm, ich bringe dich zum Gasthaus zurück.« Er ging voran, um ihr die Tür zu öffnen.

Sie ging auf ihn zu und hielt kurz an seiner Seite inne. »Dies wird für immer die schönste, zauberhafteste Nacht meines Lebens sein. Ich danke dir, Phin.«

Für ihn wäre sie entweder ein freudiger Anfang oder ein verheerendes Ende.

~

Leah hatte kaum die Augen zubekommen, geschweige denn geschlafen. Sie hatte sich auf ihrem schmalen Bett hin und her gewälzt und nach einer Möglichkeit gesucht, um Phin vom Verkauf der Gärten abzubringen. Sie hatte erwogen, sich ohne sein Wissen an Sadie und Law zu wenden, aber dann wäre er zu Recht ärgerlich auf sie. Sie konnte sein Vertrauen nicht brechen.

Wie wäre es, wenn er Mercers Vorschlag in die Tat umsetzte und für die Veranstaltungen Eintritt verlangte? Die

Maryweller würden Verständnis zeigen. Einige würden murren, doch wenn sie erkannten, wie der Zustand der Gärten sich mit der Zeit verbesserte, würden sie gewiss zustimmen, dass es einen bescheidenen Beitrag ihrerseits wert wäre, insbesondere, wenn Phin ihnen erklärte, wie kostspielig der Unterhalt der Gärten war. Das würde er nicht wollen, aber Leah war zuversichtlich, dass sie eine Lösung finden würden, mit der er sich wohlfühlen würde.

Die Frage war aber, ob er diesem Plan zustimmen würde? Das wäre eventuell möglich, wenn sie hierbleiben und ihn heiraten würde. Zog sie das tatsächlich in Erwägung?

Genevieve kam zurück in ihr Schlafgemach, wo Leah es vorgezogen hatte, ihr Frühstück allein mit einer Tasse Tee und einer Scheibe Toast einzunehmen, wobei sie den Schreibtisch als Tisch benutzte. Es war nicht ungewöhnlich, dass sie einige Mahlzeiten von den Selkirks getrennt einnahm. Leah glaubte, dass sie alle diese Pause genossen – zumindest jedoch Mrs. Selkirk und sie selbst.

»Sie sehen heute Morgen nicht gerade fröhlich aus«, bemerkte Genevieve.

»Dann sollte Miss Webster vielleicht auf ihrem Zimmer bleiben oder nach unten gehen, wenn deine Besucher kommen?«, brachte Mrs. Selkirk lautstark aus dem Wohnzimmer hervor.

Liebend gern würde Leah eine noch längere Auszeit von ihren Pflichten nehmen. »Wie Sie wünschen«, rief sie in Richtung der offenen Tür.

Mrs. Selkirk hatte alle Bewerber, außer Phin, den Genevieve aus dem Rennen genommen hatte, für heute Morgen zu einem Vorsprechen eingeladen. Auf Grundlage dieses Treffens würden Genevieve und sie die endgültige Entscheidung treffen, obwohl Leah zuversichtlich war, dass es letztendlich weitestgehend Mrs. Selkirks Entscheidung wäre. Die Frau war gespannt darauf, welche Geschenke die Kandidaten mitbringen würden, und Leah befürchtete, dies könnte ein wichtiger Faktor werden, wer Genevieve am Ende zur Braut erhalten würde.

Genevieve schloss die Tür und setzte sich auf dem Stuhl neben dem Kamin nieder. »Haben Sie nicht gut geschlafen?« Sie warf einen Blick auf Leahs schmales Bett und rümpfte die Nase. »Ich kann mir vorstellen, dass dieses Bett nicht sehr bequem ist.«

»Das ist es eigentlich.« Leah hatte das Bedürfnis, Mrs. Parkers Werk zu verteidigen. Sie hatte sich extra viel Mühe gegeben, um eine gemütliche Schlafgelegenheit zu schaffen.

»Oh.« Genevieve legte die Stirn in leichte Falten. »Beunruhigt Sie denn etwas? Sie wirkten gestern Abend bei Ihrer Rückkehr ins Gasthaus sehr beunruhigt.«

Leah könnte diesem Gespräch jetzt ein Ende machen, aber die Gedanken in ihrem Kopf sprudelten einfach so heraus. »Da sich das Fest dem Ende zuneigt, bin ich ein wenig traurig, Marrywell wieder verlassen zu müssen.«

»Das kann ich mir vorstellen. Vielleicht kommen Sie nach meiner Hochzeit zurück?« Genevieves Augen weiteten sich kurz, bevor sie Leah entschuldigend zunickte. »Natürlich nicht, da Sie Ihrer Familie nicht nahestehen. Außerdem nehme ich an, dass Sie sich nach einer anderen Stellung in London umsehen werden, da es Ihnen dort zu gefallen scheint.«

London war in vielerlei Hinsicht Leahs Zuhause geworden. Aber wie konnte das stimmen, wenn Phin sich auch wie zu Hause für sie anfühlte? Vielleicht hatte sich London wegen ihrem guten Verhältnis zu Lady Norcott wie ein Zuhause angefühlt. Gab es eine Möglichkeit, sich in Marrywell wieder wie zu Hause zu fühlen?

Das würde geschehen, wenn du Phin heiratest.

Allerdings hatte Genevieve ganz treffend auf Leahs Dilemma hingewiesen: Wie sollte sie hierher zurückkehren, wenn sie sich von ihrer Familie entfremdet hatte? Es sei denn, Leah beschloss, dem keine Bedeutung beizumessen, und es einfach der Vergangenheit angehören zu lassen. Warum sollte ihre Familie über Leahs Zukunft bestimmen können? Diese Familie hatte ihr bereits einen Großteil ihrer Vergangenheit unerträglich gemacht.

Vielleicht war es an der Zeit, sich von diesen Ängsten und Schmerzen zu befreien. So schrecklich eine Begegnung mit ihrer Mutter auch sein würde, fragte sich Leah, ob eine kleine Chance bestand, dass dies am Ende sogar hilfreich sein würde.

Es gab nur eine Möglichkeit, das herauszufinden. Fühlte sie sich stark genug, diese Konfrontation zu überstehen?

Das musste sie sein, wenn sie wirklich frei sein wollte.

Entschlossen stand Leah auf, um sich ihrer Vergangenheit zu stellen. Eine Welle des Unbehagens durchfuhr sie, die ihren Magen aufbegehren ließ und ihr ein schwindliges Gefühl im Kopf verursachte. »Ich werde nach unten gehen, während Ihre Besucher kommen.« Sie holte ihre Haube und nahm die Handschuhe von der Kommode.

Genevieve blinzelte sie an. »Wozu brauchen Sie diese Accessoires, wenn Sie nur nach unten gehen?«

Ertappt. »Vielleicht werde ich ein wenig nach draußen an die frische Luft gehen.«

»Ich werde nichts verraten«, flüsterte Genevieve verschwörerisch. »Verstecken Sie die Sachen hinter sich, während Sie das Wohnzimmer durchqueren, und ich werde Mutter ablenken.« Ihre Augen strahlten vor Heiterkeit.

Manchmal erblickte Leah den Charme und den Humor, den Mrs. Selkirk ihrer Tochter größtenteils ausgetrieben hatte. »Sie sollten sich öfter einen Unfug erlauben.«

Leah schaffte es, die Suite zu verlassen, ohne dass Mrs. Selkirk sie auch nur eines Blickes würdigte. Sie zog die Haube und Handschuhe an und machte sich auf den Weg nach unten, wobei sie sich von einer seltsamen, beunruhigenden Mischung aus Vorfreude und Angst erfüllt fühlte.

Der Spaziergang zur Black Sheep Farm dauerte eine Viertelstunde, und an mehreren Stellen des Weges überlegte Leah, ob sie ihr Vorhaben aufgeben sollte. Aber jedes Mal rief sie sich in Erinnerung, dass sie mutig und kühn war – was zumindest die anderen von ihr dachten. Das spielte keine Rolle. Sie musste dies tun.

Als sie sich ihrem ehemaligen Zuhause näherte, krampfte sich ihr Magen zusammen, und ihr Atem beschleunigte sich, als wäre sie mit Höchstgeschwindigkeit gerannt. Das brachte ihr die vielen Male in Erinnerung, die sie genau das getan hatte, als sie nach langer Abwesenheit, die sie mit Phin oder Sadie verbracht hatte, nach Hause geeilt war.

Das zweigeschossige Haus mit dem Strohdach tauchte wie ein Gespenst vor ihr auf. Sie hielt inne und ließ den Blick auf dem Fenster ruhen, das zu ihrer Kammer gehört hatte – es war eigentlich kaum mehr als ein schmaler Abstellraum gewesen. Ihre Schwestern hatten sich das Zimmer neben ihr geteilt, einen großen Raum mit zwei Fenstern und einem breiten Bett, in das mindestens drei von Leahs Betten gepasst hätten, wenn nicht sogar vier. Und sie hatten natürlich einen Kamin gehabt, während Leah keine Heizmöglichkeit zur Verfügung gestanden hatte. Man hatte ihr eine zusätzliche fadenscheinige Decke zugestanden, die sie im Winter warmhalten sollte. Leah hatte auch mit einer zusätzlichen Schicht Kleidung geschlafen.

Das Blöken der Schafe entlockte ihr beinahe ein Lächeln. Sie waren ihre Lieblingstiere hier gewesen. Waren einige ihrer Lieblinge noch da? Sie bezweifelte, dass sie Gelegenheit haben würde, dies herauszufinden.

Mit einem tiefen, aber zittrigen Atemzug setzte sie einen Fuß vor den anderen und öffnete das Tor. Ein schwarzer, ihr unbekannter Hund rannte auf sie zu und bellte fröhlich.

»Na, bist du nicht eine glückliche Kreatur?«, fragte sie.

Ein Kind kam um die Hausecke und schien dem Hund zu folgen. »Hal, komm zurück!«

Ein Schopf aus dunkelblondem Haar verdeckte die Augen des Jungen zum Teil. Er sah zu Leah auf. »Wer sind Sie? Sie sollten meinen Hund nicht streicheln.«

Das musste ihr Neffe sein, der erst kurz nach ihrer Abreise geboren worden war. »Du musst Barney sein.« Er war nach seinem Vater benannt worden, oder jedenfalls war das so geplant gewesen, ehe sie Marrywell den Rücken gekehrt hatte.

Der Junge sah sie stirnrunzelnd an. »Mein Name ist Jacob. Ich werde meinen Vater holen.«

»Das musst du nicht. Ich bin deine Tante Leah.«

Seine Augen weiteten sich vor Erkenntnis. »Ich hätte nicht gedacht, dass ich dich jemals kennenlernen würde.«

Das überraschte Leah nicht, aber sie fragte sich, was dem Jungen über sie erzählt worden war. Hatte er eine Neigung, sie als unzureichend zu empfinden?

»Du hast also von mir gehört?«

»Nur von meinen Eltern und ab und zu von meinem Großvater.«

»Aber nie von deiner Großmutter?«

Jacob schüttelte den Kopf. »Wir dürfen in ihrer Gegenwart nicht über dich sprechen.«

Das klang ungefähr richtig. »Nun, ich bin nur zu einem kurzen Besuch hier. Ich frage mich, ob du Geschwister hast?«

»Einen jüngeren Bruder und eine jüngere Schwester, aber sie kann kaum laufen. Und sie kann nicht wirklich sprechen. Sie ist sehr langweilig. Sie machen beide ein Nickerchen.«

Leah unterdrückte ein Lächeln. »Was ist mit diesem hübschen Welpen? Hal, nicht wahr? Gehört er dir?«

»Ja, aber ich muss ihn mit Isaac teilen. Das ist mein

Bruder. Aber ich muss ihn nicht mit Abby teilen. Sie ist noch zu klein.«

Das musste seine Schwester sein. Leah konnte kaum glauben, dass sie nicht einmal von diesen Kindern hier wusste. Aber sie korrespondierte ja auch mit niemandem hier und tauschte nur einmal im Jahr zu Weihnachten die harmlosesten, oberflächlichsten Briefe mit ihren Schwestern aus. Sie hatten Barnabas´ Kinder nie erwähnt, nur ihre eigenen, nicht dass Rebecca welche hätte.

»Ich bin erfreut, dich kennenzulernen, Jacob.« Sie hatte gedacht, ohne ihre Familie so viel glücklicher zu sein, doch als sie diesen Jungen sah, wünschte sie sich, es wäre anders. »Würde es dir etwas ausmachen, mich ins Haus zu begleiten und deinen Vater und deine Großeltern wissen zu lassen, dass ich hier bin?«

»Willst du wirklich zu Großmutter?«, flüsterte er, und seine blauen Augen schweiften zum Haus. »Ich versuche, sie nicht zu stören.«

Das war durchaus nachvollziehbar. Leah wollte dem Jungen kein Unbehagen – oder Schlimmeres – bereiten. Plötzlich fühlte sie sich von einer schrecklichen Wut erfüllt. Wenn sie auch nur daran dachte, diesem kostbaren Kind ein Leid zuzufügen, würde Leah alles tun, um es von ihr wegzuholen. »Hole einfach deinen Vater für mich.«

»Er ist bei den Milchkühen. Aber ich kann dich erst ins Haus begleiten.« Er richtete sich auf und bot Leah seinen Arm an.

»So ein Gentleman«, sagte sie lächelnd und legte die Hand auf seinen Arm. »Ich bin so froh, dich kennenzulernen, Jacob.« Irgendwie hatte er es geschafft, ihre Nerven zu beruhigen - ein wirklich bemerkenswertes Kunststück.

Jakob brachte sie zur Tür und öffnete sie, aber er ging nicht hinein.

Sie bedankte sich bei ihm, und er rannte in die Richtung,

aus der er gekommen war, während Hal ihm hinterherlief. Leah trat zögernd über die Schwelle und ihr Körper verkrampfte sich, sobald der vertraute Geruch der Küche ihrer Mutter sie überfiel. Wahrscheinlich würde dort, wie an den meisten Tagen, ein Eintopf kochen.

Die Treppe führte direkt von der Eingangshalle nach oben, mit dem Esszimmer zur Linken und dem Empfangsraum zur Rechten. Leah zögerte. Sie hatten diesen Raum nie betreten dürfen. Er sollte makellos, geordnet und sauber gehalten werden, für den Fall, dass sie Besucher empfangen mussten. Der Pfarrer war die einzige Person, die sich auf die Black Sheep Farm wagte. Dass die Gastfreundschaft ihrer Mutter zu wünschen übrig ließ, war ebenso bekannt, wie ihr allgemeines, unangenehmes Benehmen.

»Verdammt, wer hat die Tür offen gelassen? Ich kann den Luftzug bis in die Küche spüren!« Die dröhnende Stimme ihrer Mutter hallte durch das Haus, und Leah lief zur Tür, die tatsächlich einen Spalt offen stand. Wie hatte sie nur vergessen können, sie ordentlich zu schließen? Es würde kein Abendessen geben und vielleicht nicht einmal ein Frühstück.

Nein, das war nicht mehr ihr Leben. Leah schloss die Tür und versuchte, nicht zu zittern, als ihre Mutter, Harriet Webster, den Korridor links der Treppe hinunterkam. Die Frau blieb abrupt stehen, ihr Blick schweifte über Leah und sie verzog das Gesicht. Die Falten um ihren Mund waren noch ausgeprägter geworden. Und ihr Haar war fast vollständig ergraut. Augenscheinlich war es auch dünner. Auch sie schien schlanker zu sein, aber sie war schon immer schlaksig gewesen.

»Ich traue meinen Augen nicht«, sagte Leahs Mutter – Harriet, wie Leah plötzlich beschloss, dass sie die Frau von nun an nennen würde – kalt. »Du siehst aus wie ein Londoner Flittchen.«

Leah warf einen Blick auf ihr bescheidenes Wanderkleid. »So etwas tragen die Flittchen nicht.«

»Du musst es ja wissen.« Harriet hatte irgendwann im Alter von siebzehn Jahren angefangen, sie in die Rolle einer gefallenen Frau zu stecken, obwohl es dafür keine Beweise gab. Sie hatte gesagt, wenn Leah das noch nicht war, dann würde es noch dazu kommen, denn das läge ihr im Blut.

»Ich kann nicht behaupten, dass ich je einer Prostituierten begegnet bin. Wie du dich erinnern wirst, habe ich seit meinem Weggang von hier die meiste Zeit als Anstandsdame der Frau eines Baronets verlebt.«

»Ich kann mir nicht vorstellen, warum du dir die Mühe gemacht hast, hierher zurückzukommen, wo du nicht willkommen bist.« Das hatte sie zu Leah gesagt, als sie gegangen war: *»Du denkst, du hast Glück, aber du wirst dabei ebenso versagen wie bei allem anderen und bald wirst du hierher zurückgekrochen kommen und um Aufnahme bitten. Du bist hier nicht willkommen.«*

»Ich hatte gehofft –« Worauf hatte sie gehofft? Harriet konnte ihr absolut nichts geben, was sie hätte haben wollen. Selbst wenn die Frau sich auf den Boden werfen und Leah um Verzeihung bitten würde, glaubte Leah nicht, sich aufraffen zu können, ihr diese zu gewähren. In diesem Moment wusste sie, was sie tun musste, um sich von den Qualen ihrer Vergangenheit zu befreien. Es ging nicht darum, ob Harriet etwas für sie tun konnte. Es lag allein in Leahs eigener Kraft, sich zu heilen. Die Familie und die Verbindung, die sie sich wünschte, konnte sie nicht haben, wenn sie nicht auf sich selbst und die Menschen um sie herum, vor allem Phin, vertrauen konnte.

Leah wollte aufhören sich weiter mit der Vergangenheit zu belasten, mit Dingen, die sie nicht ändern konnte. »Ich hatte gehofft, du würdest Reue empfinden, aber ich brauche dich nicht. Ich will einfach nur frei sein. Deshalb vergebe ich dir, wie du mich behandelt hast. Ich kann mir nur vorstellen, wie schwer es für dich gewesen sein muss, den Bastard deines Mannes aufzunehmen.«

Leahs leibliche Mutter war bei Leahs Geburt gestorben, und da Harriet noch Milch von ihrem letzten Kind, Rebecca, hatte, war es Leahs Vater gelungen, sie zu überreden, für Leah zu sorgen. Dann hatte er Harriet irgendwie dazu gebracht, Leah zu gestatten, weiter in ihrem Haushalt zu bleiben, wo sie Teil der Familie war, aber auch wieder nicht.

Harriet zog die Lippe kraus. »Du wagst es zu glauben, mir liegt an deiner Gnade?«

»Nein. Es geht nicht um dich«, entgegnete Leah flüsternd.

»Leah, bist du das?« Ihr Vater, Monty Webster, stürmte durch den Empfangsraum. Er musste in seinem Arbeitszimmer gewesen sein, das in der hinteren Ecke des Hauses lag. Sein Gesicht hellte sich auf, als er sie sah. Sein Haar war ganz weiß geworden, und er trug eine Brille, die er sich von der Nase riss. »Lass mich dich ansehen. Was für eine schöne Frau du geworden bist. Das Kostüm steht dir gut.« Er bewegte sich auf sie zu, und sie befürchtete, dass er versuchen würde, sie zu umarmen.

Er musste ihre Reaktion bemerkt haben – dass sie ihn nicht ganz so nah bei sich haben wollte – und blieb abrupt stehen. »Wie schön, dass du gekommen bist, obwohl es mich überrascht, da du auf meine Briefe nicht geantwortet hast.«

»Du hast ihr geschrieben?«, verlangte Harriet zu erfahren.

Leah ignorierte die Frau zugunsten dessen, was ihr Vater gerade gesagt hatte. »Ich habe nie einen Brief erhalten.«

Seine Wangen röteten sich. »Ich gestehe, ich habe erst im letzten Jahr angefangen, sie zu schreiben. Die Briefe habe ich an Lady Norcotts Adresse geschickt.«

»Das muss der Grund sein, warum ich sie nicht bekommen habe. Sie ist vor fast einem Jahr verstorben.«

»Es tut mir leid. Das wusste ich nicht.» Er schlug die Hände zusammen, seine Züge verzogen sich zu einem schmerzlichen Ausdruck. »Ich war ein Feigling, Leah. Ich hatte Angst, mich für dich einzusetzen, als du unter diesem Dach gelebt hast, und ich hatte Angst, dir zu schreiben, nachdem du von hier fortgegangen warst. Ich stellte mir vor, dass du glücklich und erleichtert gewesen bist, von hier wegzukommen, und ich wollte dich nicht belästigen. Oder vielleicht dachte ich, ich hätte es verdient, mit meiner Schuld zu leben.«

»Was ist damit, womit ich leben musste?«, fragte Leah leise.

Seine Lippen zitterten. »Es gibt keine Entschuldigung, die wettmachen könnte, was wir dir schulden.« Er zwang sich zu einem Lächeln und schniefte. »Ich bin so froh, dass du gekommen sind. Barnabas sagte, er habe dich in den Botanischen Gärten gesehen, und ich wagte zu hoffen.«

Harriet warf ihrem Mann einen zornerfüllten Blick zu. »Du wusstest von ihrem Aufenthalt hier?«

»Als ob dich das interessieren würde«, erwiderte ihr Vater mit einer Schärfe, die sie von ihm nicht kannte. »Komm, setz dich für ein paar Minuten und erzähl uns von deinen Abenteuern.« Er kehrte in den Empfangsraum zurück und bedeutete Leah mit einem Wink, in einem der Sessel Platz zu nehmen.

Alte Gewohnheiten ließen sich jedoch nur schwer ablegen, und Leah konnte sich nicht recht dazu durchringen, diesen geheiligten Raum zu betreten.

»Sie wird dich nicht aufhalten«, beruhigte ihr Vater sie und warf Harriet einen finsteren Blick zu. »Das werde ich nicht dulden.«

Jetzt wollte er sie beschützen? In welche verkehrte Welt

war Leah da hineingeraten? Mit einem skeptischen Blick in Harriets Richtung betrat Leah mit vorsichtigen Schritten den Empfangsraum. Es überraschte sie beinahe, dass Harriet nicht spontan explodierte aufging.

Ihr Vater ging zum Sofa, während Leah sich langsam einem der Sessel ihm gegenüber näherte und sich in der Bereitschaft, jeden Moment die Flucht zu ergreifen, auf die Kante setzte. »Ich werde nicht lange bleiben. Ich muss zu meinem Schützling zurück.«

»Wer ist das?«, fragte ihr Vater.

»Ich bin derzeit die Anstandsdame von Lady Norcotts Großnichte.« Leah gefiel es nicht, wie Harriet in der Eingangshalle stand und sie angaffte. Konnte sie nicht einfach in die Küche zurückkehren oder besser noch in die Hölle?

»Gut für dich«, sagte Monty mit ... Stolz?

Leah versuchte, das plötzliche Aufflammen ihrer Freude zu ignorieren. Immer schon hatte sie sich einfach nur jemanden gewünscht, der ihr das Gefühl gab, etwas Besonderes zu sein. Dass sie geliebt wurde. Dass er ihr geschrieben hatte, bescherte ihr einen Glücksschub, den sie nie erwartet hätte. Sie fragte sich, was mit diesen Briefen geschehen war. Sie wären doch sicher zu den Selkirks weitergeleitet worden?

»Warum arbeitest du immer noch als Anstandsdame, wo du doch so viel Geld hast?«, fragte Harriet.

Diese lächerliche Frage veranlasste Leah, sich in Richtung der Eingangshalle zu drehen. »Welches Geld? Ich verdiene ein bescheidenes Gehalt.« Es war sogar weniger als damals, als sie für Lady Norcott gearbeitet hatte. Vielleicht dachte Harriet, dass Leah dank der Qualität ihrer Kleidung und der Großzügigkeit von Lady Norcott über mehr Mittel verfügte.

»Du hast ein Vermögen von Lady Norcott geerbt.« Harriet spottete. »Natürlich würdest du so tun, als hättest du das nicht, um es vor uns zu verheimlichen – vor den Leuten, die sich um dich gekümmert haben, als es niemand anders tat.«

Leah stand auf, ihre Beine waren etwas unsicher. »Ich weiß nicht, wovon du sprichst. Sie hat mir zwei Monatsgehälter und ihre fünf liebsten Bücher hinterlassen.«

Harriet spottete, als sie zu einem kleinen Schreibtisch in der Ecke des Empfangsraums marschierte. Sie öffnete eine Schublade und zog ein gefaltetes Stück Pergament heraus, dann ging sie zu Leah und schob es ihr zu. »Du kannst aufhören zu lügen.«

Leah nahm das Papier an sich und entfernte sich von Harriet, aber die Frau lenkte ihre Schritte sowieso auf die andere Seite des Raumes. Leah überflog den Brief schnell. Er war an sie adressiert und stammte von einem Anwalt in London. Er enthielt eine ausführliche Liste von Möbeln und Besitztümern sowie die Summe von fünftausend Pfund, die Lady Norcott Leah vermachte.

Wie war das möglich? Leah musste den Rest zu Ende lesen. Im letzten Absatz stand, dass Leah vor dem ersten Jahrestag von Lady Norcotts Tod in sein Büro kommen musste, um das Erbe zu erhalten.

Das war in einer Woche. Oder weniger. Was war das Datum? Leahs Herz raste so schnell, dass sie kaum denken konnte.

»Was hast du jetzt zu deiner Verteidigung zu sagen, du verlogenes Miststück?«

Leah verengte ihre Augen auf Harriet, die selbstgefällig nach vorne starrte. »Ich hatte keine Ahnung davon.« Und warum nicht? Warum hatte Lady Norcott sie nicht informiert? Die Krankheit der Frau war plötzlich und kurz gewesen, und sie hatte die letzten Tage bewusstlos verbracht, während sie dahinsiechte. Sicherlich hatte außer dem Anwalt noch jemand davon gewusst. Warum hatte er sie nicht benachrichtigt?

Das hatte er getan. Er hatte diesen Brief hierher zur Black Sheep Farm geschickt. »Wann habt ihr den Brief hier bekommen?«, fragte sie Harriet und blickte wieder auf das Schreiben hinunter.

»Letzten Herbst.«

Der Anwalt hatte also vielleicht gehofft, sie hier zu finden, nachdem er sie anderswo nicht hatte ausfindig machen können? Sie war allerdings direkt in London gewesen, *bei* Lady Norcotts Nichte! Leahs Blut wurde eiskalt. Mrs. Selkirk musste Bescheid gewusst haben. Wenn sie Briefe von Leahs Vater zurückgehalten hatte, war sie genauso gut imstande, zu verhindern, dass andere Mitteilungen Leah erreichten.

Sie richtete ihren Blick wieder auf Harriet. »Es ist dir nicht in den Sinn gekommen, das an mich weiterzuleiten?«

Harriet zuckte mit den Schultern. »Wohin hätte ich ihn schicken sollen? Wenn Lady Norcott tot war, woher sollte ich dann wissen, wo du bist?«

Leahs Vater räusperte sich. »Wir hätten versuchen können, sie zu finden. Du hast mir nicht einmal von dem Brief erzählt.«

Das überraschte Leah nicht. »Ich frage mich, warum sie ihn nicht verbrannt hat«, murmelte Leah. Sie schloss kurz die Augen, als ein Gefühl des Friedens sie überkam. Lady Norcott *hatte sich* für sie vorgesorgt. Und zwar auf die bestmögliche Art und Weise. Was Leah mit diesem Geld alles anstellen konnte ... bei den Botanischen Gärten angefangen.

Phin!

Sie musste ihn aufhalten, bevor er mit Mercer sprach!

Leah stand auf. »Ich muss mich auf den Weg machen.«

»Du solltest uns etwas davon abgeben, für alles, was wir für dich getan haben«, verlangte Harriet mürrisch.

Der Schmerz und die Furcht, die Leah so lange begleitet hatten, lösten sich in Luft auf, als sie ein paar Schritte auf diese schreckliche Frau zuging, die sie aufgezogen hatte. »Du hast dafür gesorgt, dass ich mich unerwünscht, ungeliebt und völlig unzulänglich fühlte. Das war alles, was du für mich getan hast.«

»Wir haben dir ein Dach über dem Kopf und Kleidung gegeben. Wir haben dich gebildet, dir Haushaltsführung beigebracht und dir vor allem Ansehen gegeben haben. Letzteres hättest du ohne uns nicht gehabt. Ganz Marrywell hätte gewusst, dass du ein Bastard bist, hätte ich nicht so getan, als hätte ich dich zur Welt gebracht.« Da sie die Farm nur selten verließ, hatte niemand Leahs Herkunft in Frage gestellt.

Leah starrte sie an, denn sie war nicht mehr bereit, länger zu schweigen oder ihre Gefühle zu unterdrücken. »Ich werde wohl nie verstehen, wie du dich um mich gekümmert und mich gepflegt hast, um mich dann solcherart zu behandeln.«

»Weil ich dies *ihm* zum Gefallen getan habe.« Höhnisch blickte sie in Richtung ihres Mannes. »Aber du hast dieses Flittchen geliebt – ihre Mutter. Und ihr Tod hat dich fast gebrochen. Sie hat ihn für uns wertlos gemacht.« Harriet richtete ihren eisigen Blick auf Leah. »Ich sah keinen Grund, dir, seinem Bastard, mehr als das Nötigste an Pflege zukommen zu lassen. Trotzdem hätte ich dich rauswerfen können. Egal, was du denkst, ich bin nicht völlig herzlos.«

Nicht ganz, aber die Grenze war eindeutig unscharf. Leah versuchte, Mitgefühl für den Schmerz der Frau aufzubringen, die sich betrogen fühlte. Doch es blieb ihr weiterhin unvorstellbar, wie sie ihre Wut an einem wehrlosen Kind auslassen konnte.

»Hör auf, Harriet«, gebot Monty – Leah war sich nicht sicher, ob er es überhaupt noch verdiente, Vater genannt zu werden – laut und mit mehr Nachdruck, als Leah ihm zugetraut hätte. »Du sprichst nicht mehr mit Leah, nicht von diesem Moment an. Du kannst froh sein, dass ich dich nicht rauswerfe, nach allem, was du ihr angetan hast.« Er drehte sich zu Leah um, seine Augen waren tränenerfüllt.

Leah erstarrte. Es war ihr schleierhaft, wie sie auf seinen Gefühlsausbruch reagieren sollte.

Monty erhob sich und schlug die Hände vor seinem leichten Bauchansatz zusammen. »Ignoriere sie. Sie ist eine frigide Frau, und ich hätte dich vor ihr behüten müssen. Ich weiß, dass deine Kindheit nicht die glücklichste war, aber ich hatte diese Lösung für besser gehalten, als dich gar nicht hierher zu bringen.« Er warf seiner Frau einen bösen Blick zu. »Ich hatte mich von ihr abgewandt, um anderswo Liebe zu finden, die ich bei deiner Mutter auch gefunden habe. Sie war die liebste und gütigste Frau – eine Witwe, deren Kinder erwachsen waren. Einer von ihnen hätte dich vielleicht aufgenommen, aber ich gebe zu, ich war egoistisch. Ich wollte dich bei mir haben.«

»Ich wünschte, das alles hättest du mir schon vor Jahren gesagt«, murmelte Leah, die zwischen dem Bedürfnis, sein Geständnis, und seine Liebesbeteuerungen zu hören, und der Verzweiflung, Phin schnellstmöglich ausfindig zu machen, hin und hergerissen war. »Aber ich vergebe dir. So wie ich ihr verziehen habe. Nicht um deinetwillen. Nicht um ihretwillen. Es geht nur um *mich*.«

»Du bist zu großzügig«, murmelte er. »Ich verdiene deine Vergebung nicht.«

»Mein ganzes Leben habe ich darauf gewartet, zu hören, was du mir gerade gesagt hast. Ich möchte keinen weiteren Tag mit Wut und Groll in meinem Herzen verleben.« Nicht, wenn Liebe und Glück in greifbarer Nähe waren.

Montys Blick war tränenverschwommen. »Ich werde den Rest meines Lebens damit verbringen, das wieder gutzumachen. Wenn du mich lässt.«

»Es ist möglich, dass ich zurück nach Marrywell ziehe.« Wenn Phin sie noch haben wollte.

Monty wischte sich die Augen. »Würdest du? Das wäre wunderbar! Ich verspreche dir, dass du sie nie wieder sehen musst.« Es war nicht nötig, dass er erklärte, wen er mit »sie« meinte.

Leah überlegte, ob sie Harriet Geld geben sollte. Dann könnte diese Frau Marrywell verlassen und ihnen allen bliebe ihre Grausamkeit erspart. Jacob würde wahrscheinlich begeistert sein.

Das würde sie mit Phin besprechen. Diese Entscheidung sollten sie gemeinsam treffen. Sie hoffte nur, dass es noch nicht zu spät war, und er dem Verkauf der Gärten noch nicht zugestimmt hatte.

»Ich muss mich jetzt auf den Weg machen.« Sie steckte den Brief in ihr Retikül.

»Lass mich wissen, wie du dich entscheidest«, bat Monty und rang die Hände. »Bitte lass mich versuchen, alles wieder gut zu machen. Du wurdest geliebt, Liebes. Du *wirst* geliebt.«

Ungeweinte Tränen kitzelten Leah in der Kehle. Auf keinen Fall würde sie sie hier vergießen. »Ich gebe dir Bescheid.«

Dann drehte sie sich um und kehrte in die Eingangshalle zurück, als sich die Tür öffnete. Barnabas stand zusammen mit Jakob auf der Schwelle.

»Du bist es«, sagte Barnabas. »Ich habe Jakob gesagt, dass er sich irren muss, denn du würdest niemals hierherkommen.» Er wirkte ungläubig, nicht irritiert.

»Ich bin auf dem Weg nach draußen.« Sie sollte auch ihrem Bruder verzeihen, denn er hatte sich in ihrer Jugend immer wieder auf Harriets Seite gestellt, weil es für ihn am sichersten war. Das konnte sie ihm nicht verübeln. Aber die Vergebung würde auf einen anderen Tag verschoben werden müssen.

»Du kannst nicht schon wieder gehen«, protestierte Jacob.

»Ich werde dich bald wiedersehen.« Mit einem Lächeln zerzauste sie sein Haar. »Versprochen. Du wirst mich deinem Bruder und deiner Schwester vorstellen müssen.«

Er grinste. »Das werde ich!«

Leah schob sich an ihnen vorbei und eilte in Richtung der Schafweide. Das war der schnellste Weg zu Phins Haus. Gäbe es ihren ausgetretenen Pfad wohl noch? Zum Tor, das zu den Botanischen Gärten führte, dann am Eichenhain und am Schloss vorbei, bis sie schließlich das Tor zu Radford Grange erreichte. Wenn sie sich beeilte, würde sie in zehn Minuten dort sein.

Sie betete, dass sie nicht zu spät kam.

KAPITEL 16

Phin betrachtete die Whiskykaraffe auf dem Barschrank in der Ecke des Salons von Radford Grange. Er würde sich ein volles Glas einschenken, sobald Mercer gegangen war.

Der abscheuliche Geschäftsmann saß ihm mit einem glückseligen Gesichtsausdruck gegenüber, nachdem er hierher gerufen wurde, damit Phin sein Angebot akzeptieren konnte. Am schlimmsten war allerdings, dass es großzügig *war*. Phin konnte sich nicht beschweren, geschröpft zu werden.

»Ich bin so froh, dass Sie diese Entscheidung getroffen haben, Radford.« Mercer hatte gestrahlt und sich mit der Hand über die teure Weste gestrichen. »Sie werden sehen, es ist die richtige Entscheidung – für Sie und für Marrywell.»

Die Einwohner von Marrywell würden verärgert sein, aber was blieb Phin anderes übrig? Er hatte keine andere Wahl, und ihm war mehr daran gelegen, die Gärten zu retten, als dass sie in den Ruin verfallen würden.

»Sollen wir uns die Hand darauf geben, um unsere Vereinbarung zu besiegeln?«, fragte Mercer und erhob sich von der Couch. »Bis die formellen Dokumente aufgesetzt sind. Ich werde meinen Anwalt beauftragen, sich darum zu kümmern, sobald ich nach London zurückgekehrt bin, und anschließend komme ich zusammen mit ihm hierher, um die Dokumente zu unterzeichnen und den Verkauf unter Dach und Fach zu bringen.«

Phin wollte die Hand des Mannes nicht schütteln, aber er war ein Gentleman. Er stand auf und griff nach Mercers ausgestreckter Hand.

»Halt!«

Als er den Kopf daraufhin zur Tür drehte, war er schockiert, Leah dort stehen zu sehen, deren Wangen gerötet waren. Vereinzelt lugten ein paar blonde Haarsträhnen unter ihrer Haube hervor.

»Guten Tag, Miss Webster«, sagte Mercer. Er warf einen Blick auf die Uhr auf dem Kaminsims. »Es ist schon nach Mittag, nicht wahr?«

Phin ignorierte den Mann. Er ging auf Leah zu und war erstaunt, dass sie überhaupt da war, ganz zu schweigen von der Tatsache, dass sie aussah, als wäre sie den ganzen Weg vom Gasthaus hierher gerannt. »Was machst du denn hier?«

»Du kannst ihm die Gärten nicht verkaufen.«

Er wollte diesen Streit nicht noch einmal anfangen. »Ich habe dir gesagt, dass es keinen anderen Weg gibt. Bitte versuche nicht, mich davon abzuhalten. Die Sache ist so gut wie erledigt.«

Vehement schüttelte sie den Kopf, wobei die blonden Strähnen durch die Luft flogen. »Du brauchst die Gärten nicht zu verkaufen. Ich habe Geld. Sehr viel Geld.«

Phin starrte sie an. Hatte sie den Verstand verloren? Woher sollte sie seit gestern Abend ein Vermögen herhaben? »Wie ist das möglich?«

Zu seinem Erstaunen lächelte sie breit. So breit, wie er es noch nie bei ihr erlebt hatte. Das war die Leah, die er immer gekannt hatte, das Mädchen, das fähig war, unvergleichliche Freude zu schenken und zu empfangen. »Du brauchst eine Erbin, nicht wahr? Nun, ich bin eine Erbin.« Sie zog ein Schriftstück aus ihrem Retikül, das sie ihm hinhielt.

Phin las das Dokument in aller Eile, wobei ihm mit jeder Zeile die Kinnlade weiter erschlaffte, bis er am Ende des Dokuments mit offenem Mund dastand. »Ist das wahr?«

»Ich glaube schon. Aber wir müssen sofort nach London reisen. Ich habe nur eine Woche Zeit, um das Erbe anzutreten.«

Großer Gott. Phin wäre beinahe rückwärts gestolpert. Das war die Antwort auf alles. Er würde weder die Gärten verkaufen noch Marrywell verlassen müssen. Er blinzelte Leah an. »Ich muss die Gärten nicht verkaufen?«

»Mir wäre es lieber, du würdest das nicht tun. Sie sind das Erbe unserer Kinder. Zumindest hoffe ich, dass sie das einmal sein werden.«

Phin bekam ganz weiche Knie. Hatte sie wirklich gesagt, was er zu hören gemeint hatte? Verdammt, es gab so viel zu sagen, doch zuerst musste er Mercer loswerden. Irgendwie drehte sich Phin zu dem Mann um. »Es scheint, dass ich die Botanischen Gärten nicht mehr verkaufen muss. Ich entschuldige mich für die Unannehmlichkeiten.«

Mercer blickte finster drein. »Ich würde sie trotzdem kaufen. Sie sehen nicht das ganze Potenzial.«

»Doch, das sehen wir«, gab Leah zurück. »Und wir werden entscheiden, wie wir die Ideen, die Sie uns freundlicherweise vorgeschlagen haben, am besten umsetzen.«

»Bitte entschuldigen Sie uns, Mercer«, meinte Phin, der sich um einen freundlichen und geschäftsmäßigen Ton bemühte, was ihm vor lauter Aufregung und Vorfreude wahrscheinlich nicht ganz gelang. »Ich begleite Sie nach draußen.« Es würde viel zu lange dauern, nach Chap zu schicken.

»Ich finde den Weg schon allein«, gab Mercer zurück. Er ging auf die Tür zu, drehte sich dann aber um und sah sowohl Phin als auch Leah an. »Ich bin mir nicht sicher, was hier vor sich geht, aber es scheint, dass sich hier gerade eine Vereinigung anbahnt. Jedenfalls hoffe ich das. Fast allen ist klar, dass sie beide ein perfektes Paar sind.«

War dem so? Wieso war Phin das dann ganz und gar nicht klar gewesen? Er wollte aufstöhnen, aber stattdessen presste er den Kiefer zusammen.

Mercer verbeugte sich vor Leah. »Es war mir ein Vergnügen, Sie kennenzulernen. Ich hoffe, wir sehen uns in London wieder, falls Sie je wieder dorthin kommen.« Schließlich ging er.

Phin las den letzten Teil des Schreibens noch einmal. »Ist das wirklich wahr?«

Sie kam auf ihn zu und nickte. »Offensichtlich. Ich bin genauso schockiert wie du.«

»Ist das gerade angekommen?«

»Tatsächlich hat der Anwalt es im letzten Herbst an die Black Sheep Farm geschickt.«

Er starrte sie an. »Verdammter Mist. Deine Eltern haben das seitdem und haben es dir nie gesagt?«

»Meine Mutter hat das Schreiben in Empfang genommen. Mein Vater, wenn man ihm glauben darf, und ich glaube ihm tatsächlich, hat erst heute mit mir zusammen davon erfahren.«

»Deine Mutter ...« Phin presste den Kiefer zusammen und schob seinen Ärger beiseite. »Warte, wie hast du es bekommen? Warst du ... dort? Auf der Black Sheep Farm?«

Leah nickte. »Ich war vorhin dort.« Sie zögerte einen kurzen Moment. »Ich habe beschlossen, dass ich die Vergangenheit hinter mir lassen muss. Wie könnte ich sonst hierher zurückkommen, um hier zu leben und dich zu heiraten?«

Phin hatte sich nicht mehr so atemlos gefühlt, seit er von

einem Ast vom Pferd geworfen worden war. »Hast du es dir wirklich anders überlegt?«

»Ja. Ich hoffe nur, du hast deine Meinung inzwischen nicht geändert.«

Ein Gefühl der Freude überkam ihn. »Ich habe es dir schon gesagt: niemals.« Er legte den Brief auf den Sessel, von dem er aufgestanden war, und wollte sie in seine Arme nehmen. Doch im letzten Moment sank er stattdessen auf die Knie und nahm ihre Hand. »Heirate mich, Leah. Sei meine Frau und meine Gefährtin – es hat mir gefallen, wie du über *uns* gesprochen hast – und du machst mich zum glücklichsten Mann, der je gelebt hat.«

Sie formte die Lippen zu dem schönsten Lächeln, dessen er je ansichtig geworden war. »Ja, das werde ich.«

Phin schaute sie an und konnte sein Glück kaum fassen. »Wahrhaftig? Bist du dir sicher?« Die Worte verließen seinen Mund mit einem Kratzen und er kämpfte gegen die Emotionen an, die ihm plötzlich die Kehle zuschnürten.

»Noch nie in meinem Leben war ich mir einer Sache so sicher.«

Er drückte ihr einen Kuss auf den Handschuh und stand dann auf, um sie in die Arme zu nehmen und herumzuwirbeln, wie er es an jenem Tag getan hatte, als er sie zum ersten Mal nach ihrer Rückkehr nach Marrywell wiedergesehen hatte.

Als er sie absetzte, küsste er sie freudig und überglücklich.

»Ich kann nicht glauben, dass du die Black Sheep Farm besucht hast.« Es war ihm nicht recht, dass sie all dies allein durchgestanden hatte. »Ich hätte dich begleitet.«

»Ich musste hingehen. Ehrlich gesagt hatte ich nicht daran gedacht, dich zu bitten, mit mir zu kommen.« Sie klang beinahe verwirrt.

Phin überlegte, was er sagen sollte, entschied, dass die

Zeit der Ausflüchte vorbei war oder der Behauptung, es gäbe keine Vorfälle oder sie seien nicht geschehen. »Hast du jemals in Betracht gezogen, dass es manchmal notwendig ist, um Hilfe zu bitten?«

Sie verzog das Gesicht. »Nein. Ich wollte nie eine Last sein. Nur das war ich je für meine Familie. Für meine Mutter.« Sie klang so verloren, so verwundbar.

Vor lauter Mitgefühl drückte er ihr fest die Hände. »Du warst nie eine Last für mich. Und das wirst du auch nie sein. Niemand ist mir eine bessere Freundin und ... Mitverschwörerin gewesen als du.«

Sie lachte leise. »Verschwörerin?«

Er grinste. »Das scheint mir das richtige Wort zu sein.« Er musste sie bekräftigen und es wiedergutmachen. »Ich hätte mehr als das für dich sein sollen. Ich hätte dein Verfechter sein sollen. Am liebsten würde ich jetzt sofort zur Black Sheep Farm marschieren und deiner Mutter genau sagen, wie die Dinge laufen werden, jetzt wo du meine Frau wirst und wieder in Marrywell wohnen wirst.« Seine vormals beiseitegeschobene Wut kochte wieder hoch. Fast verzweifelt versuchte er, die Emotionen dorthin zu lenken, wo sie hingehörten – auf ihre Familie.

»Oh, Phin.« Sie zog ihre Hand aus seiner, um seine Wange zu streicheln. »Du warst immer mein Verfechter. Es gibt Dinge, die wir beide – vielleicht – hätten besser machen können, als wir jung waren. Aber wir *waren* jung. Ich denke, der heutige Tag hat mir gezeigt, dass ich nicht mehr zurückblicken kann, und du auch nicht.« Sie ließ ihre Hand sinken, ehe sie noch einmal die seine ergriff und drückte. »Kannst du dir vorstellen, dass mein Vater sich heute tatsächlich für mich eingesetzt hat?«

Phin hatte nicht gedacht, es gäbe etwas Überraschenderes als das Schreiben des Notars – oder dass sie überhaupt zur Black Sheep Farm gegangen war. »Das war längst überfällig.

Ich freue mich so für dich, Leah. Aber versprichst du mir etwas?» Als sie nickte, fuhr er fort: »Nimm mich das nächste Mal bitte mit. Ich wünsche mir nichts sehnlicher, als alle Drachen für dich zu erschlagen.«

Ihre Lippen kräuselten sich zu einem bezaubernden Lächeln. »Ich verspreche es. Aber vergiss nicht, dass eine Prinzessin sich manchmal selbst retten muss. Jetzt, wo ich es getan habe, weiß ich, dass ich es kann. Wenn du verstehst, was ich meine.«

Er verstand. »Wie konnte ich nur so viel Glück haben, dich zu finden?«, flüsterte er und hob die Hände, um ihr Gesicht zu umfassen. »Du bist die schönste aller Frauen.« Er beugte den Kopf und berührte ihre Lippen.

Sie klammerte sich an seine Schultern und erwiderte seinen Kuss mit einer süßen Sinnlichkeit, die ihm vor lauter Vorfreude ein Kribbeln bis in die Zehenspitzen bescherte. Wie schnell könnte sie seine Frau werden?

Er hob den Kopf, um genau diese Frage zu stellen, aber sie sprach zuerst. »Wir müssen nach London reisen. Unverzüglich.«

Wegen des Erbes. »Ja, gewiss. Wir werden so rasch als möglich aufbrechen.«

»Wenn es dir nichts ausmacht, würde ich Law gerne fragen, ob wir seine Kutsche borgen können. Sie ist wahrscheinlich sehr schnell, da er sie erst kürzlich angeschafft hat.«

»Nachdem er vergangenes Jahr ein Rad verloren hatte, brauchte er eine neue«, meinte Phin. »Ich bin sicher, dass diese Kutsche uns auf schnellstem Wege befördern wird. Trotzdem freue ich mich auf die Zeit mit dir, denn ich habe so viele Fragen darüber, wie dein Besuch auf der Farm verlaufen ist und wie du es beispielsweise fertiggebracht hast, diesen Brief, den deine Mutter verwahrt hatte, an dich zu bringen.«

Leah schnaubte. »Ich glaube, Harriet hat ihn mir nur gegeben, weil sie einen Teil davon abhaben will. Sie denkt, ich wäre ihr etwas schuldig.«

Phin knurrte beinahe. »Sie war also so furchtbar wie immer?«

»Ja, aber wie ich schon sagte, hat Monty sich diesmal für mich eingesetzt. Er hat mir erklärt, warum er sich mit meiner richtigen Mutter eingelassen hatte. Bei ihr hatte er die Liebe gefunden, die Harriet ihm verweigerte. Er hat sich für sein Versäumnis entschuldigt, mich zu beschützen.«

»Kannst du ihm verzeihen?« Phin legte die Stirn in tiefe Falten. »Ich bin mir nicht sicher, ob du das solltest.«

»Das habe ich bereits getan. Ich habe ihm um meinetwillen Vergebung gewährt, denn ich will dies endlich hinter mir lassen. Ich möchte hier sein, in Marrywell, um mir das Leben aufzubauen, das ich mir immer erträumt habe. Darüber, welche Art von Beziehung ich zu ihm haben möchte, wenn überhaupt, bin ich mir noch nicht ganz schlüssig.« Sie verzog ihr Gesicht zu einer leichten Grimasse. »Ich würde Harriet gern etwas Geld geben würde, damit sie die Black Sheep Farm verlassen kann, habe ich mir überlegt. Dann wären alle glücklicher.«

»Schließt das auch dich ein? Ich werde alles unterstützen, was dir Frieden und Freude beschert.«

»Es wäre der Himmel auf Erden, ohne sie auf der Black Sheep Farm leben zu haben, aber deine Frau zu werden, ist wirklich alles, was ich mir wünsche. Alles, was ich wirklich brauche.«

»Dass ich nicht gemerkt habe, dies ebenso zu wollen und zu brauchen, kann ich nicht glauben. Ich fühle mich wie ein Idiot«, bemerkte er verlegen. »Insbesondere nach Mercers Bemerkung, dass wir offensichtlich füreinander bestimmt sind.«

»Wir waren uns schon so nahe - als Freunde. Du musstest mich nur in einem ... etwas anderen Licht sehen.«

»Das weiß ich jetzt.« Er legte die Arme um sie und zog sie dicht an sich heran, sodass sie Brust an Brust standen. »Ich möchte dich unbedingt nach oben tragen und dir genau zeigen, wie ich dich sehe.«

»Kannst du es mir stattdessen nicht sagen? Ich glaube, ich muss Mrs. Selkirk wegen versuchten Diebstahls meines Erbes zur Rede stellen.«

Phin fiel erneut die Kinnlade herunter. »Ist das passiert?«

»Mehr fällt mir dazu nicht ein«, entgegnete Leah. »Ich wusste nicht, dass Genevieve eine beträchtliche Mitgift hatte, bis wir in Marrywell ankamen. Mrs. Selkirk hat es mehrmals zur Sprache gebracht, unter anderem auch dir gegenüber, als sie dich kennenlernte, doch in den vergangenen zwei Monaten der Londoner Saison hatte sie dies mit keinem Wort erwähnt. Warum sollte sie wohl das Ende dieser Woche abwarten, um etwas darüber verlauten zu lassen? Meiner Vermutung nach hat Mrs. Selkirk das nur getan, weil sie so kurz davor war, das Geld in die Finger zu bekommen. Noch eine Woche, in der ich meinen Anspruch nicht geltend gemacht hätte, und es hätte ihr gehört. Sie wollte wohl verhindern, dass der Anwalt mich ausfindig macht. Davon bin ich mehr denn je überzeugt, nachdem ich erfahren habe, dass mein Vater mir Briefe geschrieben hat, die ich auch nicht erhalten habe.«

Der Gesprächsfetzen, den Phin neulich abends mitgehört hatte, kam ihm wieder in den Sinn. »Ich glaube, ich habe gehört, wie Mrs. Selkirk und Mrs. Dunhill sich darüber unterhalten haben. Mrs. Selkirk sagte, sie sei so kurz davor, das Geld zu bekommen, und dass es nun in weniger als vierzehn Tagen so weit wäre.«

Die Lippen geschürzt schwieg Leah einen Augenblick. »Dann *ist* es wahr.«

»Das ist teuflisch und verachtenswert.« Er konnte kaum erwarten, das Gesicht der Frau zu sehen, wenn sie erfuhr, dass Leah ihr Geld einfordern würde. »Ich begleite dich.«

»Ich hatte gehofft, du würdest dich anbieten.« Leah schlang die Arme um seinen Hals. »Aber zuerst möchte ich hören, wie du mich siehst.«

Phin grinste die Frau an, die bald seine Gattin werden würde und die seit jeher seine beste Freundin gewesen war. »Du bist meine Freundin.« Er küsste sie auf die Stirn. »Meine Vertraute.« Er küsste sie auf die Wange. »Meine Liebhaberin.« Er küsste ihren Mund und ließ die Lippen auf den ihren verweilen. Dann blickte er ihr in die Augen und hoffte, sie könnte sein Herz darin erkennen. »Aber vor allem bist du die andere Hälfte meiner Seele.«

Eine Träne rann ihr aus dem Auge. Phin wischte sie weg. »Nicht weinen, meine Liebe.«

»Ich bin einfach so glücklich.«

»Und ich werde mich bemühen, dass dies auch so bleibt.« Phin küsste sie erneut, dieses Mal allerdings viel länger und mit weitaus mehr Komplexität. Als sie fertig waren, schnappten sie beide nach Luft.

Phin liebkoste ihre Schultern. »So gern ich auch diese Aktivitäten hier fortsetzen möchte, sollten wir meiner Ansicht nach mit Mrs. Selkirk sprechen.«

Leahs Augen verfinsterten sich. »Ja. Zuerst möchte ich in Fieldstone haltmachen und mit Law darüber sprechen, ob er uns seine Kutsche borgt. Ich möchte wissen, wie schnell wir nach London aufbrechen können.«

»Eine ausgezeichnete Idee.« Phin ließ die Hände auf ihrem Rücken ruhen. »Wir sollten Großmutter unsere guten Neuigkeiten mitteilen, ehe wir uns auf den Weg machen.«

Leah formte den Mund zu einem bezaubernden Lächeln, das sein ganzes Herz erstrahlen ließ. »Ja, bitte.«

»Sie wird sich oben in ihrem Wohnzimmer aufhalten.«

Als Phin Leah aus dem Salon führte, stellte er sich vor, wie sie als Herrin von Radford Grange hier mit ihm leben würde. Großmama würde begeistert sein. Und er wusste irgendwie, dass sein Großvater es ebenfalls wäre.

~

Leah sah ihr eigenes Glück in Sadies strahlendem Lächeln auf der gegenüberliegenden Seite von Laws Kutsche widergespiegelt. Nachdem sie das Paar in Fieldstone besucht hatten, um ihnen von dem Brief – und natürlich auch von Leahs und Phins Verlobung – zu berichten, hatte Sadie darauf bestanden, sie zum New Inn zu begleiten, um Mrs. Selkirk zur Rede zu stellen. Law hatte eingewilligt und gesagt, er wolle Zeuge von Mrs. Selkirks Geständnis sein, falls sie eines ablege. Wenn nicht, wolle er auch dabei sein, falls er sich für Leah einsetzen müsste.

Wer würde nicht gern einen Herzog zur Unterstützung haben?

Sie bogen in den Hof des New Inn ein und stiegen kurz darauf aus der Kutsche. Ehe Leah eintrat, holte sie tief Luft. Sie konnte sich nicht vorstellen, was Mrs. Selkirk sagen würde, wenn sie erführe, dass der Brief in Leahs Besitz war.

Mit klopfendem Herzen und Schmetterlingen im Bauch stieg Leah die Treppe in den ersten Stock hinauf, in dem sich ihre Suite befand. Phin hielt seine Hand bestärkend in ihrem Rücken.

Draußen vor der Tür drückte Phin ihr einen Kuss auf die Wange. »Bald ist es vorbei. Dann wird unser gemeinsames Leben beginnen.«

Sie hatten beschlossen, noch heute mit Laws Kutsche nach London aufzubrechen. Sadie und er würden genau wie vor einem Jahr, als sie sich kennengelernt hatten, ohne Fahrzeug in Fieldstone bleiben. Die beiden fanden das höchst passend.

Leah öffnete die Tür und betrat das Wohnzimmer. Mrs. Selkirk saß dort in einem der Sessel, aber Genevieve und Mrs. Dunhill waren nicht anwesend.

»Da sind Sie ja endlich«, meinte Mrs. Selkirk. »Ich habe beschlossen, dass Sie nicht mehr allein herumlaufen werden. Genevieve hat Sie hier gebraucht.« Ihr Mund schnappte zu, als Phin hinter Leah eintrat, dem obendrein noch Sadie und Law folgten.

Mrs. Selkirk erhob sich und knickste. »Euer Gnaden.«

»Wir sind nicht hier, um einen Freundschaftsbesuch abzustatten, Mrs. Selkirk«, entgegnete Law, und seine tiefe Stimme klang einschüchternd, oder zumindest dachte Leah das. Auf sie selbst wirkte er nicht im Geringsten einschüchternd.

»Warum sind Sie dann alle hergekommen?«, fragte Mrs. Selkirk augenscheinlich verwirrt.

Leah presste die Hände vor sich zusammen und nahm allen Mut zusammen, den sie besaß. »Ich bin gekommen, um Sie nach einem Brief zu fragen, den ich heute von einem Mr. Knott erhalten habe. Er ist ein Anwalt in London.« Bei der Erwähnung des Namens dieses Mannes wich fast sämtliche Farbe aus Mrs. Selkirks Gesicht. »Ich sehe, er ist Ihnen bekannt.«

»Ja.« Mrs. Selkirk klang unsicher.

Leah hatte sich auf der Hinfahrt von Fieldstone im Geiste zurechtgelegt, was sie sagen wollte. Trotzdem zitterte sie vor Aufregung und Beklemmung. »In diesem Brief schreibt er, dass ich von Lady Norcott einen Großteil ihres Besitzes erbe und außerdem die Summe von fünftausend Pfund. Das kann doch keine Überraschung für Sie sein. Warum wurde ich davon nicht in Kenntnis gesetzt?«

»Fünftausend Pfund?« Genevieve kam aus ihrem Schlafgemach ins Wohnzimmer, ihr Gesicht war fleckig, als hätte sie geweint, und sie hielt ein Taschentuch in der Hand. »Das ist mehr als meine Mitgift. Wie konnte Großtante Marianne ihr mehr geben als mir?«

»Ich habe keine Ahnung«, antwortete Mrs. Selkirk.

Leah war sich nicht sicher, auf wessen Frage die Frau antwortete. »Ist das eine Antwort für mich? Sie wissen nicht, warum ich nicht über mein Erbe informiert worden bin, obwohl ein Anwalt den Brief an den Ort geschickt hat, an dem ich vor sieben Jahren gelebt habe und nicht an den Ort, an dem ich jetzt wohne?«

Ein schwacher Schweißfilm benetzte die Stirn der Frau. »Das ist richtig.«

»Und ich denke, Sie haben mir die Mitteilung vorenthalten, so wie Sie mir auch die Briefe meines Vaters nicht ausgehändigt haben. Vermutlich haben Sie auch diese für den Fall unterschlagen, dass er etwas von einer Erbschaft erwähnt.« Als Phin das Wort »teuflisch« benutzte, hatte er damit absolut richtig gelegen.

Inzwischen wirkte Mrs. Selkirk ausgesprochen unbehaglich.

»Ich glaube, Mrs. Selkirk weiß von all diesen Briefen, die du hättest erhalten sollen, und dass sie sie dir absichtlich vorenthalten hat«, meinte Law. Er richtete den Blick auf Mrs. Selkirk, was ihr Ungemach noch steigerte, wenn die zunehmende Rötung ihres Gesichts als Hinweis darauf gelten konnte. »Warum haben Sie Miss Selkirks Mitgift erst erwähnt, nachdem Sie in Marrywell angekommen sind?« Er wiederholte, was Leah ihnen mitgeteilt hatte – sie hatte ihnen alles berichtet, was sie wusste und vermutete. »Könnte es sein, dass Sie dies in London nicht erwähnen konnten, weil Sie befürchten mussten, dass Mr. Knott Wind davon bekommt? Dann könnte er sich fragen, woher Miss Selkirks plötzliche Mitgift stammt, zumal er die Erbin des Hauptteils von Lady Norcotts Vermögen nicht ausfindig machen konnte und Sie die Begünstigte sind, die es in ihrer Abwesenheit erhalten würde? Warum sonst haben Sie die Anstandsdame Ihrer Tochter so oft es ging zuhause gelassen und ihre Bewegungsfreiheit beschnitten, wenn nicht, um sie so gut als möglich vor anderen zu verstecken? Ich verstehe allerdings nicht, warum Sie sich die Mühe gemacht haben, Miss Webster bei sich zu behalten.«

»Um sicherzustellen, dass sie in der Nähe ist und nichts von ihrem Erbe erfährt«, meldete sich Phin zu Wort. »Nur das ergibt einen Sinn. Sobald das Jahr um gewesen wäre, hätte man Leahs Dienstverhältnis fraglos beendet, ob Miss Selkirk nun verheiratet wäre, oder nicht.«

Genevieve kam stirnrunzelnd weiter ins Wohnzimmer. »Gerade heute Morgen hat Mama zur Sprache gebracht, wie unzufrieden sie mit Leahs Leistung ist und sie wollte mich unbedingt verheiraten. Aber dann hat mich heute Morgen nur einer der Gentlemen besucht, und das war der grässlich alte Mr. Fearnehough.« Ihre Lippen bebten, und jetzt wusste Leah, warum sie geweint hatte. »Mama hat gesagt, dass sie Leah entlassen würde, auch wenn ich nicht heirate.«

»Nur weil sie nutzlos ist«, verteidigte Mrs. Selkirk sich trotzig. »Sie verschwindet ständig. Gestern Abend war sie sogar eine *ganze Weile* weg.«

»Ja, nun, sie war bei mir«, entgegnete Phin mit einem nicht zu bändigenden Grinsen. »Ich habe ihr einen Heiratsantrag gemacht. Zum Glück hat sie ja gesagt.«

Genevieve fiel die Kinnlade herunter, als ihr Blick auf die beiden fiel. »Sie wollen heiraten?«

»Das werden wir«, bestätigte Leah leise, als Phin ihre Hand ergriff.

»Das ist ... eine Überraschung.« Genevieve stieß einen Atemzug aus. »Ich muss Ihnen beiden gratulieren, wie es scheint. Wenigstens heiratet eine von uns den Mann, den sie will.« Sie warf ihrer Mutter einen meuternden Blick zu.

Leah bedauerte Genevieves Schicksal – mehr denn je zuvor, wenn man bedachte, was sie über Mrs. Selkirk vermutete. »Wussten Sie nicht, dass Ihre Mutter versucht hat, mich an der Einforderung meines wahren Erbes von Lady Norcott zu hindern?«

»Ich dachte, Sie hätten es schon bekommen.« Genevieve wrang das Taschentuch in ihren Händen. »Sie haben in einem der Bücher gelesen, die sie Ihnen hinterlassen hat.«

»Ich habe einen Brief von einem Anwalt, in dem steht, dass es viel mehr war, und wenn ich meinen Anspruch nicht vor dem ersten Todestag von Lady Norcott geltend mache, wird Ihre Mutter meinen Anteil bekommen.«

Genevieve machte große Augen, und sie starrte ihre Mutter an. »Ist das wahr?«

Phin antwortete: »Ich habe gehört, was Mrs. Selkirk neulich Abend zu Mrs. Dunhill gesagt hat, dass sie kurz davor ist, Geld zu bekommen. Es ist absolut wahr.«

Alle Blicke richteten sich auf Mrs. Selkirk. Sie presste ihren Kiefer zusammen und machte ihr Rückgrat steif.

Law trat vor. »Mrs. Selkirk, möchten Sie Ihre Absichten gestehen, oder müssen wir mit Mr. Knott sprechen?«

Mrs. Selkirk schnappte nach Luft. »Wenn sie eine Erbin ist, wie Sie sagen, sollte sie einfach das Geld nehmen und verschwinden.«

Genevieve trat zu ihrer Mutter, deren Gesicht sich noch mehr rötlich färbte. »Mama, was hast du getan?«

»Ich habe nur versucht, das einzufordern, was uns zusteht. Tante Marianne hat ihr Testament geändert, als sie krank wurde. Das hätte nie passieren dürfen. Es gab keine männlichen Erben, nur *mich*. Und dich. Sie hat uns nur ihren Schmuck hinterlassen und den müssen wir jetzt verkaufen.«

»Aber warum? Papa ist Kapitän. Sein Einkommen unterstützt uns.«

Mrs. Selkirks Augen hatten einen wilden Ausdruck angenommen und ihr Gesicht war so scharlachrot wie das ihrer Tochter. Sie fuhr Genevieve an. »Weil ich das Geld brauche!«

Mrs. Dunhill schlich aus dem Schlafgemach, das sie mit Mrs. Selkirk teilte, den Kopf gesenkt, das Gesicht blass. »Anne hat Spielschulden«, sagte sie leise.

»Das kommt mir verdammt bekannt vor«, murmelte Phin neben Leah.

Mrs. Dunhill fuhr fort: »Sie plante, Leahs Erbe zur Finanzierung von Genevieves Mitgift und zur Begleichung ihrer Spielschulden zu verwenden. Aber sie bekommt es erst ein Jahr nach dem Tod ihrer Tante.«

»Das ist in einer Woche«, warf Leah ein.

Mrs. Selkirk wandte sich an ihre Freundin. »Wie konntest du mich nur so hintergehen?«

»Sie kennen die Wahrheit doch schon, und wenn sie mit Mr. Knott sprechen, werden sie erfahren, dass du ihm weisgemacht hast, Miss Webster sei nach Lady Norcotts Tod verschwunden.« Mrs. Dunhill warf ihr einen traurigen, flehenden Blick zu. »Der Plan ist gescheitert, Anne. Das musst doch sehen.«

»Ich sehe nur eine Freundin, die keine Freundin ist. Du schnappst dir auf diesem gottverdammten Fest einen Ehemann und brauchst mich nicht mehr.« Schniefend marschierte Mrs. Selkirk ins Schlafgemach.

»Oh, Mama.« Genevieve schlug die Hände vors Gesicht und begann noch heftiger zu weinen, als sie sich umdrehte und zurück in ihr Zimmer lief.

Mrs. Dunhill sah Leah an. »Es tut mir leid, dass ich in diesen Plan verwickelt war, aber nur, indem ich davon wusste. Ich werde alles Notwendige tun, damit das Erbe rechtmäßig an Sie ausgehändigt wird.«

»Danke«, antwortete Leah, ehe sie sich an Phin wandte. »Ich sollte nach Genevieve sehen. Und ich muss meine Sachen für London packen.«

»Brauchst du Hilfe?«, fragte Sadie.

»Lass mich erst einen Moment mit Genevieve sprechen.» Leah hatte Mitleid mit dem Mädchen. Wenn etwas über den Betrugsversuch ihrer Mutter bekannt würde, hätte sie keine Zukunft mehr.

Leah ging ins Schlafzimmer, wo Genevieve auf der Bettkante saß und sich mit dem Taschentuch die Augen tupfte. Sie putzte sich die Nase, als Leah sich neben sie setzte.

»Ich wusste nichts von Mamas Plan«, sagte Genevieve. »Oder von den Briefen Ihres Vaters. Ich werde dafür sorgen, dass Sie sie bekommen – falls sie sie noch hat.«

»Ich glaube Ihnen.« Leah tätschelte der jungen Frau den Arm. »Es tut mir leid, dass die Bewerber heute Morgen nicht vorgesprochen haben. Ich weiß, Sie mögen Mr. Fearnehough nicht. Vielleicht meldet sich ja einer der anderen.»

»Das bezweifle ich.« Sie schniefte und würgte ein beängstigendes Geräusch aus ihrer Kehle hervor. »Aber vielleicht entscheide ich mich ja für Mr. Fearnehough. Er mag zwar zweiunddreißig sein, aber er besitzt eine ansehnliche Menge Land und ist von der Vorstellung hingerissen, dass ich Klavier spiele.«

Leah schenkte ihr ein ermutigendes Lächeln. »Das klingt gar nicht so schlecht. Wenn Sie mich fragen, ich mochte ihn.« Sie hoffte nur, Genevieve würde bald aufhören, ihn als »schrecklich alt« zu bezeichnen, wenn sie tatsächlich vorhatte, seinen Heiratsantrag anzunehmen.

»Was wird mit meiner Mutter geschehen?«, fragte Genevieve.

»Ich weiß es nicht.» Leah lag nicht unbedingt daran, dass sie strafrechtlich verfolgt wurde, obwohl die Frau sie so hinterhältig behandelt hatte.

»Mein Vater wird sehr wütend sein, wenn er erfährt, was sie getan hat.«

»Vielleicht braucht er das nicht«, sagte Leah beruhigend, ohne etwas zu versprechen. Sie wusste nicht, wie sich die Sache entwickeln würde.

»Er wird es erfahren, denn ich glaube, meine Mutter hat ihm erzählt, dass Großtante Marianne uns ihren Besitz vererbt hat. Wenn meine Mutter außerdem Spielschulden hat, die sie nun nicht begleichen kann, wird mein Vater das sicher herausfinden.« Genevieve begann wieder zu weinen. »Ich fühle mich so gedemütigt. Wie kann meine Mutter nur so ein schrecklicher Mensch sein?«

»Denken Sie bitte daran, dass Sie das nicht zu einer schrecklichen Person macht«, sagte Leah leise und dachte an ihre eigene Mutter. Wie könnte sie das nicht? »Meine Mutter ist noch schlimmer als Ihre. Wir müssen danach streben, besser als sie zu sein, und immer besser zu werden. Sie sind nicht wie Ihre Mutter. Das müssen Sie zumindest nicht sein.«

Genevieve schniefte. »Ich danke Ihnen. Es tut mir leid – wenn Ihre Mutter tatsächlich noch schlimmer ist. Das kann nicht leicht gewesen sein.«

Leah fiel es nicht schwer, ein Lächeln zustande zu bringen. »Ich habe überlebt. Das werden Sie auch.«

Sadie kam, um Leahs Kleidung zusammenzupacken, und ließ sich von Leah stumme Anweisungen geben, während sie sich im Zimmer bewegte. Nicht viel später waren sie aufbruchbereit.

»Ich hoffe, Sie und Phin werden glücklich«, meinte Genevieve, obwohl sie völlig verzweifelt klang.

»Das sind wir bereits. Ich hoffe, Sie werden ebenfalls glücklich werden.« Leah umarmte die junge Frau, ehe sie dann Sadie aus dem Zimmer folgte.

Phin und Law waren allein im Wohnzimmer und

erhoben sich sofort, als Leah und Sadie eintraten. »Fertig?«, fragte Phin ungeduldig.

»Mehr als das«, antwortete Leah mit einem Augenzwinkern. Sie hatte Mitleid mit Genevieve, aber sie wollte die Selkirks liebend gern hinter sich lassen.

Sie begaben sich nach unten, wo Mrs. Parker sie begrüßte. »Ich dachte, das wäre die Kutsche von Seiner Gnaden draußen. Darf ich hoffen, dass Sie vielleicht zum Tee bleiben wollen?«

»Ich fürchte, wir können nicht, Mrs. Parker«, lehnte Phin freundlich ab. »Wir haben etwas Dringendes zu erledigen.«

Mrs. Parkers Blick wanderte zu Leahs Reisetasche. »Sie reisen ab?«

»Ja. Ich befinde mich nicht länger in Mrs. Selkirks Diensten.« Sie warf Phin einen Blick zu, der ihr leicht zunickte, obwohl sie ihn gar nicht gefragt hatte. »Phin und ich sind verlobt.«

»Oh, was für ein Freudentag!« Mrs. Parker klatschte in die Hände. »Das ist die beste Verbindung, die das Festival je hervorgebracht hat!« Sie warf einen entschuldigenden Blick in Sadies und Laws Richtung. »Abgesehen von Euch, Euer Gnaden.«

»Sagen Sie nicht ›Euer Gnaden‹ zu mir«, entgegnete Sadie lachend. »Und ich stimme zu, dass Leah und Phin das hervorragendste Paar sind, das Marrywell je gesehen hat. Sie sind einfach füreinander bestimmt.»

Phin drehte sich zu Leah und seine Augen leuchteten vor Liebe. »Das sind wir in der Tat.«

Sie verabschiedeten sich von Mrs. Parker und verließen das Gasthaus. Jetzt würden sie Sadie und Law nach Fieldstone zurückbringen.

»Ich kann Ihnen gar nicht genug dafür danken, dass Sie Ihre Kutsche zur Verfügung stellen«, meinte Phin zu Law. »Meine steht jederzeit für Sie bereit, falls Sie sie brauchen.«

»Wie Sie wissen, bin ich nicht zum ersten Mal in Fieldstone gestrandet.« Law warf Sadie einen vernarrten Blick zu, während er den Mund zu einem charmanten Grinsen formte. »Das letzte Mal hat es so einen guten Ausgang genommen. Denken Sie nur daran, was dieses Mal passieren könnte.«

»Wir haben im Moment alle Hände voll zu tun«, mahnte Sadie mit einem schelmischen Lächeln, ehe sie sich an Leah wandte. »Du musst uns Bescheid geben, wenn du auf Schwierigkeiten stößt.«

Law legte die Stirn in Falten. »Vielleicht sollte ich einen Bericht über Mrs. Selkirks Geständnis verfassen. Ja, das werde ich tun – und zwar in aller Eile –, sobald wir auf Fieldstone ankommen.«

»Das ist unglaublich großzügig von Ihnen«, bedankte sich Phin und schien auf eine positive Art überwältigt zu sein.

Law klopfte ihm auf die Schulter. »Das mache ich gerne. Wir sind jetzt praktisch eine Familie, und ich möchte gerne helfen.«

»Dann lassen Sie mich Ihnen von den Problemen erzählen, die ich mit den Gärten hatte.« Er schenkte Leah ein schwaches Lächeln. »Meine Verlobte hat versucht, mich zu überzeugen, dass Sie mir helfen könnten, aber ich fürchte, mein Stolz hat mir das verboten.«

Sadie sah ihn besorgt an. »Was ist denn los? Natürlich wird Law helfen.«

»Ich werde euch die Sache auf dem Weg nach Fieldstone erklären«, versprach Phin. »Nach euch.« Er gab Sadie und Law mit einem Handzeichen zu verstehen, ihnen zur Kutsche vorauszugehen.

Leah schmiegte sich an seine Seite, und er legte seinen Arm um sie. »Wirst du ihnen von den Gärten erzählen?«

»Ich habe mir überlegt, dass ich in Bezug auf die Gärten

allen in der Stadt gegenüber ehrlich sein sollte. Sie brauchen die Einzelheiten über meinen Vater nicht zu wissen. Tom – und du – hatte recht, dass die Leute helfen wollen. Die Gärten bedeuten ihnen fast genauso viel wie mir.«

»Ich bin so stolz auf dich.« Leah schlang einen Arm um seine Taille und drückte ihn an sich. »Heißt das, wir müssen nun nicht über die Möglichkeit diskutieren, für bestimmte Veranstaltungen Eintritt zu verlangen? Ich hatte mich eigentlich darauf gefreut, die Gärten zu einem sich selbst tragenden Unternehmen umzufunktionieren.«

Er sah sie überrascht an. »Das wolltest du tun? Ich muss gestehen, dass ich von dem geschäftlichen Aspekt nicht begeistert bin. Ich bin Gartenbauer.«

»Dann ist es gut, dass deine zukünftige Frau einen Kopf für solche Dinge hat«, gab Leah lachend zurück.

»Du versetzt mich immer wieder in Erstaunen. Seit deiner Rückkehr ist mir aufgefallen, dass du dich übergangslos in verschiedene Personen verwandeln kannst: das Mädchen, das ich in unserer Jugend kannte, die rechtschaffene Anstandsdame, die sinnliche Verführerin ... und jetzt muss ich auch noch die Unternehmerin und Drachentöterin zu dieser Liste hinzufügen. Ich habe mich gefragt, ob das Aufsetzen verschiedener ... Masken, wenn du so willst, dir irgendwie hilft, wenn die Dinge schwierig werden?«

Daran hatte Leah zuvor nie gedacht, doch als sie hörte, wie er ihre verschiedenen Identitäten beschrieb, kam ihr zu Bewusstsein, dass dies wohl schon lange so war. Das Mädchen, das Phin gekannt hatte, war ein anderes Mädchen als das, welches auf der Black Sheep Farm gelebt hatte. »Ich glaube, ich habe sehr früh gelernt, bestimmte Facetten meines Wesens zu unterdrücken – zumindest zu Hause. Damit war mir möglich gewesen, die Person zu sein, die ich sein musste, ganz gleich, welche Anforderungen durch die Situation an mich gestellt wurden. Diese gedankliche Verbindung hatte ich vorher noch nie hergestellt.«

»Welche von diesen ganzen Personen bist nun wirklich du?«

»Ich bin sie alle.« Zumindest hoffte Leah das. »Mit Ausnahme des Mädchens von der Black Sheep Farm. Sie existiert nicht mehr.«

Phin küsste sie auf die Stirn. »Das freut mich, denn ich möchte mich nicht zwischen den Leahs entscheiden müssen, die ich kennengelernt habe. Ich stimme zu, dass alle in dir zu finden sind. Und ich bin sehr daran interessiert, die Lady kennenzulernen, die Geschäfte macht. Glaubst du wirklich, dass die Marryweller diese neue Ausrichtung der Gärten unterstützen werden?«

»Ich glaube, viele Menschen werden uns unterstützen, ganz egal was passiert.«

»Mir kommt es nur darauf an, deine Unterstützung zu haben.«

Sie lächelte zu ihm auf. »Die hast du. Und meine Liebe. Und meine unendliche Ergebenheit.«

Kurz bevor sie bei der Kutsche ankamen, hielt Phin inne und zog sie in seine Arme. »Ich hätte nicht gedacht, dass ich dich noch mehr lieben könnte als heute Morgen. So ist es aber. Ich muss annehmen, dass meine Liebe zu dir heute Abend noch weiter gewachsen sein wird. Wie ist das möglich?«

Sie warf ihm einen mokanten Blick zu, als sie sich an ihn drückte. »Du bist ein Experte darin, Dinge zum Wachsen zu bringen. Sag du es mir.«

»Liebste, wenn wir nicht aufpassen, wirst du bald eine Expertin für ein bestimmtes ... Wachstum sein.«

»Böser Phin! Wir sind dabei, mit unseren lieben Freunden in eine Kutsche zu steigen.«

»Kommt ihr?«, rief Sadie, um Leahs Aussage zu unterstreichen.

»Jetzt nicht«, murmelte Phin, ehe er seine Lippen auf Leahs drückte. »Aber ich habe es vor. Später.«

Leah erwiderte den Kuss, ehe sie sich zur Kutsche umdrehte. »Eindeutig unanständig.«

Und anders wollte sie ihn auch gar nicht haben.

EPILOG

Vier Wochen später

Leah konnte sich nicht erinnern, die Botanischen Gärten jemals so voll gesehen zu haben, einmal abgesehen von dem Fest zur Partnerfindung oder einer Sommerveranstaltung. Und all der Trubel drehte sich nur darum, Phins und ihre Hochzeit zu feiern, die heute Vormittag in der Kirche von Marrywell stattgefunden hatte.

Wie es der Zufall wollte, war der Pfarrer nicht zugegen, da er seine Schwester besuchte, und so hatte Sadies Bruder Adam, der Vikar war, die Trauung vollzogen.

Die letzte Maiwoche war angebrochen, und die Blumen standen in voller Blüte. Sogar in den Beeten von Radford Grange fanden sich eine Handvoll Blumen. Phin und sie hatten in den letzten Wochen viel Zeit damit verbracht, Samen auszusäen und die Gärten zu pflegen, damit sie sich zu ihrer alten Pracht erholten. Es würde einige Zeit brauchen, aber davon hatten sie zum Glück genug.

Sie hatten die Ewigkeit.

Das Erstaunlichste an ihrer Hochzeit war, dass Leahs Vater sie in der Kirche zum Altar geführt hatte. Tatsächlich war ihre gesamte Familie anwesend gewesen, mit Ausnahme ihrer Schwester Rebecca, die um ihren verstorbenen Mann trauerte. Harriet war ebenfalls abwesend, weil Leah und Phin ihr zweihundert Pfund gegeben hatten, damit sie Marrywell verließ und nie wieder zurückkehrte. Ohne Widerrede war sie abgereist.

»Tante Leah!« Jakob, der bei der Zeremonie am Morgen ihren Ring zum Altar getragen hatte, rannte auf sie zu, während er einen Drachen steigen ließ. »Ich habe es geschafft!«

Leah lächelte ihren Neffen an, und sie war sehr froh, nach Hause gekommen zu sein und ihn samt seiner Geschwister nun in ihrem Leben zu haben. »Werde nicht langsamer. Sonst fällt er.«

Sie hatte auch die beiden Kinder ihrer Schwester Meg kennengelernt, einen Jungen und ein Mädchen. Im Herbst erwartete Meg ihr drittes Kind. Ihr Mann und sie wohnten zwanzig Meilen entfernt und nun, da Harriet nicht mehr da war, versprachen sie, von Zeit zu Zeit zu Besuch zu kommen. Vielleicht würden sie Weihnachten sogar alle gemeinsam feiern können.

Das konnte Leah sich kaum vorstellen. Doch welche all dieser Enthüllungen war nun am überraschendsten? Die Versöhnung mit ihrer Familie, die Tatsache, dass sie eine Erbin war, oder die Tatsache, dass ihre unerwiderte Liebe tatsächlich sehr wohl erwidert wurde. Darauf hatte sie keine Antwort, doch die letzte der Möglichkeiten war bei weitem die beste. Sie hätte die anderen Überraschungen und ganz gleich, was noch alles für das Glück eingetauscht, das sie jetzt mit Phin genoss.

Sie sah zu der Stelle hinüber, wo er mit Großmama saß,

die darauf bestanden hatte, dass Leah das »Lady« in ihrer Anrede wegließ. Auch ihr Vater war bei ihnen und saß an einem Tisch, der einer von mehreren war, die verstreut aufgestellt worden waren. Es gab eine enorme Menge an Speisen, die von verschiedenen Stadtbewohnern zubereitet worden waren, darunter ein riesiger Gewürzkuchen sowie Ale, Limonade, Champagner und, wenn Leah sich nicht irrte, eine Art geschmuggelter Schnaps.

Mr. Armstrong, der Bürgermeister, betrat das Podium und bat die Anwesenden um ihre Aufmerksamkeit. »Wenn das glückliche Paar bitte zu mir kommen könnte.« Leah nahm Blickkontakt mit Phin auf, als er sich von seinem Stuhl erhob und ihr seinen Arm reichte. Er begleitete sie bis zum Podium, wobei ein breites Grinsen sein stattliches Gesicht zierte. Mrs. Armstrong begrüßte sie mit zwei Gläsern Champagner, die sie ihnen in die Hand drückte.

Phin verbeugte sich. »Zu Ihren Diensten, Bürgermeister.»

Mr. Armstrong wandte sich an alle Anwesenden. »Ich möchte einen Toast auf den Erfolg unseres eigenen Maifestes *und* auf den Maikönig und die Maikönigin des nächsten Jahres aussprechen – auf Phineas und Leah! Möge eure Familie stark sein und gedeihen und möget ihr unvergleichliches Glück genießen.« Er wackelte mit den Augenbrauen, als er sein Glas erhob. »Schließt euch mir an, um dem Brautpaar zu gratulieren. Hurra!«

Als sie Phins Blick begegnete, verlor Leah sich für einen Moment, und die Geräusche der Jubilierenden verebbten zu einem Murmeln, während sich ihr Fokus allein auf ihn beschränkte. Nur das hatte sie sich je gewünscht. Nein, es war viel mehr.

Phin stieß mit seinem Glas an ihres an. »Auf dich, meine Liebste.«

»Auf uns«, antwortete sie, ehe sie an ihrem Champagner

nippte. Dann beugte sich Phin ein wenig vor und küsste sie, kurz, aber zärtlich. Das brachte ihnen noch mehr Beifall ein.

Den Arm um Leah gelegt wandte er sich an die Menge, und hob sein Glas. »Einen Toast auf euch alle, die ihr gekommen seid, um mit uns zu feiern. Marrywell ist unser Herz und unser Zuhause. Wir freuen uns sehr, diesen besonderen Tag mit jedem von Ihnen zu teilen. Vielen Dank.«

»Und es ist uns eine Ehre, mit Ihnen zu feiern«, rief der Bürgermeister. Er war sofort ein entschiedener Befürworter von Eintrittsgeldern für Sommerveranstaltungen gewesen. Er hatte auch Dinge vorgeschlagen, für die Phin während des Fests zur Partnerfindung eine Abgabe verlangen sollte, wie zum Beispiel Eintrittsgelder für das Bowlingturnier und das Brauereigelände. Es überraschte Leah nicht, dass die Maryweller die Gärten und ihre Instandhaltung unterstützen wollten. Es war ein besonderer Ort, der ihnen allen so viel gab.

Während sie an ihrem Champagner nippten, stand Leahs Vater auf, um seinen eigenen Toast auszubringen. Dann brachte Sadie einen aus. Dann Leahs Bruder. So ging es eine ganze Weile weiter, bis Phin um Einhalt bat, nachdem Jakob um ein Glas Champagner gebeten hatte, damit *er* einen Toast aussprechen könnte.

Die Feier dauerte bis in den späten Nachmittag hinein, als Sadie Leah und Phin zum Aufbruch drängte. »Niemand erwartet von euch, dass ihr bleibt«, sagte sie und schob sie praktisch auf den Weg nach Radford Grange.

»Wenn du darauf bestehst«, meinte Phin und warf Leah einen anzüglichen Blick zu.

Leah verdrehte die Augen, und dann umarmte sie ihre Freundin. »Ich danke dir für alles. Es tut mir leid, dass du übermorgen abreisen musst, aber ich verstehe, dass Law nach London zurückkehren muss.«

Phin umarmte Sadie als Nächstes. »Wir sehen uns bald wieder.«

Leah und Phin wollten nämlich in zwei Wochen nach London reisen, damit Phin die vielen Parks und Gärten dort kennenlernen konnte. Tom würde in Phins Abwesenheit die Aufsicht über Radford Grange und die botanischen Gärten übernehmen.

»Jetzt macht euch auf den Weg.« Sadie scheuchte sie weg.

Phin ergriff Leahs Hand und rannte praktisch in Richtung des Weges. Leah lachte. »Nicht so schnell. Es sei denn, du hast es furchtbar eilig, nach Hause zu kommen.«

»Das habe ich tatsächlich. Wenn wir uns beeilen, haben wir das Haus für eine kurze Zeit für uns allein.« Er überflog sie mit einem sündhaften Blick. »Aber ich dachte, wir könnten auch bei unserer Burg haltmachen.«

Leah konnte sich nichts Besseres vorstellen. »Sie liegt auf dem Weg ...«

Er grinste. »So ist es. Sollen wir zum Zierbau rennen?«

»Phin, wir sind keine sieben Jahre mehr alt. Und ich trage ein sehr teures Kleid.« Sie hatten es gekauft, als sie nach London gereist waren, um ihr Erbe zu sichern.

Mr. Knott hatte sich sehr gefreut, Leah kennenzulernen, da er befürchtet hatte, dass sie verschwunden war und demnach nie von Lady Norcotts Freundlichkeit erfahren würde. Sie hatten Mr. Knott alles erklärt, der über das Verhalten von Mrs. Selkirk entsetzt war. Er hatte sich in aller Form entschuldigt, aber Leah hatte ihm versichert, dass sie ihn für den Vorfall nicht verantwortlich machte.

Nach reiflicher Überlegung hatte Leah beschlossen, die Verbrechen von Mrs. Selkirk nicht strafrechtlich verfolgen zu lassen. Genevieve hatte sich mit Mr. Fearnehough verlobt, und die beiden würden Mitte Juni heiraten. Leah hatte nicht gewollt, dass die arme junge Frau im Schatten eines Skandals heiraten müsste. Außerdem konnte Mrs. Selkirk Leah unter keinen Umständen irgendwelchen Schaden zufügen oder ihr Glück in irgendeiner Weise beeinträchtigen.

Leah hatte ihr Erbe in Empfang genommen. Darunter waren auch eine Menge Möbel und andere Haushaltsgegenstände, die auf dem Weg nach Marrywell waren. Einen Teil hatten sie mitgebracht und sie würden den Rest, der bei Mr. Knott gelagert war, bei ihrer Rückkehr im nächsten Monat abholen.

»Wenn wir schon nicht rennen können, können wir dann wenigstens schneller gehen?«, fragte Phin und seine Stimme wurde rau.

»Ja.« Leah beschleunigte ihr Tempo, bis es fast schon an Rennen grenzte. Sie war froh, dass sie nach der Kirche ihre feinen Schuhe gegen derbes Schuhwerk eingetauscht hatte.

Als sie den Zierbau erreichten, atmete sie schwer, und ihr Körper war warm. Doch ihrer Vermutung nach war dies zum Teil auf ihre wachsende Erregung zurückzuführen. Sie hatten darüber gesprochen, den Zierbau für ein heimliches Rendezvous zu nutzen, doch bislang hatte sich diese Gelegenheit noch nicht ergeben. Heute schien der Zeitpunkt allerdings perfekt zu sein.

Phin nahm sie in die Arme und trug sie durch den Torbogen in den kleinen nachgeahmten Hof. Er setzte sie ab, und sie drehte sich sofort zu ihm um, klammerte sich an seinen Hals und Nacken und presste ihren Mund auf seinen. Der Kuss war feurig und heftig, ein Versprechen auf das, was noch kommen würde.

»Ich wünschte, wir hätten eine Decke«, murmelte sie zwischen zwei Küssen.

»Vielleicht habe ich ein oder zwei in der Truhe versteckt, die ich in die obere Kammer gebracht habe.«

Leah zog sich zurück. »Du hast was getan?«

»Ich habe eine Truhe hergebracht. Darin sind Kerzen, zwei Decken, um genau zu sein, und zwei Kissen.«

Sie lachte. »Hast du etwa geplant, dass wir hier schlafen?«

»Nun, ich habe auch eine etwas breitere Liege aufgestellt. Wenn wir uns eng aneinander kuscheln, können wir nebeneinander liegen.«

Sie verengte die Augen und gab sich allen möglichen Ideen hin. »Passen wir leichter darauf, wenn einer von uns auf dem anderen liegt?«

»Ganz bestimmt.« Er schenkte ihr ein verschmitztes Grinsen. »Willst du es sehen?«

Als Antwort drehte sie sich um und stürmte in den Turm, um dann die Treppe hinaufzurennen. Kurz blieb sie auf dem oberen Treppenabsatz stehen. Es war ganz in der Nähe der Stelle, an der sie sich zum ersten Mal geküsst hatten, und betrachtete sein Werk. Es gab eine Liege und eine Truhe sowie einen kleinen Tisch und zwei Stühle. Der Raum war ausgefüllt.

»Du hast das alles gemacht?«

»Es ist nur für die Sommermonate. Ich dachte, wir würden gerne etwas Zeit hier in unserer Burg verbringen.« Er stellte sich hinter sie und schlang die Arme um ihre Taille. »Ich nehme an, du bist damit einverstanden?«

»Es verkörpert alles, wovon ich geträumt habe und noch mehr. Hier habe ich mich in dich verliebt.«

»Und ich mich in dich, wenn ich auch etwas länger gebraucht habe.« Er küsste ihren Hals. »Ich hoffe, ich habe die verlorene Zeit wieder aufgeholt.«

Das hatte er. Obwohl sie verschiedene Zimmer auf gegenüberliegenden Seiten des ersten Stocks von Radford Grange bewohnten, hatten sie noch nie eine Nacht getrennt verbracht, seit sie dort wohnte. Heute Abend würde sie zum ersten Mal offiziell in seiner Suite übernachten.

Sie drehte sich in seinen Armen um und griff nach der Vorderseite seines Fracks. »Ich liebe dich so sehr, Phin. Danke, dass du alle meine Träume wahr werden lässt.«

»Und ich liebe dich. Ich habe noch ein Geschenk für dich, aber das muss ich dir später zeigen, denn es ist im Gewächshaus.«

Sie keuchte. »Gibt es einen Spross?«

Er hatte nach ihrer Rückkehr aus London Samen von einer seiner Rosen geerntet und eingepflanzt. »Ein winziges Blatt. Ich musste Großpapas Lupe zücken, um sicher zu sein.«

»Oh, Phin, das ist eine wunderbare Nachricht! Ich weiß, dass sie genauso blühen wird, wie du es dir erhoffst, mit prächtigen silber-rosa Blüten.«

»Und ich habe vor, sie Prinzessin Leah zu nennen.« Er küsste sie. »Die schönste Blume auf Erden.«

»Wir sollten in den Gärten eine Blumenausstellung veranstalten, habe ich mir überlegt. Vielleicht würde die London Horticultural Society kommen und einen Gewinner auswählen? Ich muss gestehen, dass ich mir über die Einzelheiten noch nicht ganz im Klaren bin.«

Phin grinste sie an. »Habe ich in dieser Stunde schon erwähnt, wie brillant du bist? Das ist ein ganz hervorragender Plan. Ich bin sogar etwas enttäuscht, dass ich nicht selbst darauf gekommen bin. Aber deshalb bist du ja auch der geschäftliche Kopf dieser Operation.«

»Gefällt dir die Idee?«

»Ich *liebe* sie.«

Sie küsste ihn und zog ihn zur Liege. »Ich glaube, wir müssen uns vergewissern, dass sie stabil genug ist, um uns beide zu halten.«

Noch einmal hob er sie hoch und bettete sie sanft auf die Liege. Mit einem heißblütigen Blick erwiderte er den ihren, ergriff den Saum ihres Kleides und schob es an ihren Beinen hinauf, bis es sich um ihre Taille bauschte. »Sollen wir schnell oder langsam vorgehen?«

»Beides. Ich will alles, Phin.«

Er spreizte ihre Beine und schob sich zwischen ihre Schenkel, während sein Atem ihre Haut kitzelte, als er ihr Geschlecht streichelte. »Dann werde ich es dir geben, meine Liebe, meine Prinzessin.«

Leah fuhr mit den Händen in sein Haar, während er den Kopf senkte. »Erlöse mich von dieser Folter, mein Ritter. Nur du kannst mich erlösen.«

Und das tat er.

Vielen Dank, dass Sie **Erbin dringend gesucht** gelesen haben. Ich hoffe, es hat Ihnen gefallen! Verpassen Sie nicht das nächste Buch von Lords in Love von Erica Ridley: **Dem Earl zu trotzen**.

Die Schöne und das Biest: Als der verwundete und zurückgezogen lebende Earl of Gilbourne unerwartet zum Vormund eines Mündels ernannt wird, weigert sich der unbändige Wildfang, sich einem Kampf – oder seinen Küssen – zu fügen!

Möchten Sie erfahren, wann mein nächstes Buch verfügbar ist? Sie können sich für meinen Deutscher Newsletter anmelden, mir auf Amazon.de folgen und meine Facebook-Seite liken. Alle Newsletter-Abonnenten erhalten exklusive Bonus-Geschichten, die sonst nirgends erhältlich sind, unter anderem auch die einleitende Vorgeschichte zur Buchreihe ***Der Phönix Club***.

Rezensionen helfen anderen, Bücher zu finden, die für sie geeignet sind. Ich schätze alle Bewertungen, ob positiv oder negativ. Ich hoffe, dass Sie erwägen werden, eine Bewertung bei Ihrem bevorzugten der Seite Ihres bevorzugten Internet-Netzwerkes abzugeben.

Ich mag meine Leser so sehr. Danke!

Sind Sie an weiterer Regency-Romantik interessiert? Schauen Sie sich meine anderen historischen Serien an:

Die Unberührbaren

Geraten Sie ins Schwärmen über zwölf der begehrtesten und schwer fassbaren Junggesellen der feinen Gesellschaft und die Blaustrümpfe, Mauerblümchen und Außenseiterinnen, die sie in die Knie zwingen!

Die Unberührbaren: Die Prätendenten

In der faszinierenden Welt der Unberührbaren spielend, handelt die Saga von einem Geschwistertrio, die sich darin auszeichnen, sich als jemand auszugeben, der sie nicht sind. Werden ein unerschrockene Bow Street Ermittler, ein niedergeschmetterter Viscount und eine desillusionierte Dame der feinen Gesellschaft es schaffen, ihre Geheimnisse zu lüften?

Der Phönix Club

Die exklusivste Einladung der feinen Gesellschaft ...

Willkommen im Phönix Club, in dem Londons waghalsigste, anrüchigste und intriganteste Ladys und Gentlemen Skandale, Erlösung und eine zweite Chance finden.

Chroniken der Ehestiftung

Der Pfad der wahren Liebe verläuft niemals geradlinig. Manchmal ist eine Hausparty zur Ehestiftung vonnöten. Wenn Paare sich auf einer Hausparty kennenlernen, ereignen sich provokative Flirts, heimliche Rendezvous und Verliebtheit im Überfluss.

Ruchlose Geheimnisse und Skandale

Sechs unglaubliche Geschichten, die sich in den glamourösen Ballsälen Londons und den herrlichen Landschaften Englands abspielen. Das erste Buch, **Ihr ruchloses Temperament** erscheint in Kürze!

Die Liebe ist überall

Herzerwärmende Nacherzählungen klassischer Weihnachtsgeschichten im Regency-Stil, die in einem gemütlichen Dorf spielen und von drei Geschwistern und dem besten Geschenk von allen handeln: der Liebe.

Der Club der verruchten Herzöge

Sechs Bücher, geschrieben von meiner besten Freundin, der New York Times Bestseller-Autorin Erica Ridley, und mir. Lernen Sie die unvergesslichen Männer von Londons berüchtigtster Taverne, dem Verruchten Herzog, kennen. Verführerisch attraktiv, mit Charme und Witz im Überfluss, wird eine Nacht mit diesen Wüstlingen und Filous nie genug sein ...

BÜCHER VON DARCY BURKE

Historische Romantik

Lords und die Liebe

Ein Herzog wird verzaubert by Darcy Burke

Des Wüstlings Zähmung by Erica Ridley

Erbin dringend gebraucht by Darcy Burke

Dem Earl zu trotzen by Erica Ridley

Die Heiratsvermittlerin und der Marquess by Darcy Burke

Die Jagd nach der Braut by Erica Ridley

Ein Herzog macht sich frei by Erica Ridley

Chroniken der Ehestiftung

Unerwartetes Weihnachtsglück

Der verstockte Herzog

Ein Earl als Junggeselle

Der ausgerissene Viscount

Die unechte Witwe

Die Unberührbaren

Ein Earl als Junggeselle (prequel)

Der verbotene Herzog

Der wagemutige Herzog

Der Herzog der Täuschung

Der Herzog der Begierde

Der trotzige Herzog

Der gefährliche Herzog

Der eisige Herzog

Der ruinierte Herzog

Der verlogene Herzog

Der betörende Herzog

Der Herzog der Küsse

Der Herzog der Zerstreuung

Der unverhoffte Herzog

Der charmante Marquess

Der verwundete Viscount

Die Unberührbaren: Die Prätendenten

Geheimnisvolle Kapitulation

Ein skandalöser Pakt

Des Gauners Rettung

Der Phönix Club

Ungehörig: Das Mündel des Earls

Leidenschaftlich: Eine zweite Chance für das Eheglück

Intolerabel: Die Schwester des besten Freundes

Unschicklich: Eine Vernunftehe

Unmöglich: Eine Schöne und ein Scheusal im Liebesglück

Unwiderstehlich: Eine Scheinehe mit dem Spion

Untadelig: Eine geheime, verbotene Affäre

Unersättlich: Der geläuterte Lebemann und die unwillige Debütantin

Die Liebe ist überall

(eine Regency Weihnachtstrilogie)

Der Earl mit dem flammendroten Haar

Das Geschenk des Marquess

Eine Freude für den Herzog

Ruchlose Geheimnisse und Skandale

Ihr ruchloses Temperament

Sein ruchloses Herz

Die Verführung des Halunken

Verliebt in eine Diebin

Die Schöne und der Halunke

Einmal Halunke, immer Halunke

Der Club der verruchten Herzöge

Eine Nacht zum Verführen by Erica Ridley

Eine Nacht der Hingabe by Darcy Burke

Eine Nacht aus Leidenschaft by Erica Ridley

Eine Nacht des Skandals by Darcy Burke

Eine Nacht zum Erinnern by Erica Ridley

Eine Nacht der Versuchung by Darcy Burke

Regeln für Herzensbrecher

Falls der Herzog es wagt

Zumal der Baron grübelt

Wenn der Viscount lockt

Wie es dem Grafen beliebt

Bis der Wüstling kapituliert

Weil der Marquess es so will

Worum der Schurke bittet

Wie sich der Teufel versündigt

ÜBER DIE AUTORIN

Darcy Burke ist die USA-Today-Bestsellerautorin von sexy, gefühlvollen, Historische Romanzen der Regentschaftszeit und zeitgenössischen liebesromane. Darcy schrieb ihr erstes Buch im Alter von 11 Jahren – mit einem Happy End – über einen männlichen Schwan, der von der Magie abhängig war, und einen weiblichen Schwan, der ihn liebte, mit nicht sehr gelungenen Illustrationen. Schließen Sie sich ihr an newsletter!

Darcy, die in Oregon an der Westküste der Vereinigten Staaten geboren wurde, lebt am Rande des Wine Country mit ihrem auf der Gitarre spielenden Ehemann und ihren beiden ausgelassenen Kindern, die das Schreiben geerbt zu haben scheinen. Sie sind eine nach Katzen verrückte Familie mit zwei bengalischen Katzen, einer kleinen, familienfreundlichen Katze, die nach einer Frucht benannt ist, und einer älteren, geretteten Maine Coon, die der Meister der Kühle und der fünf-Uhr-morgens-Serenade ist. In ihrer ›Freizeit‹ ist Darcy eine regelmäßige ehrenamtliche Mitarbeiterin, die in einem 12-stufigen Programm eingeschrieben ist, in dem man lernt, ›Nein‹ zu sagen, aber sie muss immer wieder von vorne anfangen. Ihre Lieblingsplätze sind Disneyland und das Labor Day Wochenende in The Gorge. Besuchen Sie Darcy online unter https://www.darcyburke.de.

facebook.com/darcyburkefans
instagram.com/darcyburkeauthor
pinterest.com/darcyburkewrites
goodreads.com/darcyburke

IMPRESSUM

Deutsche Erstausgabe von:
Darcy E. Burke Publishing
Zealous Quill Press
13500 SW Pacific Hwy., Ste. 58-419
Tigard, OR, 97223
USA

Redaktion: Nicole Wszalek
Umschlaggestaltung: © Dar Albert, Wicked Smart Designs.

ISBN: 9781637261309

www.darcyburke.de

Printed in Poland
by Amazon Fulfillment
Poland Sp. z o.o., Wrocław

36765686R00145